銀河叢書

戦争育ちの放埒病

色川武大

幻戯書房

目次

I

VI

装丁　緒方修一

戦争育ちの放埓病

＊本書は、色川武大（阿佐田哲也）氏が発表した随筆から、全集および単行本未収録のものを集めた作品集です。

＊表記や送り仮名の統一は行ないませんでしたが、初出紙誌の方針によって改められたと思われる字句や括弧類、数字の表記などを、氏の慣例に従って整理した箇所があります。

＊今日では不適切とされる表現が文中に見受けられますが、著者が故人であることを考慮して、原文どおり掲載しました。

（幻戯書房編集部）

I

転居

五月にまた転居した。私は一ヵ所に長く住みつけない性分で、この十年間だけでもざっと六七回、転々転々と越してばかりいる。

住めば都というけれど、その反対に、住みついてみると、どんなところでも、どこか欠点というものがある。広尾の家は麻布の丘の陰で陽当りが悪かった。荻窪の家は飼っている犬のために不便だった。原宿のマンションは穴ぐらのようで気持ちがふさいだ。

けれどもそのいずれも、いいところだって多々あったので、だから欠点が転居の理由ではない。もしそうであるなら、どこへ越していっても、また新たな欠点に直面するだろうと思う。

そうではなくって、私はただ、一ヵ所に定着するまいと思っているだけなのである。私はうんと若いときからグレて、世間のあちこちをうろうろし、自分流の舵《かじ》とりでなんとか今日まで生きしのいできた。いつ頃だったか、はっきりおぼえていないが、とにかくうんと若い時分のある日、深く心に決めたことがある。

それは、とにかく、昨日までの自分から、すこしずつ脱皮していくこと、だった。

私はその頃、ずたずたに傷ついていて、世の中の最底辺にいた。だから出世しようと思ったわけではない。そんなふうな余裕などありはしない。けれども、昨日までのままでは早晩、進退きわまってしまって生きついでいけない。元来が怠け者で、ひっこみ思案の男なのであるが、無理をしてでも昨日までとはちがうことをやらなければならない。

一足飛びに恰好《かっこう》のいいことを考えると、階段を転げ落ちることになる。少しずつ、少しずつ、しかし絶えず変化していかなければならない。

グレの足を洗って市民社会に復帰した当座は、変化していくこともわりに楽だった。そのうちに、だんだん頭打ちになってきて変化しにくくなった。ああ、もう駄目だ、と思う。俺なんかの力では落伍しないだけだってめっけものだ。もうこれ以上はのぞめない。

それから、そのときどきの暮らし方で、わりに快適な場所がある。ここで、ずっと同じようなことをやっていればなんとか生きられる。そう思えるときがある。

けれども、まァとにかく一度決心したことだから、変化を望んでみよう。

そうやって、この三十年ほど、いつも自分には少し無理だな、と思えることにぶつかってきた。意志堅固にそうやってきたのではない。もともとその場所で生きるためにみっちり錬磨してきたわけではないから、どの場所であろうと、変化を捨ててそこに定着しようとすると、周辺のレギュラーにかなわないのではないか、そういう不安があるからである。

それでいつもよろよろしている。外見は暢気《のんき》そうに見えるかもしれないが（実際、またもともとの性格で暢気でないこともないのだが）、内心はいつも、もう駄目だ、これから先はもう一歩も動けない、と思っているのである。

それで折り折りに、無理にでも引越しをしようと思いたつのである。

十代の不良少年の頃、どこもかしこも焼跡だらけで、満足な家というものがすくなかった。私などはドヤに泊る夜はいいほうで、路上でしょっちゅう寝ていた。私は生家はあったけれども、野天で寝るのが、それほど不自然なことに思わなかった。

その気分がずっと尾をひいている。一ヵ所に住みついて、これが私の家でござい、といったりするのが、ひどくはずかしい。

――お前の家だというけれど、そりゃ思いこみだろう。そこはただの地面なのであって、家なんて地面の化粧みたいなものだ。明日、空襲でもあれば、ペロッと焼けてしまって家なんかなくなっちまうさ。

そう誰かにいわれそうな気がする。

もう中年になってから、はじめて定《き》まった巣を持たざるをえなくなって、標札を出したときはずかしかった。郵便屋さんのために出さないわけにはいかないが、出せば、世間に向かって俺の家だと叫んでいるような恰好になる。

同居していた女が、三点セットをおいたり、スリッパを揃えたりする。そんなところに居るよりも、私は電車の中で寝ていたほうがよろしい。よろしいけれども、その状態は持続できない。

それで、巣は作らなければならないが、あたふたと変えざるをえない。私のような男は、ここが自分の居場所だと思ってしまったら、もうおしまいだと思う。

中年をすぎてからの引越しは、本当に面倒くさい。なにはともあれ生活していると、がらくたがたまる。荷物だけでも大型トラックに何台もある。

私はいつも、そのときどきにやらなければならない仕事を抱えているから、引越しそのものに関しては、ほとんど手伝うことができない。

一緒に暮している女は、そのたびに私をうらみながら、ダンボールの山と格闘し、熱を出してしまう。

引越しをしないで、一ヵ所に定着して暮せればありがたいと思う。けれども私のような男は、それでは駄目になってしまうだろう。

五月に転居したばかりで、やれやれと思っているところだが、もうそろそろ、引越しのことを考えなければならないと思っている。

悼みの火　文学的近況

六月に練馬へ転居してひと夏越した。しばらく都心に近いところを転々して住みついていたので、静かな住宅地というものが新鮮に感じられる。野菜がうまい。陽があたる。自転車でちょっと運動してこようという気分になる。私は借家で、すぐまた移動しようと思っているが、こんなところに一軒建てたら、私のような男はほっとひと息ついて、もうこれで我が事なれりという気分になってしまうだろう。

私の家の南北を西武新宿線と西武池袋線が平行して走っている。どちらの駅にも歩いて十分以上かかる。おかげで出不精になり、またいったん出てしまうと帰り不精になる。

西武新宿線は、以前、肥桶《こえたご》電車と呼ばれ、沿線も比較的開発がおくれていた。そのせいか、地価がわりに安かったらしい。安いといっても、土地と家を自分のものにするにはそれなりの大金がかかっているだろうけれど、だから近隣の家々がいずれも、こじんまりと、しかしおちついて、行儀よく暮しているように見える。そうして、夜が暗い。

夜、自転車で走っていると、畑や藪《やぶ》だった頃の黒い土の臭いがじんわりとたちこめる。

昔、編集小僧をしていた頃、石神井《しゃくじい》に住む作家のところへ行こうとして、まちがって西武新宿線に乗った。その作家は西武池袋線だったが、新宿線にも石神井の名を冠した似たような駅がある。乗ってから気づいたが、どうせ似たような場所なのだろうからかまわず行って、着いてから歩いて移動しようと思った。

新宿線の駅から北の方に、当てずっぽうに歩きだしたが、行けども行けども池袋線に出ない。当時はまだ見渡す限り雑木林と畑で、方向感覚も怪しくなってくる。数時間、汗みどろになって歩いて、のんき者の私もさすがに、どこかで道をただそうと思いはじめた。

私は小道を折れ、竹藪の陰にある一軒の農家の庭先きに入っていった。低い吟唱の声がする。庭先きの筵《むしろ》の上に、いちように頭の禿げた老人たちが七八人車座になって、御詠歌らしき抑揚のないただ声長の合唱をやっている。いくら声をかけても誰もふりむかない。

私はしかたなく竹藪の中の小道をひきかえした。老人たちの沈んだ声が背の方できこえている。ふと見ると、藪の中に、火のついた一本の蠟燭《ろうそく》が地に刺さるように立っていた。その火が揺れずにぽっとともっている。

あの蠟燭は何を意味していたのだろうか。特別に何かを悼む日だったのか。それとも、その藪に何かがあって平生からそこにともしてあるのか。

練馬というと、地の底におりたようなあの日の印象を思いだす。今はびっしり家が建ち並んでいるけれど、自転車でそこここを走っていて、わずかの勾配、わずかの林あと、家々の隅のわずかな暗がりに、あの蠟燭の火がだぶってくる。都心の方を歩いているとき、すぐる日の焼跡の印象がいつも頭を離れないのと同じようなことである。

けれども、どちらかといえば、大きな災害の印象よりも、平生の小さな悼みの火の方が今は重たい。人が住みつくところどこでも、喜びもだが、それ以上に、呪うべきこと、悼むべきことが折り重なっているはずで、地面にかぐろくしみこんでいる。いかに行儀よく暮してもそれは消えない。

引越し症候群

この二十年にざっと九回、住所を変えたというと、どうして、と理由をきかれる。

どうしてってほどのことはない。私のような怠け者は、一か所におちついて腰をすえてしまうと、なにやら一息入ってしまって、何もやらなくなるのじゃないかという気がする。どんなことでもいいから、背水の陣みたいな要素はなるべく残しておいた方がいい。

もともと私は育ちざかりが乱世のせいもあったが、正規の学業をおさめずに自分流儀の生き方をしてきたため、たえず身の上が変転していた。その若いころに、人よりおくれてゼロからはじめるのだから、とにかく停頓だけはするまいと心に決めたことがある。上とか下とかいうよりも、少しずつでも変動していこう。諸事にわたってその癖がついて、何になろうという最終目標は造らないし、立ちどまってしまうことも怖い。人生というものは、ただ転げ回って死んでしまうことだという実感がある。

どうも、はずかしい生き方ばかりしてきたものだから、どんな生き方であろうが、なんだかはずかしいことに変わりはない。たとえば表札を出したり、三点セットやスリッパをそろえたり、家族をつくったりして、平然としていられない。弱くて卑怯《ひきょう》で見栄坊なのであろう。いつも自分を仮のすがたと思いたいし、はずかしくてヤケになっているというふうな気分に馴染む。

表札は、郵便物などのために万《ばん》やむをえないが、それでもそれが根づく前に越したくなる。だから自分の家を持とうなんて万々思わない。

本当は、越したらまたすぐ越して、年がら年じゅう移動していたい。そうはいうものの引越しはただの観念とはちがうから、そう簡単にはことが運ばない。ことに年をへるにしたがって本の類《たぐい》やがらくたが増え、移動の手間だけでも大変で、それは主に家人の負担になる。近年はダンボールだけでも三百何十個ということになり、人手もいるし、金もかかる。

まわりの人も迷惑だし、私自身だっておっくうで、そのたびにもうこりごりと思い、つまらぬことに力を使うのはやめようと思う。けれども何故だかその気持ちに鞭《むち》打つものがあり、エイッとかけ声をかけてしまう。

女房はとうにあきれて、自分はもうついていけないといいだした。そうして、自分だけでもおちつきたいし、将来老人ホームに入れるぐらいの資産を持っていなければ不安でたまらないといい、数年前にとうとう自分用の小さな土地と家を持った。そこがあたしのお城だという。そうしてそこから私の居る場所に通ってくる。

これについても、知人は、どうして、とたずねるが、明快に答えられないし、説明しても長びきそうだから、ただ曖昧《あいまい》のままにしてある。

あそこは女房の住んでいるところだ、と思っていて、それで私の気持ちはすんでいる。けれども、私はその家にいっさい寄りつかない。女房はあそこだが、私はちがう。

実際的に考えてみても、せまくて、私が行こうとすればダンボールだけで一杯になってしまう。

つかこうへい夫妻が新居祝いに来てくれるというので、儀礼上、私もその家に行った。夜半に至って、つか夫妻が帰るというので、「では、ぼくも一緒に帰ろう」というと、夫婦なんだから帰るというのは変だ、という。

「でも、妙な関係だと近所にかんぐられてもいけないから」

などと冗談をいいながら、結局、居残った。入浴をすませ、夜具に入ったが、なんだかおちつかないで、小一時間で起きだし、タクシーをひろって帰ってきてしまった。

それ以来、女房も意地をはって、私がその近くに出かけてもけっして寄せつけない。しかし、私の巣の方には自由に通ってくる。

私の方は、女房が小さな家を持って以後も、一再ならず引越している。いくらか銀行に蓄えができると、その大半がまた無くなる。女房はぶうぶういいながら、そのたびに荷を整え、宰領をして、あとで熱を出したりしている。

先日も移転をしたばかりで、はじめてその家で寝た夜、しかしこのままではいられないぞ、と思ったりするから怖い。

子供があったら、また少しちがった考えも出てきたかもしれない。また自由業でなければ、かなり拘束されもしただろう。こんなことをしているうちに病気にでもなって、家賃も払えなくなるということもありうる。もう老いぼれだからその公算が高い。それでのたれ死をしたってしかたがない。

もともと私なんぞ、この年齢《とし》まで生き残って、どうやら日を過ごしているのが奇蹟みたいなものだ。第一、戦争中に死んでいたってすこしも不思議ではない。

今の住居は広いし環境もいいし、私としては恵まれすぎているが、やっぱりいつか越していくだろう。今度はひとつ、東京から転がり出てみたい。

現に、私の気持ちの中にあるいくつかの地方で住むことを空想してみることがある。たとえば、鹿児島。あるいは、岡山あたりの山村。徳島県の東南の海岸端。東北の横手盆地あたり——。いずれも私の好きなところだ。そこに行ってどうなるということもなかろうが、寿命があれば一度は転出してみたい。

けれども、そうなると女房の居場所とはますます離れることになる。多分、女房は今のところに居つくだろう。もう通ってくることはできない。たった二人だけの家族が、一人ずつ、べつの場所に居つくのは、贅沢《ぜいたく》なようでもあり、悲惨なようでもある。

来電無用

どうも最近、年を老《と》ったせいか、ますます身勝手になってきて、なんだかしょうもないことにむしゃくしゃする。

飯を喰うことが、面倒くさい。喰いしんぼうだし、喰わなければいられないが、喰うためには女房が仕度した場所に立って出向かなければならず、しかも女房が定めた時間に喰うことになる。

風呂へ入るのも嫌だ。髭を剃るのも、爪を切るのも辛い。俺は爪を切りに生まれてきたのじゃないと思う。そういうこと一切をやめて、パジャマのままでずっと横たわったままで居たい。じゃ、ただの老衰じゃないか。

先日、新聞にはさまって、毎月会費を払うと、電話秘書が居て外部との電話折衝を引き受けてくれるという広告が入っていた。

以前は来電をメモしておいてくれるだけだったが、近頃のは此方《こちら》の意をたいして折衝までやってくれるという。うまくいけばありがたいが、しかし当方が小説書きの場合は、きわめてむずかしいだろう。小説書きと編集者の関係は、ただ事務的な用件の話合いだけでなく、無駄話から新しい企画が生まれることもあるし、一緒に呑んだりしてお互いの呼吸を知り合うことも大切だ。私のところにも秘書的な人が居るが、本人でないから彼の判断で独走できない。何十年も長いこと組んでお互いに知りつくしたコンビでなければ無理だろう。

世間の人は、小説書きというと、ただ机に向かって文章を書いていればいいように思うかもしれないが、実際は、小なる会社を一人で切り盛りしている状態なのである。制作ばかりでなく、営業、計理、宣伝、企画、なんでも一人でやらなくてはならない。

私のところだって、昼日中は、ほとんど三分おきぐらいに各社からの電話が入る。その他私的なもの、見知らぬ読者、夜中は酔漢のからかい電話、その受け応えだけでヘトヘトになってしまう。

若いうちはそれでもよかった。電話がこないで仕事にあぶれるよりはいい。はじめて電話つきのアパートに住んだとき、固唾《かたず》を呑んで、ベルが鳴るのを今か今かと待った。四五日は音沙汰もなく、ある日トイレに入っているときにベルが鳴った。大急ぎで電話のところへ行ったが、寸前で鳴り止まってしまう。

心なしか、私がトイレに入るたびに、待っていたように電話が鳴る感じだ。ホテルのバス室に子電話がある理由を、なるほど、と感心した覚えがある。

私はナルコレプシーという神経性の持病があり、絶えず睡眠発作になやまされる。この病気は昔でいう、ものぐさ、のことで、疲労感が常人の四倍あるといわれている。で、年を老ったせいばかりでなく、実際、病的に大儀なのである。

その病気もだんだん昂進してきて、来客が二人続くと、話しながら寝てしまうという有様である。なんとか仕事のための最低時間を確保して、あとは気息奄奄《えんえん》として横たわっているのである。

すると電話が鳴っても、立っていく元気がない。三分ごとにベッドと電話の間を往復していたのでは、それだけでエネルギーがつきてしまう。

以前はそれでも気にして、できるだけ出るようにしていた。昼間の電話量の多い時間帯は、電話のそばに居て、仕事はどうしても夜半から朝にかけてになる。そのためナルコレプシーがますます進行する。

私がもう少しえらい作家なら、毎週何曜に面会日を定めるとか、一日二時間を定めて来電を許すということもできようが、私などが一人でそう定めても、誰も実行してくれないだろう。ということは、つまり、電話連絡をどこかの秘書会社に委託しても、そっちへかけずに、こっちへかけてくるだろう。

来客も、来電も、ありがたいけれど、もはや当方に体力がつきてしまった。そうなると電話というものは、少しも便利でない。ベルの音がするだけわずらわしい。

知人に、やっぱりそういう人が居て、その人の家には、電話を厚い布でぐるぐる巻きにして、押入れの布団の下に突っこんである。それでもかすかに音がきこえるから、耳をすまして気配をうかがうようなことになって、やっぱりどうも同じことらしい。

「では、電話などつけなければよいのに」

「いや、此方からかけるときに不便だし、やっぱり誰からもかかってこないとねえ」

どこまでも勝手なのである。

しかしその気持は実によくわかる。近頃はベッドに横たわっているときにベルが鳴っても、めったに起きていく気力がない。

「でも、電話がないと、今まで電話ですんでいた連中が、うわっと押しかけてくるぜ」

と脅かしをいう人がいる。

なにしろ編集者の中には、手紙か電話ですむことを、

「いや、それでは失礼だから、参上します」

といって来る人が多い。失礼どころか、お互いに時間と労力の無駄と思うがなァ。

いつも、突然現われる人が居る。此方が留守だとわるいから、電話してくれよ、というと、

「いや、電話すると、電話で用事がすんじゃうと思うもんですから――」

なんのことだかわからん。

病人といっても、私は、睡眠発作のとき以外は、一応立ったり歩いたりしているわけで、だから自他ともに病人ということを忘れることがある。それで都合のいいときだけ病人の顔をすると思われているようだが、よく考えてみると、まぎれもなく、病人兼老人なのである。

そう思って電話に出なくとも、居留守を使っても、なんとか勘弁していただきたい。

受話器のそばに居るとき以外は出ない、と定めてしまうと、もともとずぼらだから、わりに気が楽になってきた。

最近は、電話のベルの音が鳴っていないとよく寝つかれないようでもある。

筆不精

いつ頃からかはっきりしないが、手紙というものがどうしても書きづらくなった。もちろんこれは、どう弁明しようと、わがままな、自分勝手な、自分の放縦さに甘えた私というものを前提としていっているのであるが、手紙を書くために机に向かおうとすると、親指の根元のしこりが、本当に急に痛くなってきて、ペンが握れなくなってしまう。

先輩や知友や、その他いろいろな方から、毎日、手紙をいただく。外界に出る折りがすくない居職《いじょく》のこととて、私にはそれが無上の楽しみで、午前午后の二度の配達時間を待ちかねて、郵便箱を何度ものぞきこみに行く。本や雑誌や、広告類の中に私信が混じっているのを認めると、胸をときめかして家の中へ駈けこんできて、なかなか差出人の名を見ようとしない。楽しみをそう簡単に味わってなるものかという気分になる。そのくせ、自分ではめったに出せないのだから言語道断だ。

郵便物がいっぱい詰まった郵便受けが、夢の中によく登場してくる。期待にふるえながら両手でそれを持ち抱えるが、郵便受けの中には、いくら取り出してもまだ郵便物が詰まっている。うっかりすると、埃《ほこ》りにまみれて何年も前に届いていたらしい郵便物まで混じっている。

実際、手紙をいただいたその時から、わくわくして読み終ると、すぐにでもご返事を書こうと思うのである。また、こちらから先に手紙を出さねばならぬことも日々積み重なる。それがひとつもはかどらない。

原稿は、やっぱりいつも書き渋っていて、他人にくらべて量がすくないし、スピードもおそい。けれども土たん場になれば、なんとか出来ていることが多い。それなのに、手紙となると、親指が痛くなるばかりでなく、頭の中がしんしんと冷え固まってしまう感じになる。

書痙《しょけい》という病気は、字を書くときだけ、指先が不能の状態になるのだそうだが、手紙書痙というのもあるのだろうか。

それとも、日頃、本質的には不得意なことであるはずの文章を、あえぎあえぎ記して飯のタネにしているので、もうこれ以上は字を書くことをやめてくれ、という身体の要求なのだろうか。

昨日も、山田風太郎さん宛の手紙をやっと出したが、ほぼ一週間かかった。手紙を記すのに四日、郵便局へ行くのに二三日。先輩の山田さんの方から何度もお葉書をいただいたりしている。失礼の極みで、それまで毎日屈託のタネになっているが、どうしても円滑にいかない。

しかし、原稿をそれほど書かない昔から、大の筆不精ではあった。いや、手紙に限らず、用事というものをテキパキと処理していく能力に欠けていた。

昔、何度目かの同人雑誌をやろうということになって、もう三十をすぎていた頃でもあり、いくらか生意気な気持を仲間ともどもおこして、その頃方々の同人誌に書いているめぼしい人で、多少の接触があった人に呼びかけ、同人誌選抜軍みたいなものを作ってお互いに切磋琢磨しようということを考えた。

それで私がその連絡係に指名された。ミスキャストであることは皆が承知していたが、その頃私は無職渡世で一番ヒマがあったのでことわれなかった。

某月某日を賛同者の第一回会合と定め、文書で、その計画に賛同かどうかを問い合せ、賛同なら出席してもらいたいという趣旨をくばる。私も自分がズボラであることはよく承知しているから、はじめから緊張して、さっそく翌日から手紙を記しはじめた。字もまずいし、手紙文も苦手だが、そんなことはいっていられない。

しかし、近頃のようにリコピーなどない時代で、いちいちペンで書くとなると、相手によって固有のつきあい方もあり、また親疎の差もあり、同一の文体にしにくい。また同一文では、まったくの味気ない作業でつまらない。

毎日、根をつめて一人一人に手紙を書いて出しているつもりだったが、全体の三分の一にも達しないうちに、定めた会合の日が迫ってきた。手紙に明け暮れていたようだが、一日に一人乃至《ないし》二人にしか出せない。私はスピードアップし、なおかつ作業時間も延長して、ほとんど寐《ね》ずに書いたけれども、あッというまに会合日の前日くらいになってしまった。もう万事休すである。あと一日では全員に配れない。しかし残りを割愛するのも惜しい。

それで、当日の朝、電報局に駈けつけ、これまで手紙を出した人に向かって、会合日を延期する旨の電報を打った。そうしておいて最初の仲間たちに陳謝し、十日ほど、会合日を延ばしてもらった。

その翌日からまた必死で、手紙を書いた。今度は余裕の日数もすくない。一度出した人には改ためて会合日を知らし、延期の責任は私一人にあることを記して陳謝する。そのうえ、はじめての人はそれなりの説明文を記す。

毎日、火が出るかと思うほど、手紙を書いた。今度、疎漏の点が出れば、私は切腹しなければならない。ところが日のすぎゆきは烈しいもので、また、全部出さないうちに会合日になってしまったのである。

私は電報局に走った。そうしてまた仲間うちを走り狂って陳謝した。汗みどろになっているが、最初から何もはかどっていない。誘いの通知と延期の電報を交互に受けとった方はどう思ったろうか。

しかし私としては、生涯にあれほど手紙を書いたことがないというほど、書いたのである。そうして、その間、他のことは何もできなかった。陳謝しまわった末に、俺だって怠けていたわけじゃないんだ、と小さな声でいうと、だから一層馬鹿だ、といわれた。

まったく今になると馬鹿々々しいきわみだが、再度会合日を延長し、しかもそれにもまにあわなくて、その集りは流れてしまった。

新年

私のところでは、私もカミさんも、新年をあまり特別の日に思わない。おめでともいわないし、屠蘇《とそ》も呑まない。おせち料理も作らない。餅は好きだから貰い物でもあれば雑煮を喰べないものでもないが、それは平常だって同じである。むろん門松も供え餅もしない。第一、神棚も仏壇もない。

とりわけ意味があってそうしているわけでもなんでもないが、まァ面倒くさいし、面倒を押してやるほどのこともない。けれども仕事の相手に欠かせない出版社の人たちは、おおむね新年を祝うようなので、仕事の段どりを彼等の都合に合わせるようにする。彼等は正月休みをとるために、暮のうちに手早く先の仕事を片づけようとするから、私もそれにつきあう結果、新年を迎えると四五日は当面の〆切がない。電話も鳴らないので、自然に私のところものんびり閑《かん》となる。

したがって私も知人のところで酒を呑んだりして、何日も帰らないことがある。ふだんとちがって居場所を諸方に教えたりする必要がないので気が楽だ。カミさんもその間、どこで何をしているか、私は知らない。

私が家に居る場合は、稲荷ずしの売れ残りを買ってきたり、カレーライスを作ったりしてすませてしまう。それで、なるべく寝て暮す。

ところが、外の小道の方で子供たちのはしゃぐ声と羽根をついたりする響きがきこえてくると、すごすごと起きて外を散歩してみようかなどという気を起こしてしまう。羽根をつく音はいいものであるが、この頃はどこでもあまり盛んでなくなったようだ。

そういえば、除夜の鐘をつく響きも、わるいものではない。自分のところでは面倒くさがって何もやらないくせに、他人の物音で情緒を楽しんだりするのは申しわけないような気もする。

私の新年の行事といえるものがあるとすれば、近隣の除夜の鐘をきいて、しばらくしてから、俺にとっては、正月も、もうこれで最後の正月になるのだろうな、となんとなく自分にいいきかす。こんなことぐらいだろうか。

もっとも、これが最後の、といいきかすのは、正月だけではない。これが最後の桜だな、これが最後の暑さだろうな、これが最後の紅葉だからな、と四季の折り折りにそういいきかせている。このいいかたは、中毒してくるとますます頻繁になって、日々、なんにつけてもそういいきかさないわけにはいかない。

だから、そうやってもう十数年も前から自分にいいきかせてきた。新年などという情緒は、特にそういいきかせやすい。そういう意味では、新年というものも、私にとってまだ特別の情緒があるのであろう。

運よく、というか、偶然、というか、どうにか生き残って、今回もまた、これが最後の正月、といいきかせることになる。近頃はやや新鮮味を欠くので、説明的な言葉を少し補足して、緊張感を刺激しなければならない。

いつもいつも同じようなことをいっているようだけれど、本当にもう今年ぐらいが最後の正月となっておかしくないのだぞ。こういうことというものは、新鮮味を欠いてきて感度が鈍くなってきた頃合いが、熟し頃なのだから――。

それで、たとえだらだら寝てすごすにしても、酒を呑んですごすにしても、気持のどこかに、板子《いたご》一枚下は地獄、という実感がともなう。理想的な気分とはいえないが、このところに蓋をするわけにもいかない。

最後の正月になるはずだ、といいきかせて、気持の下敷きにそれをおいても、さて、だからどうすればいいか、というと、そういう時のすぎゆきを横眼でにらみながら、だらだら寝たり、だらだら働らいたりしているよりしかたがない。まことにどうも、凡々たることで終っていく。

私は子供を作らなかったせいもあって、私が死ぬ時点で、世界もともに終ってしまうという実感を、根こそぎ打ち消す強力なものに恵まれない。私のような遊び人が、しかとした理由も本人にわからぬまま、小説を書いたりすることに執着を持つのは、ここのところのかけ橋を、無意識のうちに欲しているからであろう。私が死んでからも世界があるという実感が、理屈でなく身体のうちに伸び拡がるといいのだけれど。

板子一枚下は地獄、という現実感に、今のところわりに慣れてしまっていて、その屈託が自分の着衣のような気がする。これが最後の、というのは私の念仏でもあり呪文でもあるのかもしれない。

失敗

人は誰でも失敗をする。失敗あるがゆえの成功であり、失敗を重ねてこそ人間らしい味わいがうまれる。

ひるがえって自分のことを考えてみるに、自分には失敗の思い出が乏しいように思う。ある日急にそう思うようになった。成功もしないが、大きく足を踏み越さない、ように思える。そう考えたとたんに、自分が杓子定規にはまった面白味のない男に思えてくる。けれども、全然失敗をしないかといえば、そうでもないので、万にひとつは趣きのちがうこともある。

昔、父親にやかましくいわれて附近の小学校でなく、高等師範の附属を受験したことがある。私自身は格別欲のある年齢ではなく、いうならば馬主にひきたてられた三歳馬の如きものであったろう。

そのときの種目のひとつに、小さな毬《まり》を片手に持って所定コースを走りだし、旗のうしろを廻ってまた戻ってくるという科目があった。

他の子がとどこおりなく走りおおせてくるうちに私の番になり、毬を持って走りだした。ところが往路で、何かの拍子にスルッと毬が手から抜け、転がってピアノの下に入った。私は追っていってピアノの下にもぐったが、毬はそこで停まらず、飛箱の陰に行き、私が飛箱にたどりついたとき、もう講堂の隅っこの方に転がっていた。見守っていた父兄の席から失笑が洩れた。

やっとの思いで毬をひろって、とにかくゴールまで走ってきたが、私のは他の子の三倍も時間がかかっており、走りおえてから私も周囲の視線に合わせて照れ笑いをつくったことをおぼえている。

ところが父親は私を連れて家に帰ってくると、大仰に仏壇の前に私を坐らせて、受験の報告をしたのち、こういった。

「今日はよくやった。お前はとにかく最後まで走ったのだから。俺が試験官ならば、及第点をやる」

私が父親から賞《ほ》められたのは、あとにも先にもこのとき一度だけである。この件に関しては私も父親の判定に賛成であるが、私はこのときの受験におちた。もっとも他の種目が及第に達しなかったのかもしれない。

後年、私が学校嫌い、受験嫌いになったのはこのときの失敗の心理的余波が尾をひいているようである。そうして私は、諸事、消極的な子供になり、失敗をするくらいなら何もやらない方がましだと思うようになった。

だから失敗をするという経験があまりないと記そうとして、突然、なんの脈絡もなく思いだしたことがある。

私のところは西洋便器であるが、先日、便所に入って蓋を持ちあげ、うしろ向きになって腰をかけたとたんに、スポリと便器の中に落ちこんだ。それのみならず、尻が中にはまりすぎて、容易なことでは便器から抜けなかった。蓋を持ちあげるとき、勘ちがいをして二枚一度に持ちあげてしまったのである。

しかし、その様子を誰にも見られたわけではないからよろしい。昨年だったと思うが、私は少し贅沢をして銀座の高級酒場に行った。そのとき仕立てたばかりの着物を人眼にひけらかしたいという哀れな心情が少しばかりまじっていたと思う。

美女を相手にお酒を呑んで、閑談おおいに湧き、私は一分のスキもない仕ぐさで煙草を吸ったり盃《さかずき》を含んだりした。便所へ立っていって着物の前をまくってみると、パジャマのズボンをはいている。

それまで三軒もはしごをして、大威張りで銀座の街頭を歩いてきたのである。私は大いそぎでパジャマを脱いだが、仕末するところがないので懐中に突っこんで出た。急に足のスネをあらわにした私を見て、美女がなんと思ったか不明である。

ようく考えてみると、まだ続々と出てきそうな気がする。そういえば、という形できりなく出てきそうである。ふだんは忘れているので、忘れっぱなしになっていればいいものを、きっかけがつくと一度によみがえってくる。

そのときは浴衣がけだったが、夕方、日劇前の大通りを突っ切ろうとして、途中で信号が変った。私は小走りで向う岸にたどりついたのだが、その途中、ズルッと帯がほどけるのが自分でもわかった。

しかし急を要する場合で、かまわず走るうちに、ズルズルッとなって、どういうはずみか、向う岸についたとき、帯は真一文字に大道に這い、浴衣は遠慮なく前がはだけた。私は片手で浴衣の前を握り、もう一方の手で地に這った帯の端を持ち、たぐり寄せようとした。

もうそのときは、車が発車しはじめている。広い道で何列にも車が重なって、両輪がどこかで帯を踏んでいるため、たぐり寄せられない。思案に暮れて、又信号が変るまで道の端で帯を握って立っていた。どこが失敗かといわれてもむずかしいが、とにかくそういうことになった。

悪いことに友人の編集者が通りかかって、何をしているのか、と問うてきた。友人はあとで、私が気が狂って、大道に帯を垂れて悠々閑と釣りをはじめたのかと思った、といった。

もうこれで私の失敗談はタネ切れと思いたいが、そういえば——。

居眠りしながら　わたしの省エネ

私は睡眠発作がともなう病気があり、カミさんは眼がわるいので、私たちはマイカーというものに縁がない。だからガソリンを使わないかというと、けっこうタクシーに乗っていて、同じようなことである。

東京には空車で流しているタクシーが実に多いけれども、あれはガソリンの無駄使いじゃないのかね。乗るときは電話で呼べばいいじゃないか。道路もすこしはすくだろう。

私はぼんやりしているときはすぐに居眠りしてしまうし、カミさんは眼が疲れるといって、私たちはテレビをほとんど見ない。だからテレビが省エネでどうのといっても関係ない。

もっとも電気はよく使うな。私は居眠りばかりしているけれども、この病気は持続睡眠ができないので、つまり、居眠りしながら、昼夜だらっと起きている恰好になる。夜中もずっと電気をつけっぱなして、実は三十分ほど寐ていたりする。あれは、空車で街を流しているようなものだな。

近頃もっぱらの説によると、文化生活を営んでいる地域の人間のこの先は、もうそれほど長くはないらしいから、石油がどうのこうのいっているうちに、買い手はもちろん、売り手の方もだんだんおとろえてきて、今度は人間の無駄死の方を防ごうということにでもなるのじゃないかしらん。

私はこれまでも、よろよろしながら辛うじて生きてきたせいもあるけれど、なんとかして自分のエネルギーを節約して使いたい。

節約すれば長持ちするのかどうかわからないけれど、もはや、私の動力は底が見えはじめている。補給に工夫をしないとお先まっくらだけれど、残りすくないからといって世間は高く買ってくれない。

それで、どうするかな。

私は昨日、街に出かけてまた麻雀をしてしまった。せっかくひと月近く牌にさわらなかったのに。仕事がうまくできなかったので、つい、ぱァッと忘れたくて遊んじゃった。

今の私は、もう遊べるほどのエネルギーが残っていないらしいのに、そう思いながら、冗費がやめられない。

私は今、家に戻って反省しつつ、居眠りしはじめているところだ。

私の顔

持病の脳神経症が悪化した七八年前頃から、この病気の余慶でブクブクに肥った。状態の良し悪しは、顔の中でいえば眼にすぐ出て、折り折り狂者の眼の色になっているのが自分でもよくわかる。神経症と精神病とは本来ちがうものだけれど、症状的にはよく似た点もある。敗戦直後、分裂症の女と縁があった時期があり、又その後も二三の知人がこの病気になったので、狂気がもたらす外貌の変化についてはわりによく知っている。簡単にいえば、まず最初眼に現われ、次に髪を気にしだし、次に笑う。私の場合は精神病でないから、目下のところ、荒廃が眼に沈潜するだけである。

もともと私の顔は不気味なところがあるらしく、今一緒に暮している女房がまだよく慣れなかった頃、深夜、風呂からあがってツルッとひと皮むけた私が突然寝室に顔をのぞかせたとき、ベッドで眠りかけていた女房がびっくりして悲鳴をあげ、身体を硬直させたことがある。

一人で書斎に居るとガラス戸に自分の顔が写っているから面白がってさまざまな異相を作ってみる。もちろん私自身を心から怖がらせはしないが、この様子を隣家か何かから誰かが見守っているとするとどうだろう。先日、ある連想が連想を生んで、いつのまにか一人で笑っていたらしい。その瞬間ガラス戸の顔が眼に入り、不意のこととてこのときは自分で肝をつぶした。

風前の灯

去年の夏から四ヵ月間、ぼくはひどく新鮮な経験を積んだ。生まれてはじめて患者という境遇になって病院で暮したのだ。紹介された私立病院にたどりついたとき、ぼくは脱水症状をおこして居、脈不整、血圧二百二十、白血球は約四万、という案配で、すぐには手術もできなかったらしい。

なぜ、こんなになるまで放っといたンです、とその病気では若いが名医と定評のある医者が、それらしい端正な顔を向けていった。でもぼくは、ただ痛苦さえ我慢していれば昨日までの日々が今日も続くと思っていただけだ。それでとうとう、と医者がいった、それが続かなくなったってわけですな。

環境がガラリ変って、ぼくは囚われ人になり、医者や看護婦の命ずるままに動くほかはない。ぼくがこの次何をするかをきめるのはぼくでなく医者であり看護婦だった。そのくせ生じる結果についてはぼくが身体で負わねばならない。

　昔、遠からぬ死を覚悟していた頃があった。あの大戦争の頃だ。ところがぼくが軍隊にとられる年令に達する寸前に、突然戦争がやまってしまった。死は他人のもの、という素朴な実感が今日もなお軸になっているのはあの偶然のおかげかもしれない。

　しかし今度は神風は吹かず、ぼくは予定どおり小さな台に乗せられ、注射器を持った看護婦に見送られて手術室に入った。手おくれのうえに肥満体なので手術は困難をきわめたらしい。院長は、なおるという言葉を使うかわりに、どうやら助かったらしいね、といったという。

　四五日たって、さァこれで終ったな、と思った。耐え忍ぶことはすべて終ってあとは恢復《かいふく》を待つばかりだ。見舞いにきたぼくの母親が、病院の玄関で、執刀してくれた医者の夫人に会ったといった。

「先生がとても心配してくださって、夜も眠れないといっておられたそうよ」

　母親は、医者が念入りにみてくれているという感謝があったらしいが、ぼくはひょいと不安になった。ほとんど連日、手術の患者をあつかっている医者が、一人の患者のために不眠におちいるというのは不自然だ。ぼく一人が念入りにされる特別の理由もない。

　何日たってもぼくはベッドから起きあがれず、食欲も湧かなかった。それどころか身体がだんだん黄色くなってきた。外科も内科も一様に首をひねり、もう少し様子を見てみよう、といった。ぼくの名医は廻診に現われるたびに心なしか視線をおとし、口数すくなくなっていた。

二十五針も縫った腹部を眺めるたびに、これでも元に戻らないのが理不尽な気がした。もっとも理不尽なのがこの世というものであろうか。一階下の癌患者は麻酔を打って貰いたくて廊下を這って看護婦室までくるのだが、そのたびに担当医に殴りつけられて追い帰されるのだという。それにくらべてぼくの名医は内省的すぎていわゆる医者らしくない。夜眠れぬと夫人に洩らした一言を伝えきいておいてよかったなと思う一方で、もっと世間並みに理不尽にあつかわれるべきだという気がする。

当の名医も他の医者も実体はあらかた覚っていたと思うが、他の医者は担当医をたてて積極的な意見を吐かず、名医自身は何に気をかねてか、再手術というその一言をすっと吐きだしかねているようだった。彼は医者としての権威こそうわべでは崩さなかったが、実際にはぼくと似たりよったりの存在で、ままならぬこの世を慨嘆する人物になっていた。

「先生はお酒をお呑みになりますか」

「ええ、まァ少しはね」

「それじゃァ、いつかぼくが元気になったらご一緒に不摂生《ふせっせい》をしに行きましょう」

ぼくは相変らず無自覚無反省で、死は他人のものと思いのん気だったが、その頃風前の灯《ともしび》に近かったらしい。

大学病院に身体を移されたとき、ぼくは黒黄色に干しかたまり、小水はコーヒー色で、重症患者の多いその病院でも一二を争そうまでになった。初診の医者から、

「なぜ、ここまで放っておいたのかな」

とそこでも同じようなことをいわれた。

まず黄疸《おうだん》をさげなければその後の処置は危険で何もできないといわれ、横腹から管を打ちこんで、つまっている胆汁を外に出した。そのため約二ヵ月の間、寝返りも打てず、真上を向いたまま寝て暮した。

大学病院では三人の若い医者が担当になり、打って変ってテキパキとことを運んだ。ぼくはほとんど連日、辛い検査にかりだされ、検査のないときの束の間の平和な眠りだけが楽しみという日常だった。

その大学病院にも籍がある例の名医が（本当に名医らしく、あの先生が執刀して再手術なんて信じられないと大学病院の看護婦が口を揃えていっていた）時折り顔を見にやってくる。

「大丈夫ですよ、もう心配はいりません」

彼はその呟やきをくりかえした。そうして、いつまでたっても埒《らち》があかずに延々と入院しているぼくをじっと眺めた。ぼくの方も友情のこもった眼で見返した。

ぼくは自分ののうてん気さに今さらながら驚いた。名医の執刀の失敗と断言できないまでも、完全にことがおこなわれたなら今頃はシャバの空気を楽しく吸っている頃なのだ。にもかかわらず、病院の中では彼の優柔不断さがただひとつの慰さめであった。

ぼくは自分の命を軽んじながら一人の友人を得たことに満足した。

虫歯について

今、歯が痛いから、なんとしても念頭から歯のことが去らない。

もっとも私の歯は突然に悪くなったのではなくて、もうずうっと前から、間歇《かんけつ》的にではあるが痛んでいた。虫歯でもあるし歯槽膿漏でもある。徐々に患部が拡がっていくのが意識される時期をへて、近年は口中の菌の活躍の動きも活潑になり、蝕《むし》ばまれはじめた歯があッというまに一本ずつの歯を喰いつくしていくのがわかる。それならば根こそぎさらってくれればよいのに、不行儀に根だけ残すものだから、歯ぐきのあたりがいずれも盤根錯節として洗濯板のような状態になっている。その中で左右一ヶ所ずつ、歯ぐきの奥の骨に届いているかと思える深い穴があり、この左の部分が常時痛むのである。それでも私は、歯医者には行かない。

左の深い穴はほぼ十時間ほど痛んで、なぜかぱたりと痛みがとまる。毎日である。菌もあるいは眠るのかもしれない。そのかわり痛みはじめたら顔面から頭にまで痛覚が拡がって、眠ることもできない。私は他の薬を常用しているので異種の薬をなるべく呑まないようにしているせいもあるが、売薬などではもちろん効かない。

痛みはじめると、氷水とそれを吐く器を持って床《ゆか》にうずくまり、ベッドに背をもたれさせる。どうせ他のことは何もできないから、間断なく氷水を口に含み、患部の熱をとって器に吐く。その瞬間は痛みがやわらいで息がつけるときもあるし、単に口中が冷たさにしびれて痛いのか痛くないのかよくわからぬというだけのときもある。

菌が眠るかして痛みがとまっている時間がいそがしい。仕事もしなければならないし、客との応対、電話、睡眠もとる。散歩もするし遊びにも行く。それらを犠牲にするわけにはいかないから、睡眠の余裕がなくなる。ひと頃、ずっと眠らないでおいて、痛みだしたら睡眠薬を呑み、眠りこんでしまおうとした。そうは問屋がおろさなくて、ぐぐッと数秒眠り、すぐ痛みでさめて氷水を含む。口中がしびれている数秒だけ失神して、たちまち痛みが復活する。だからうすぼんやりしたままベッドに背をもたれかけているだけである。

しかし、歯医者には行かない。行かないと定めたわけではないが、行こうとしない。歯が悪くなってから、喰い物が変った。他人が高い歯音をたてて煎餅やピーナツを嚙むのが最初は少し気になったが、今はもう慣れている。菜というものが嚙みにくい。海苔が固い。歯を嚙みあわすものはすべて駄目で、丸呑みにできるものがよい。蛇が生卵をほおばって、腹中で実を吸いとり、殻だけ尻から出すけれども、あれが美味《うま》そうで、ひとつやってみようかしらと思う。

そうこうしているうちに骨髄炎になって、顔半分くらいけずりとるようになりますよ、といわれるし、実際そうだと思うけれども、仕末に走ろうとしない。知人があちらこちらの名医を教えてくれる。机の抽斗《ひきだし》に紹介状がいくつも入っている。第一、私の親しい友人に歯医者が居て一緒に外国を旅したりもしていて、彼もずっと心配してくれている。それで意地にも我慢にも耐えきれないという折りに、たいがい夜中だが電話して明日一番で彼の所の門を叩くことにきめたと告げ、受話器をおくとピタリと痛みがとまっている。

小学生の頃に歯医者にかよって、ガリガリと歯をけずる機械の妙な味も知っているから、未知の怖さに慄《ふる》えているわけではない。戦争時分に喰う物がなくて、歯だけでなく医者との縁が切れた。それでももう一度出向きはじめるには、うんと力を入れて立ちあがらなければならない。

敗戦後五六年した頃、街をごろついている最中にまた痛みだして、一度、飛びこみで歯医者に入ったことがある。ばくちを常習にしていた頃で、風態も気持の動きも荒んでいた。白マスクをした中年の医者がこちらの風態を見て（ではないかもしれぬが）、眼で椅子をさし示し、一言も口をきかずに、口をあけろというゼスチュアをした。

市民がごろつきを軽蔑するのは当然のように思えたけれども、それではこちらも市民を軽蔑してやろうと思い、医者が歯石をとり、口をゆすげと指示するまで黙って坐っていて、不意に指で扉の方を示し、私は黙って椅子から立ってそのまま帰ってきた。

医者とはおあいこのような気分になったが、歯の痛みが片づかなくて弱った。

それで医者が嫌いになったというわけではない。医者に行かない大仰な理由はべつにないので、だから、いったん行かないとなると、大仰に心を入れかえて発心するというきっかけがつかめない。とにかく、なんとなく嫌で、そのうち医者嫌いというペースができてそれにこだわりだしてしまったから、自然の重なりをさらりと脱ぎ捨てることがむずかしい。

明日、〆切りで、だから今夜はどうしてもがんばらねばならぬが、するとぐずぐず茶を呑んだりして、貴重な時間を無駄につぶすことをやめられない。ひりひりしながら怠けている、あの気分に似ている。

武田泰淳氏はやはり歯医者に行かず、歯が全部抜けおちるまで、艱難《かんなん》辛苦してがんばったという。六十歳でやっと全部なくなって、ほっとしたと思ったら、それからまもなく不幸な死病にとりつかれた。百合子夫人からその話を伺って、私はまた勇気を湧かした。泰淳氏のお話はなんとなく人生模様として呑みこめる。

私の父親も、年をとってから頭に近い部分は人手にかけない、といって歯医者に行かず入れ歯もしなかった。しかし彼の場合は、五十すぎでぞろぞろと簡単に歯が抜けおち、痛苦も訴えず、根も残らなかった。まことに簡単な歯で、以後ほとんど食物を丸呑みにし、九十六歳になってもまだ元気でいる。泰淳氏の話とくらべて筋が通らないが、物事は筋のために存在しているわけではない。

私は歯医者へ行かないのみならず、やむをえない儀礼の必要がある場合、それは年に何度というくらいだが、そのとき以外は歯もみがかず、顔も洗わない。

先日、久しぶりで歯ブラシを使ったが、そのあとやはり気分爽快で、快適だった。しかし、自分らしくなくて快適さに馴染めない。またすぐあの快感を味わおうという気分になれない。

半紙の占い

またひとつ年をとったということが、いたしかたないようでもあり、困ってしまうようでもある。

年をとるごとに加速度がつくというけれど、三十すぎ、四十すぎの一年一年はまったく速い。シジュウ、クサイ、という地口《じぐち》があったが、子供の頃、そういう年齢はもうまるで他人事《ひとごと》で、どうすればあんなふうに甲羅をへたおっさんになれるのだろうと思っていたあたりに、易々と自分がさしかかったことに一驚する。

昔、二十歳《はたち》前の頃だったが、偶然のことから清元梅松江というお師匠さんの一家と親しくなり、その家に入りびたったことがある。彼女は名人梅吉の数すくない内弟子で叩きあげたひとで、苦労人であり、芸の世界に生きるひとらしい洗練を日常のたたずまいに備えていた。私は親しさまぎれに彼女のことを、オベン子さん、と呼び、姉のようになついた。当時私は生家にはほとんど帰らず、無頼で、市民社会からはみだしていた頃で、まことに貴重な知人のひとりだった。今でも健在であるが、なつかしいひとである。

ある日、地方から上京してきた年配の客と一緒に、夕飯をご馳走になっていると、その客が、いきなり、

「藁半紙を一枚、持ってきなさい」

別室に行って半紙を貰ってくると、

「あンたのこれからを見てあげるよ」

その客は易をたてる人で、新潟北陸方面ではよく当たるので有名なのだそうだったが、私はその時分、若かったせいもあって、自分の未来などに興味も関心もなかったので、半分座興のつもりできいていた。

その半紙を三センチ幅ぐらいに細く折りたたみ、元の形に戻すと、縦に線がたくさんできる。

「この線の中の一区画が、あンたの一年だよ」

と客はいった。

まず来年だ。来年はね、こういうことがある。再来年は、こういう年、その次の年は——、とかなり早口でいう。メモをするわけではないので半紙は白いままであり、それがかえって暗示的に見えなくもない。

そういうふうにやっていって紙の裏表を使い、たちまち三十九歳の線までいき、さ、これで

おしまい、といってその客は半紙を私に返した。

　私はそのことを簡単に忘れた。それから二三年して私は無頼の足を洗い、市民社会に戻って、相撲の番付風にいえば序二段つけ出しという格好で小さな会社を転々とした。ある年の春、いくらか大きな業態の勤務先をやめて半分やむをえずフリーランサーになったとき、孤立の不安のせいか、ふと例の半紙の件を思いだした。その年は職業変更、と予言されていた年だった。

　細かいことは忘れたままだったが、特徴的なことや大きなことは記憶の隅にあり、それまでの年月も大体符合している。急に気になりだしたが、しかし半紙はもう無いし、あったところで何も記していない。

　それから、三十九歳のところまできて、何故、これでおしまい、となったのだろう、と思った。

「これから先は、わからない」

　とその客がいったようにも思うし、そうはいわなかったようにも思う。けれどもそこのところがなんとなくうす気味わるい。自分の寿命は三十九年であるような気がする。

　それから五年ほどして某大手出版社の新人賞を貰った。発心はだいぶ前からしていたが、その年、発作的に一篇を書きあげて生まれてはじめて懸賞小説に応募したのであるが、例の半紙によればその年は光がくるということになっていた。その新人賞は当時きわめて格調が高いといわれていたもので、私のような不良少年あがりには夢のようなものであった。

その頃から、あの人はあらわにはいわなかったが、言外の行動で寿命まで教えてくれたのだという確信が深まった。私は友人にもそういい、口にするたびにいっそう確信するという有様で、妻子や住居など遠い未来につながるようなものは何ひとつ持とうとしなかった。

数え年三十九歳が何事もなく過ぎると、いよいよという思いで、満三十九歳にのぞんだ。正月の餅もこれで最後かもしれないと思った。ところがその年もさしたる変事はおこらなかったのである。

拍子抜けすると同時に、なんという馬鹿々々しい思いに捕われていたのだろうと思った。その反動で私は筆名を変え、それまでとは少しちがった至極現実的なコースに一時期変わっていた。それはそれとして、四十の声をきいてから、永年の不節制がたたったのであろう、急に肥りだし、身体のあちこちが香ばしくなくなった。

三十九の年から、さらにもう十年がたった。いつ死ぬという証しはないが、新春の餅はもうこれで喰べおさめかもしれないという思いは、毎年、変わらない。

老いの第一歩

いつのまにか新しい年になって、私も五十歳を一つ出る恰好になった。多分、子供でもあると、子供が育つにつれて鏡になって、日常で自分の老いをやむなく納得していくのであろう。私は子供が居ないうえに、九十代と七十代の両親が居るせいか、自分が老いた実感がなかなか身につかない。気分のうえでは、グレていたまだ昔と同じようなつもりで日を送っているところがある。

そうして正月や、たまに誕生日などがきて、不意に年齢をつきつけられる。

若い頃というものは、諸事不充足で何ひとつ自分の思うようなことができない。けれども身体だけはどこも痛いところはないし、ぴんしゃん動く。何がなくても生きていくだけならば不自由はない。それが、生きているということなのだと思っていた。

おいおいとそうではなくなって、息を吸ったり吐いたり、そういうなんでもないことができるのをありがたいと思うようになってきた。そう思う一方で私はまだノーテン気で、自分の現在の体力気力に応じた生き方をしようとしない。

昔、やたらに遊びたかった時期がある。迫力のあることをやってみたくもあった。そうして、ただそれだけではものたりないから、遊びとは裏腹なことに執着している一面も切り捨てないで一緒にやっていこうと思った。どの程度にそれらのことがやれたかはともかくとして、その結果、君は放埒《ほうらつ》だね、と人からいわれた。私は気のある方向と四方八方つきあって、小いそがしく日を送ってきた。

普通ならば、その中の一二を選び残して自分の道を定め、あとは思いをたち切るべき年齢に達しても、そういう整理を少しもやらなかった。で、私は父っちゃん小僧みたいなものだった。

この十年ほどで、体力がままならぬようになった。特に三年前に大病をしてからは、少し無茶をやると水がすぐに涸れる。それでも、なおかつ、以前のペースを変えようとしないものだから、はた目にはただ不摂生をしているだけと映っているだろうけれど、本人のつもりでは、なにやかやに首を突っこみすぎて、よろけたり転がったりという状態になる。

ここのところしばらく、一応、小説を書くということを業のようにして、しかし実際は他のことも一緒にやりながら、辛うじて生きてきたけれど、できうるならば、そういうもろもろのこれまでやってきたことを、しばらくやめてしまいたい。仕事も、仕事でないことも、投げだしてしまって、ぽつねんと日をすごしたい。まったく阿呆な話だが、生まれてはじめて、勉学をしたい、という気持ちが起こってきた。

ただ、気質や、自然条件を足場にして、なんとなく、ろくすっぽ苦労もせずに来てしまったが、そんなことでやれたのはここまでのところで、この先は一歩も進めない。いかに私が楽天的でもそれはわかる。

私のような男は、この先また十年ぐらい黙って生きて、それでもう一本、小説を書くというのなら、あるいはできるかもしれない。十年目ごとに一本ずつ書いていくといっても、もちろん残された時間がもうそれほどはない。

勉学するさえ、残されたわずかな時間から逆算してみれば、まとまった時間をとることは許されない。

今、自分の貯金通帳はもう底が見えている。新しい貯金を増やしていきたいが、その額を大幅に増やすことには時間的制約がある。では、残額を計算しながらチビチビと小出しに使っていくか。

それはいやだ。もともと私は小説一筋に生きようとしてきた男ではないから、チビチビ使いをするくらいならば、捨ててしまって、他のなにやかやに気が移ってしまうだろう。まったくどうも、この世は他のなにやかやが多すぎる。

ではどうするか。

白鼠が檻の端に鼻面をぶつけてたちどまっているような図で、我ながら苦笑を催す。

もっとも、勉学というものが、私の場合、具体的にどういう形をとるのか、わかっているようでわからない。

それにしても、ふりかえってみると特にこの十年ほど、私としてはあれやこれやを雑然としているつもりでいるうちに、いつのまにか、原稿書きという眼で世間から見られはじめ、当人もそんなつもりになりかかっていた。そこのところがよくないなァ。通帳がなしくずしに減るばかりになってきたのはそれからだ。

机に向かってただ原稿を書き、来訪する編集者と会っているような日々から、脱け出たいが、それができるだろうか。私にとってここをなんとかしなければ勉学の第一歩がはじまらないようにも思うのだが。

お葬式

〝お葬式〟という映画はまだ見ていないが、知友の誰もが面白いという。冠婚葬祭というものの処理について、この頃の人はわりに知識が乏しいらしい。核家族になって、先代から伝承される知識を身につける機会が減ったせいでもあろう。

かくいう私自身も、常識欠如というか、なんとなく小市民の生活感覚から遠いところに居て、儀式というものをあまり尊重しない。

そのうえ、肉親の不幸にあまり直面しなかったので、知識が欠如していてもそう困らなかった。

三年前に、父親を九十七歳でなくした。そのとき、もし枕頭に居たら、なんとなくまごまごしただろう。

「――俺が死んだらな、やることはわかってるか。まず、鼻や口や、穴のあいているところに脱脂綿を詰めこむ。汚物が出ないようにな。それから両掌を胸の上で組み合わさせて——」

というようなことを、折りにふれ父親がいっていたような気もするが、身を入れてきいていなかった。

父親の場合、なにしろ高齢で、半年近くも寝こんでいたから、いつ死んでも不思議ではなかったのだが、やっぱり、すぐ来てくれ、という電話が生家からかかってきたときは、凝然となった。そのときぎりぎりの原稿があり、もう少しのところだったので、終らせてすぐいくつもりだったが、頭が散らばってしまってピッチがあがらない。心臓は丈夫だし、意識はどうせなくなっているのだから、少しおくれてもいいだろう、と思ったりした。

そのうち、今、死んだ、という電話が入った。ところがそう聞くと同時に、すっと身体が冷えた。哀しい、というよりもなにか厳粛な気分になり、死ぬという事実が納得しがたい思いだったが、そのくせ、今までなまなましい間柄だったのが、単に儀式の問題にすりかわってしまったようなところもあった。

私はなんだか、儀式というものに年甲斐もなくすねていた。葬式の日も、わざと私だけおくれていって、たくさん集まってくださった来客をかきわけながら、

「腹がへっちまったんでね、そこのソバ屋に入ろうとしたんだけど、考えてみると、葬式の時間に喪主が、近所で天ざるなんか喰ってちゃいけねえから——」

といって笑った。何人かの人が苦笑を洩らし、何人かの人が、あいかわらず無頼漢だなァ、

という顔つきになった。けれども私はそれ相応に興奮しているせいもあって、たじろがない。

身内たちが霊前にちんまり坐っていて、私のカミさんなど手招きしているが、

「俺はいいよ。こっちでお客さんの応対をしてる」

通夜のときもそうだったが、葬式のときも焼香もしないし、霊前に頭をさげなかった。葬式坊主にも挨拶しない。

ほとんど面識もない葬式坊主が、戒名を定めるなどということも納得できない気がする。父親も、戒名でなく本名を墓にきざんでほしいといっていたが、しかしやっぱり周辺が坊主の跳梁にまかしてしまう。

私と父親のたしかな関係は、こんな儀式めいたところには不似合いで、私は一人で、自分の気持を、今後ずっと、父親に通じさせていこう。そういう気持が、べつにりきみかえるほどのことでもないのに、こういうときというと表面に現われてしまう。

それからまもなく、叔母が亡くなった。私の父親の四十九日に上京してくれて、その帰りに心臓発作で倒れたのだった。申しわけないと思っていたので、母や弟と一緒に、私もお線香をあげに行こうと申し出た。

「お前はああいう席でいつも列からはみ出るからねえ」

「そんなことないよ」

私にいわせれば、他家の儀式は、その家の定めに従って礼を失してはならない。葬式という

ものは、いそがしい日常の中で、なかなか弔意を主にしていられない知友が、黙禱をする場なのだと思う。

身内は、あえて儀式をしなくても、毎日哀しみに沈んでいるだろう。だから主役は、遠く近くから集まる参会者の方なので、これは粛々としていなければならない。せめて自分が喪主になったときぐらい、喪主のわがままを許していただきたい。

この夏の不思議

　この夏は実にさまざまな事件が連続して起きて、愚妻などは連日テレビにかじりつき、泣いたり怒ったりして睡眠不足をかこっていた。不思議なことに、飛行機が、世界じゅうのあちこちで大小の事故をおこしている。羽田沖の事故以来しばらくなかったのに、今さらのように飛行機恐怖症になった人が多い。そうかと思うと、事故のあとはかえって安全だ、と確率論をふりかざす人もある。

　不幸というものが、分散平均しておこると考えがちな人と、時期によって濃淡があって当然と考える人と、二種類居るらしい。

　昔、戦争の頃、下町大空襲のあとで、顔見知りの老人一家が、まだ焼けてない山手《やまのて》から無残に焼けつくされた下町のどまんなかにバラックを建てて移住した。

　これから焼けるところより、もうひどい目にあったところへ疎開した方がいい。皆さん、下町はもう安全ですよ、と老人はいう。一応もっともな考えに思えたが、その老人は家の前で空襲を見物していて、高射砲の破片が頭にあたって亡くなったという。だから運というものはわからない。

若い頃はすこしも家の中に坐っていないで、なにがそんなにいそがしかったのかわからないが、風呂に入るひまもなかったし、面倒だから往来に寝たりしていた。今もって、引越し癖が直らない。

それが、年齢のせいか、めだって動きがにぶってきた。たとえ仮寓であろうとも、家の中で裸で寝転がっているのが一番よろしい。私はナルコレプシーという持病があり、睡眠リズムが狂ってしまっていて、常人のように昼夜という区別がなく、一日じゅう起きたり寝たりしている。今の仮寓の仕事部屋のベッドは窓ぎわにあって、夏の間じゅう窓をあけはなしておく。二階だから虫もほとんど入ってこない。

それで、ずっと寝ながら雲を見ていた。こんなに雲を眺めたのはこの夏がはじめてだ。今まででうっかりしていたが、雲というものはまるで静止しているように見えて、意外に変化が早い。ちょっと眼を離していると、空の様子ががらりと変わっている。夏雲はぼってりと重そうですこしぐらいの力では動きそうもないのに。

私はもともと凝り性で、気がかりなことに接近しすぎる傾向があるけれど、知らない間にさまざまな雲が、たゆたっているように見えて、一瀉千里《いっしゃ》にどこかへ駈け去っていくことを考えると、おちついていられない。それで夜も昼も、空から眼を離さない。

ある日の未明、低気圧気味の日だったが、先年まで飼っていたチワワのゲンロクとチョンボという二匹の犬の顔をした雲が、西の方から矢のようにやってきた。兄貴のゲンロクが弟のチョンボを前肢の中にはさみこむようにしている。

離れた自宅に居る愚妻に電話してすぐ空を見るようにといったが、愚妻の家からは何も見えなかったらしい。いつも私の幻覚を笑う愚妻が、そのときは笑わずに、

「どんな顔をしていた――？」

「ただの、普通の顔さ」

「――お盆だからね」

といった。お盆だそうだが、二匹ともこちらを一顧だにせず、どんどん駈け去ってしまった。

昔、隣家にいたお婆さんが、雲になって出てきた。それから小学校の怖い先生も居た。竜のような蛇のような、動物はしょっちゅう出てくる。もっとも、固定しているわけではなくて、わずかずつだけれど見る間に崩れていく。まぎれもない知人の顔が見えたときは、少し怖い。けれども知らない間に皆が空を駈け去っていくから油断がならない。本当に、ただ寝転がっていても用事が多くてぼんやりしているひまがない。私は、死んだ父親が現れるのを期待しているが、そんなに思いどおりにはならないようだ。

今年の夏は、永年欲しかったが面倒で実現させなかった雪駄を買った。下駄は、近頃の舗装道路は頭に響いて歩きにくい。で、たまに外出する時は、浴衣と雪駄で弥造《やぞう》をつくって歩く。年甲斐もない恰好だがかまわない。考えてみると、雪駄を買ったことが私のこの夏の事件で、波乱に富んだ世間のことを思うと、どれほど幸せかわからない。

もっともいつか私も、不幸にまぎれこむと思う。私のような男は、どれほど不幸になったとて文句のいえぬ男であり、それがつつがなく生きのびればのびるほどに、やがて訪れる不幸も大きなものになっていかざるをえない。これは確率であるか、それとも因果の理《ことわり》であるか。いずれにしても大きな不幸が、矢のように、空を飛んでくるはずだと思う。

II

敗戦時の上野

私は昭和四年生れの学徒勤労動員世代で、弟が昭和十年生れの学童疎開世代だった。敗戦後、栃木の山奥から東京に戻る列車の中で、上野までの窓外が一望焼跡なのに弟たちは唖然としたという。

本当にあの頃、上野の山の上から東の方を眺めると、浅草の国際劇場がそっくり見えた。上野と浅草の間にいくつかの焼ビルのほかは何もなかったのである。

私は八月十五日の敗戦の日は、牛込《うしごめ》の生家に居たけれど、翌十六日、十七日には、上野から浅草の方をふらついていた。なにしろすごい人出で、瓦礫《がれき》だけの盛り場を、皆、ただなんとなくざわざわと歩いている。歩きながら、汚れたジャンバーを片手で高くさしあげている男が居ると、何人もの人が金を握ってその男をとりまき、譲り受けたりしている。

さつま芋のふかしたのや、ゆで卵などを、やはり歩きながら売っている者もあった。まだ露店など出ていない。警官の眼をかすめるために、売り手も買い手も移動しながら取り引きしていた。

なにしろ衣食住すべて不自由で、難民に近い状態だったけれど、今想像するより人々はいずれも明かるかったと思う。それは長い戦争が終って、やっと生き残れた幸運を意識していたからだろう。

それは上野名物だった浮浪者や浮浪児だって例外でなかった。なにはともあれ、さァこれから好きなように生きられるぞ、という気持を誰もが持っていた。

当時の浮浪者は、平時のルンペン乃至乞食とはまったくちがう。空襲で、家や家族や職を失い、なんらかの事情が重なって、地下道を寝ぐらにした人々、親たちを失った子供、そういう不幸な人たちが大部分だった。だから、地下道から職場に毎日かよっていた人も居る。

上野駅が浮浪者にとって便利なのは、帰省客でいつもごったがえしているからだ。特にあの頃は切符を買うにも列を作って終夜待ったりする。そういう人たちが弁当を広げるとすかさず浮浪児が寄ってきてねだる。昼食時は山の上の西郷隆盛の銅像の前の広場。帰省客ばかりでなく地方から上京してくる人も多い。そういう人たちの銀シャリの握り飯を、まっくろな掌にのせてもらう。たいがいの人は、かわいそうというよりうす気味わるがって、手早く与えてしまう。浮浪児の方も世間智がついていて、わざと汚れて庶民を脅すようになる。

女の人も居て、深夜、博物館の前の噴水のある池で身体を洗う。不忍池に深夜になると裸の女が現われるという読物記事があったが、本当なら、多分それは地下道の女性の行水《ぎょうずい》だったと思う。

けれども冬がきびしい。地下道はまるきりの戸外よりは暖かいが、それでもコンクリートに寝ているので、例外なしに慢性の下痢になった。あの頃、人々に嫌われた地下道の異臭は、おおむね下痢便の臭いだったと思う。

私はちょうど戦争中に中学を無期停学になっていて、宙ぶらりんのまま、生家を飛び出して焼跡を徘徊していた。地下道にもちょくちょく飛び入りで寝ていたことがある。

ずいぶんいろいろ思い出があるが、でも広小路や御徒町《おかちまち》の方はすぐに露店ができ、ヤミ市の恰好をなした。表通りの方は、平和産業に切りかえた工場からの製品、鍋釜の類、傘や石けんなどの日常雑貨が多く、今のアメ横あたりは、はじめ喰べ物の露店が並んでいた。イモのきんとん、烏賊《いか》や鰯《いわし》の焼いたもの、イモ饅頭、進駐軍の残飯シチューの類だ。

もっともこれは上野ばかりでなく、山手線の主要駅附近はどこも似たようなものだった。その中でとりわけ大規模なヤミ市が、上野と新橋と新宿だったのではないかな。

上野のヤミ市の独特の色彩は、やはり浮浪児たちが、雑踏の中を練って歩く姿だったろう。浮浪児たちの中には、露店を手伝って、皿を洗ったり、煮炊きを手伝ったりする子も居た。働くのは感心だけれど、あの汚ない子たちが作るものを平気で喰べていたのだから面白い。もっともこの子たちの中に、後年社会人として成功しているものが何人も居るらしい。

私も当時グレのまッ最中で、浮浪児を何人かひきつれて、夜の上野の山に来ているアベックを襲って小遣銭を巻きあげたりした。

アベックは訴えないから、一番腰抜けのグレにもできる荒行なのである。私が浮浪児たちに教えた方法は、アベックが脱ぎ捨ててあるズボンやスカートを、まず遠くに放ってしまう。すると彼等は下着だけではすぐに追ってこられない。この方法は、あとあとまで伝わって、方々の公園でおこなわれていたらしい。

私が以前に阿佐田哲也の名前で書いた『麻雀放浪記』が映画化されることになって、畏友のイラストレーター和田誠が、脚本監督をしている。和田誠は学童疎開の年齢で、敗戦頃の上野を眺めていない。

彼の脚本をはじめに眼をとおしたとき、開巻のシーンで、上野の焼跡に風が吹いて煙草の空箱が舞う、と記してあった。いかにもありそうな、観念的には頷ずけるが、実は、あの頃、日本の煙草は箱になど入っていなかったのである。配給は〝のぞみ〟という刻み煙草。手巻きの機械があって、うす紙に巻いて吸った。露店で売っている手巻き煙草は、箱でなく、こよりのような紙で十本束ねてある。

映画は視覚に具体的にうつるから、そういう些細なことまでむずかしい。江戸時代の話ならばともかく、敗戦後などはまだ実際に知っている人がたくさん居る。たとえば、都電ひとつ、東京にはもう通っていないし、焼けビルや焼け跡は大オープンセットを作らなければならない。

そういう難点を苦労して克服して、和田誠はなかなか見ごたえのある映画にしているらしい。

私も、なつかしい四十年前の上野に会うつもりで、映画を見に行こうと思う。

私立吉原学校

私の学校

学校にかようという習癖は、とうとう身につかなかったけれど、どこに居て何を学ぼうと、たしかに学んだものがあるならそこが学校といえないこともない。

私が女衒《ぜげん》のいろはから学んだのは吉原学校だった。女衒といっても私の専攻は女郎の玉転がしの方で、いわゆる人買いの方ではない。まァ似たようなものではあるが。昭和二十四五年頃、まだ売春防止法には間遠な時期で、島内《しまうち》の男にとっては、退屈のような、うじゃじゃけたような、うら哀しいような日々だった。どんな学び方をしたかは、ある小説の中にも記してあるのでくりかえさないが、私の直接の師匠は、今も人形町で小料理屋をやっている。

この師匠はなかなか鋭どい実力の持主だったので、居候の私も楼主は厚遇してくれた。居候の初日の晩に、「どの妓《こ》でもお好きなのをおあがんなさい——」といわれたが、そういわれるとかえって、「ごちそうさま」ともいえなくなった。ここいらが素人のいたらぬところであろう。

朝御飯から一緒だし、昼間はバカ話をして笑い合ってるし、ときには六区の映画についていったり、だんだん一家の女たちとも馴染んできて、ああこの妓なら（といっても私はやっと十九か二十歳の頃だったが）ちょいと専属の気味になってもいいな、という妓も居たけれど、黙って手を出さなかった。多分、私がお願いすれば「よござんすよ、お使いなさい」なんてことになったかもしれないが、なんだかいいだせない。その頃、私はもうけっして初心《うぶ》ではなかったはずだが、どうもこういう立場では、いうをはばかるような気がした。

それで結局、私はだんだん家の中でかすんでしまい、居るのか居ないのかわからぬような存在になって、楼主からも女たちからも、軽く見られるようになった。このあたりでは、とにもかくにも、気合と、一種の回転力が尊敬されるのである。

夜は、師匠と一緒になって、酒を呑むか、小ばくちを打つかして、大びけすぎに郭《くるわ》に帰る。それで妓が敷いておいてくれた小部屋の布団に、一人で寝るのであるが、私はそれから、例の妓を小間使いにして自由にもてあそぶことを空想する。

世帯を持って一緒に苦労しようというのではない。ただの小間使いの夢である。不届きだが、ひどくぜいたくな夢で、夢見るだけなら、いつまでたっても見飽きるということがない。せっかく吉原学校に入ったのだから、どうして実現させなかったのか、ちょいと残念である一方、あのときのあの妓たちはどうしているか、と案じられもする。

酒との出逢い

戦時中の勤労動員時代、工員たちと車座になってときおり呑んでいたが、本格的に呑みだしたのは敗戦後のヤミ市からだ。だから出発はどうしようもない悪酒だった。バクダン、カストリ、なんでも鼻をつまんで呑んでしまったが、メチールを含んだものもあったかもしれない。密造ドブロクなんてのがあれば最高だった。だから酒のうまさなんてものはほとんどわからない。ただ体力にまかせて呑んでいただけだ。

当時は酒を呑めば、ぐでんぐでんになってしまうものだと思っていた。酒の質もわるかったのだろうし、いつも空きっ腹で栄養失調に近い。そのうえ当方が呑みなれていないときている。私ばかりでなく、深夜の盛り場は正体を失った酔漢がたくさん居て、どこにでもゲロを吐いていた。

やっぱり十七八の頃だったが、何か理由があって七八人ほどで、最初少し日本酒を呑まされ、それから焼酎になった。酔ってきてもうセーブがきかない。年上の者からつがれるままに呑んで、空中に飛翔したような気分になった。皆と別れて歩き出したつもりだが、すっかり腰をとられて辻々で昏倒した。結局、電車通りの砂利の山のところに倒れ寝て、夜が白むまで居た。苦しかったがあれが最初の深酒だったと思う。

それからだんだんに、ペース配分をおぼえた。酔うと苦しいから、完全に酔ってしまわないように、ゆっくり醒ましながら呑む。なんのために呑んでいるのかわからないような気がするけれど、それでも呑まずに働いているよりはいい。

ところがそのうちに当方の懐中が欠乏しがちになり、往来で寝たりするようなことが重なってくると、一杯の焼酎で最大の効果を得なければならない。特に冬は暖まる必要がある。唐辛子の粉を入れて焼酎を赤くにごらせ、いそいで呑み干してから道路を走ったりして、なんとか酔おうとした。その頃は日によっては一杯のソバも喰うことができなかった。

もっとも銭がいくらかあるときは倹約しない。酔って国電で寝るが、山手線ならいいけれど、時々思わぬ方向の終電に乗って終点でおろされる。するともうその駅のホームの地下道にしゃがんで朝を待つしかない。私ばかりでなく、当時はそういう人がたくさん居た。

中央線の立川とか浅川（高尾）、それから千葉だとかはおなじみだった。

あるとき、気をつけて呑んでいたつもりだけれど、新宿でかなり酔ってしまって、連れと一緒に中央線に乗った。飯田橋でおりて、そのときは生家に帰るつもりだったけれど、それからどうしたかさっぱりおぼえていない。連れともいつのまにか別れ、どこかで京浜線に乗りかえたらしく、気がついてみたら、六郷《ろくごう》橋の鉄橋の上で寝ていた。どうしてだかわからないが、多分、蒲田止まりの電車に乗ってそこでおろされたのであろう。起きあがって線路づたいにそそくさと駅に引き返したが、その途中で始発が向うから走ってきた。もう少し寝ていたら、鉄橋の上で轢かれるところだったのである。

そういう失敗をするたびに、一層また酔わないようにセーブして呑む。ますます呑んだ気がしないが、やむをえない。だから私は酒に関してだけはわりにお行儀がよくて、よく呑むけれどもめったに酔っ払わない。考えてみると実に無駄なことをしているようである。

無銭

敗戦後、ばくち場で凌《しの》ぎにかかっていた時分、ちょっと関西にトンズラしたことがある。ばくちの世界でトンズラというと借金の山の末の蒸発が定型だが、けっしてそうではない。私は最初から無銭《ハイナシ》の喰いつき小僧で、山のような借金ができるほどの信用がなかった。借金はほとんどなかったが、身も心も疲れはてて、ばくちというものにいたぶられつくしたような恰好だった。本能的に破滅を予感して、見知らぬ土地に脱出しようと決めた。

それだけの考えで汽車に乗り、大阪に着いて、駅前の輪タク屋のおじさんに、どこへ行けば雇って貰えるか訊《き》いた。

「まァ無理やろな。いきなり行っても」

という。保証金も要るし、保証人も要るらしい。靴みがきも縄張りがきつくて、兄《ニイ》さん株に、なめたらあかんわい、と怒鳴られた。港へ行ったが仲仕の口もない。ちょうど復員兵が溢れていた頃で、どこも人手があまっていた。

二十歳になるかならないかの頃で、どこだって揉んでればなんとかなるだろう、と思っていたのが甘い。そうなると知らぬ土地では工夫のしようがない。やくざ衆の所で泣きをいれれば賭場人足ぐらいには使って貰えたろうが、折角の転身でそれはしたくない。安宿に払う銭がなくなりかけて、駅で寝たりした。そうして負けたら殴られるつもりで麻雀クラブに飛びこんだら、ツイて十日分くらいの滞在費を得た。その間どうにかなるつもりでどうにもならず、二度目に行ったら惨敗。

結局、国電の最低区間の切符で、強引に東京に舞い戻って来てしまった。身を投げる気で打った最初にツイて、いくらか甘ったれていった二度目が大敗というのは教訓的で、その後、肝に銘じている。

東京でまた気をとり直して賭場に行った。この道で半歩でもスタートした以上、別の道に転向したって出遅れるだけだと思った。チラリとでも顔さえ通っていれば、賭場は廻銭を廻してくれる。当時、返済期間は一週間でこの間なら利子もつかない。だから常盆《じょうぼん》は火曜とか水曜とか曜日を定めて週一で開かれる。火曜の常盆にまず行って廻銭を廻して貰い、三十万廻して貰ったら、それで適当に揉んでそのまま帰ってくる。翌晩、水曜の常盆に行って手銭でいくらか張り、そのうち廻銭を貰って適当に揉む。木曜の常盆、金曜の常盆と方々渡り歩いて、それで最初の火曜の常盆で借りた三十万を、翌週きちんと返せるかどうかだ。それが次々にできれば、資本無しでなんとかしのいでいくことができる。

もちろん負ける夜がある。やくざの盆はテラ銭がきついから、十五人居れば十人は惨敗になる。戦死者が続出する。

けれども、こうもいえるのだ。負ける人は、なんとか負け金を支払える余裕があるから負けるのである。余裕がなければ、しっかりと一線を引き、その一線を超えないうちにやめて帰ってしまう。誰だって勝ったり負けたりする。だが、銭の無い者は大敗に至らない。また勝ち方もちがう。最初の廻銭、つまり廻転資金を運用することに主眼がおかれるから、ロマンチックな大勝ちの道を選ばない。

賭場にはこういうしのぎをする者が多い。盆の方もわかっていて利用している。廻銭をきっちり返済している以上、彼等はテラ銭をあげる人数としての存在理由がある。そうして多少のプロセスはあっても、支払う余裕のある旦那衆が、結局は負けて場をうるおしていくわけである。

旦那衆も喰いつきたちも、同じように負けた負けたといっている。外見はそうだが、負けた男たちも、こっそりとポケットに多少の銭を忍び残しているのが普通である。自分の懐中を明瞭にして有利なことはない。まず第一に、盆の方に景気不景気を知られてしまうと、望むときに、望むだけの廻銭が貰えなくなるおそれがある。盆の方も各人の懐中を推理して、返済可能な額しか放らない。

皆が負けたといってるが、誰がどのくらい負けたか、推察しにくい。また誰が喰いつきで誰が旦那かもわかりにくい。私は元に戻って、そういうしのぎをなお二三年やった。

ばくちでしのぐというのはこういうことで、だから本格的にばくちをやった者なら、天下無敵、などとはとてもいえない。金のある者はあるなりに、無い者はないなりに、傷だらけで地の底を這うように苦しいしのぎをしている。私はとにかく目立った破滅をしないままに、これまでどうやら生きてきたから、大敗はしていないな、と思うだけだ。なぜといって、はじめにゼロから出発しているから。

考えてみると私は、その後何をやっても、ゼロからスタートしているようである。べつに誇りではない。そういう条件だっただけだ。そうしてゼロから行く場合、銭でない物を大切にすること、これがセオリーだ。たとえば人間関係、自分の経験、地の利（条件の認識）など。

高田のかんざまし

うんと若い頃は、とにかく縦横無尽にふらふらしていたから、ずいぶんいろいろなところに行っている。縦横無尽というと体裁がいいが、一定の居場所をつくらずに、お寺に泊めてもらったり、麻雀クラブの固い椅子でうとうとしたりしながら、よくない遊びをして渡り歩くのである。

中年になってから、まァ人並みなところに泊って、うまい酒を呑みに行ったりするようになったが、けれどもなつかしいのは、その昔の喰うや喰わずの頃で、できれば、ああいう旅がまたしてみたい。

昭和二十四五年頃だったかと思うが、高田市のある割烹《かっぽう》店に居候をきめこんでいたことがある。

旅の空で、そのうえ雪国の冬で、どうにもあがきがとれなくなって、その店に駈けこんだ。

そのときは東京からある女性と駈け落ちまがいの身の上で、その女性の姉が、以前にその店で仲居さんをしていたというだけのひっかかりだったが、まだその頃は今ほど世知辛くなかったのであろう、なんとか店においてくれた。

なにしろ通りがかりの、身元もはっきりしない女で、そのうえ怪しい風態の私という男を連れている。よくやとってくれたと思う。

彼女はその日から揃いの着物を着て仲居さんになり、私は一応用心棒という名で住みこんだ。けれどもなんにも用事がない。古い道具類なんかがおいてある空き部屋に放りこまれて、一日じゅう寝そべっている。外に出ようにも雪で出歩けない。

身を持てあまして、下足番でもやらしてくれ、といったら女中頭に叱られた。

「下足番でも？　なめるんじゃないよ。あれは年期仕事で、素人にやらせられるもんか」

下足番はチップが入っていい役なのである。

一人で部屋に転がっていると、昼間の宴会のかんざましの徳利を、彼女が時折り持ってきてくれる。それをチビリチビリ、なめるように呑む。

夜は同伴者でも一緒に寝かしてくれない。彼女は女中部屋。私は板前さんたちの部屋。炬燵《こたつ》に四方から足を入れて、大勢で眠る。私がわりこんだために、一番若い板前が並んで一緒の方角から足を入れるような形になった。けれども皆、隔意なく口をきいてくれて、すぐに仲良くなった。皆の寝酒を私にもわけてくれる。今度はかんざましではない。なんという銘柄かきかなかったが、これもうまい酒だった。あのいい人たちがなつかしい。

それからあのときの女性もなつかしい。結局、別れ別れになるはめになったが、今、幸せにやっているだろうか。もう三十年以上たっているけれど、当今呑む三千盛《みちざかり》や菊姫よりも、あのときのかんざましが貴重な味に思えてならない。

本グレの第三波　私の35歳

私はずうっとグレ続けているように見えるが、そうでもないので、グレにも山あり谷ありである。三十五歳の頃は、ちょうど第三波の本グレの最中であった。呑む打つ買うのうち、第一第二の本グレの頃は、とりわけ打つが比重を占めていたが、第三波ともなると、生命力が衰えて、呑む寝るが主になった。

ただ酒を呑み、だらだらしているだけであとは何もしない。十日に一度くらい、ちょこっと競輪場に行って、なんとか銭のかけらを取ってきたり、取れなかったり。まったくよく呑んだもので、毎日、昼から晩、晩から朝まで、とぐろを巻いていた。銭は払えない。ビール一本二百円ぐらいの呑み屋で、一軒あたり十万も十五万もの額が溜る。出世払いだといって呑ましてくれた店が、まだ二十年前にはあったのである。新宿あたりはどの横丁も借りがあって、俺の借りをふっと吹き飛ばしたら街が無くなっちゃうんじゃないかと思うほどだった。

朝方、都電の始発で疲れて巣に帰る。電車賃がなくて歩いて戻る時もある。牛乳屋と毎朝会う。私は牛乳が嫌いで呑めないので、そのかわり煙草をたかった。〝憩《いこい》〟が半分ほど入ったのなんか貰う。それが私の朝の日課だった。

わが青春のあの頃

昭和三十四年というと私が三十歳。大概の人は自分の道を着実に歩いて地固めが整いはじめた頃だろうが、私は何の恰好もついていなかった。もともと小さい頃から、どういう大人にもなれなくてお化けのように遊泳し、果ては行きづまって死んでしまうだろうと予期していたが、まさにそのとおりで、ふりかえってみると改めてスリルを感じる。もっとも本質的には今だってそう変りはない。

まったく無職渡世ではないという申しわけに、月に一二本、主として三流娯楽誌に読物小説を変名で書いたりしていたが、本人はそれを職業とする気はあまりなくて、編集者の友人の他にはごく親しい人にしか知らせなかった。だから気分的に定着しそうになると名前を変えたりする。いつか本名で小説を書いてみたいと思わないでもなかったが、ではそのための勉強に精を出していたかというと、どうも首をひねらざるをえない。

万事にわたって実にぐうたらで、娯楽誌の仕事も締切などどうにすぎて校了寸前というあたりで印刷所に泊りこみ、一夜づけで書きなぐる。新人ともいえぬ無名の若者が流行作家並みに世話をやかせるのだから呆れたもので、しかし編集者も私と一緒に昼夜をわかたず遊んでいるのだから、文句がいえないのである。したがって私はそもそものスタートから締切など守ったことのない珍しい物書きなのだ。

それで一月《ひとつき》の二十五日くらい競輪に行き、競輪が不調なら夜は麻雀、それでなんとか小遣銭を稼いで新宿で毎夜、大酒を呑んでいた。原稿料など一夜で使ってしまうから、職業がライターなどとはいえない。世間が、現今よりはまだのんびりしたところがあったが、遊民の典型で、実におはずかしい。

もうすぐ行きづまって死ぬしかないのだ、と屈託しながら、どこか図太く楽天的でもあった。ペペ・ル・モコがカスバの町に居るように、飲食街を我が物顔で歩き、おそい恋をしたりしていた。

阿佐田哲也について

タクシーに乗ると、運転手さんがチラリと鏡の中を見て、

「阿佐田さんでしょう、あんたに一度会いたかったよ。高校の頃、麻雀放浪記を読んでさ、オレもあんな生き方してみてえな、と思ってね、学校やめて家飛び出しちゃってさ」

「――ははァ、なるほど」

「――一生懸命、麻雀打ったけど、駄目だったね。それで、結局、運転手ですよ」

大同小異の告白をよくきかされる。小なりといえども青年社長だったのに、麻雀小説を読みふけっているうちに大きなばくちに手を出し、会社を潰し女房子と別れ、運転手をやりながら少しずつ借金を返している、というような話もあった。

そのたびに私は身を縮めていたが、ときには内心でしたたかなことを思うときがある。みんな、阿佐田哲也のせいにして自分を慰められるだけいいじゃないか。

娯楽小説を書く身としては、あいつがわるい、という〝あいつ〟になる役割もあるのではなかろうか。そもそもペンネームで娯楽小説を書こうと思いたった折に、作家が小説の主人公を兼ねてみようとした。昔の丹下左膳や眠狂四郎は、活字の上だけの人物だったがもはやそれではサービス不足であろう。化粧してピエロになるのではなくて、地肌がピエロと思わせないと娯楽小説としての説得力がうまれないのではないか。

それで〝坊や哲〟イコール阿佐田哲也ということになった。若い人たちが、劣等生の星としてなついてくれる。それはいいが、

——麻雀するな、と親父は叱るけど、麻雀ばかりして世に出た人も居るんだから。

というような手紙がたくさん来る。若い人の短絡にどう対処したらいいかわからない。

娯楽小説は砂上の楼閣なのだが、これはたしかな現実ではありませんよ、ということわり書きが入っていない。そこで、道の真ン中を歩けないような気分になる。

私自身の方にも悪しき影響が現れて、あまりに麻雀打ちというイメージが濃くなったために、他の表情をしにくくなった。他の顔をした小説が書きにくい。なにしろインタヴュウでも対談でも、麻雀だとかギャンブルの話ばかりになる。

もっとも私の方も、阿佐田哲也を演じるのは楽なのである。多分、おおむね地であって、しかも自分の青春の頃のムードに満ちているからだろう。この仮面をつけるとたちどころに若い気分になれる。

どうも、それが私の脱皮をさまたげているらしい。現在の自分の本当の表情になるのがうっとうしいと思うときがある。乞食三日すればやめられないというが、ノンシャランに作中人物化していれば本当に楽だ。

おそまきながら阿佐田哲也という風船玉を叩き割る必要がある。余談だが、阿佐谷という地名があるのに、阿佐田という字の姓は日本人にはないそうだ。偶然ながら砂上の楼閣らしい名前なのである。

私の一九七八年

昨年の後半にたてた今年の予定は、まず「海」の短篇連作に主力を使うことだった。自分の体質では、小説は一年一本でも多すぎると思うけれど、残りの時間がすくなそうだから仕方がない。

それから半分道楽のように国外をフラついていたので、それを材料にした小説新潮誌の紀行物連作、そして生活のためでもある週刊誌連載小説一本。これで手いっぱいだと思っていた。いろいろの事情が重なって、小説現代と別冊文春中心に連作めいたものがもう二本増え、中盤からは他の単発もことわりにくくなった。そのため隙間がなくなって、のべつ机に向かっているような恰好になり、結局小働らきの年になってしまった。

この五六年の中では、体調が比較的よい年だったのに、かえりみてどれもこれも中途半端にしてしまった感が深い。書きすぎは自分でも重々承知していたが特に娯楽小説にも手を染めていると、なかなか自分の都合だけを主張することができない。

中盤に直木賞があって、これは私にはまったく予定外のコースであったが、そうなってみれば、商品としての責を果たさざるをえなくなる。しかしそれも年内いっぱいで、なんとか解放していただけるはずで、来年はできるだけ、雑誌のペースからはずれるようにしていきたいと思っている。

私は、小説書きとしては、まだ、どんな意味でも予戦選手で、一本立ちになるためには、息長く読まれるような強い単行本を持たなければならない。それができるかどうか、来年はそのことのために費やすつもりでいる。

『生家へ』について　著者自評

本のあとがきに記したように、十五六年ぶりに本名を使って仕事をする気になって、『怪しい来客簿』という短篇連作集ができた。これは「話の特集」という雑誌に連載したものを一冊にまとめてもらったもので、舞台がリトルマガジンでもあり（私の仕事の場としてリトルマガジンという存在を気に入っている）また長欠後でもあったので、力まず、習作のつもりでやった。他の仕事の合間に短かい日数でまとめるので、出来栄えにムラがあるのが恥かしいが、まずまず、自分流の書き方というものをまさぐっていくことができた。

すると、「海」の塙《はなわ》編集長と村松氏がやってきて、こちらにも何かやらないかという。「海」は中央公論社の文芸誌で、私はもともと中央公論新人賞でデビューした男なので、そういう因縁も意識したが、それよりもタイミングがうまくあったのだと思う。

その頃、習作のつもりの一冊ができて、今度はもうすこし自分流の方法を押し進めたものをやってみたいと思っていた。私の頭の中には、ブリューゲルの画集のことがあった。あの画集のように、一枚一枚の絵をはぐって見ていって、一冊の画集を眺め終ると、なんとなくひとつのまとまった感想を抱くにいたる、そういうふうなものを散文でやってみたいと考えた。

私自身の身体の中にあるさまざまなディテールを、一見、脈絡なく並べていって、単なるモノローグにすぎないのだけれども、どこかで読者との間にお互いの存在につながるような接点をつくりだしていきたい。

作品1、2、3、ぐらいまでは、最初の構想にほぼ沿って書いていた。作品1は、雑誌に発表した当時、「生家へ」という題名だったが、編集部でこの題名がとてもいいといってくれた。そうして私自身も、この作品が一冊にまとまるときの総タイトルにしようと思いだした。

そう思いだしたあたりから、生家に対する自分のこだわりをメインテーマにしようと思いはじめた。当初はもっといろいろな異質な絵を散文にしていこうと思っていて、その中の一番重たい絵を巻頭に持ってきたつもりだったのである。

それで最後までこだわってしまったが、途中で力不足を痛切に感じて、ずいぶんしょげた。私は、生家のひとつひとつの具象にこだわっていたわけではなくて、作品1に示したように、私の中の原風景としての生家にこだわっていたつもりなのだが、いかにしても原風景を深めるに至らない。

ああ、失敗だったかなァ、と思いなやんでいたのは作品7、8あたりからだった。特にこの時期は直木賞の騒ぎとかちあってしまって疲労度もきつかった。『怪しい来客簿』のときもそうであったが、私は絶えず他のことを並行してやっているので、この仕事も日取りが三四日しかとれない。急仕立てになるのみならず、同じ一日の中で週刊誌の麻雀小説を書き、ひきつづいてこの仕事に入ったりすることが珍らしくない。その切りかえに苦労する。もちろんこれは弁解にもならない作者の私事であるが。

私的な友人の某氏から、幻想の部分が、たとえばゴーゴリや、漱石のそれのように形象化が充分でなく、結晶していないので、わかりにくく、日常につながらない、と指摘された。

結晶していないという点は重々そのとおりであるが、私の思惑としては、この作品の中の幻想的な部分を、結晶させようとはあまり考えていなかった。むしろその逆に近い。作者が意識のうえで書いている部分を補なうというか、意識で捕まえているものとは異質なものを並べて記しておきたかった。それでないと叙述が坐らない。つまり、混在する形で捕まえておきたかったので、幻想の部分に何かを象徴させようという意図ではなかったのである。

したがって、ゴーゴリや漱石が、幻想を使って意図そのものを結晶させようとした方法とは同じ尺度でははかれないように思う。

むしろ、もっとわかりにくくなってしかるべきだったと思う。私に能力があれば、もっと微細な要素をいろいろと掬いあげて、幻想を造りあげることができたのであろうが、大ざっぱな主たる要素を濃くしてしまったために、わかりやすく、浅くなった。しかも、そういう要素で断定するような気持になった。

　もう一人、べつな友人には、父親が出てくると面白いが、その他の部分は、見劣るか、結実度がうすい、といわれた。これは、これまでも再々いわれたことで、私は一言もなく縮こまらざるをえない。実の父親をディテールに使っては居るが、作者の内部では相当に形象化しているつもりもあり、いくらかの不満もある。また同時に、そのとおりだとも思う。

　要するに、父親が登場する場面では、ボールを投げると塀にぶつかってこちらにははねかえってくるのである。だから恰好がつきやすい。その他の部分では、ボールを投げても、塀が無いので、はねかえってこない。

　西欧の作者とちがって、大きな軸のない私たちには、自分がぶつかる塀を持たない。要するに相手役が居ない。だから、概念的に信ずる物を持てなければ、感性の発散だけになる。そうして感性というものは、ここで完璧という線が見出しがたいので、昨日より今日、今日より明日、というようにより多く感じていくより仕方がない。この国の作家は、古来から、多くは感性地獄におちいっている。言葉を空に投げているだけで、キャッチボールができにくいのである。

　だがしかし、西欧の作家を含めて、今日、本当に信じうるキャッチボールの相手を見つけ得るのだろうか。私は、個人的な能力の乏しさも関係しているけれど、散文が、言葉の内容で説得したり、他者を打ったりすることが、今日以後、できうるかどうか、疑いを持っている。

私にできるとすれば、記す事象の内容の坐りをよくすることでなく、人が誰でも底の方に持っている真摯《しんし》さのようなものをできるだけ現わしていって、他者の胸の中の真摯さを蘇生させていく――それが散文する行為のようにも思えるのである。

Ⅲ

王子電車

私の子供の頃、王子電車の一方の終点駅である早稲田の駅は風格があった。子供だったから大きく見すぎていたのだろうが、屋根もホームもあり、しかし国電の駅のようにのさばらず、いかにも私鉄でございという感じで、そのくせ揺るがぬものがあった。当時、国技館のまるい大屋根を大鉄傘といったが、王子電車の早稲田駅は小鉄傘だな、と思った記憶がある。ホームは二本だったか三本だったか、私は三本と思いたいが、三本は新宿の京王電車の駅だったろう。

私の生家は早稲田からほど近い牛込にあったが、国電の駅からはいずれも遠い。私の家の近くは、文字どおり地を這うような市電（都電）とバスしか通っていない。市電が嫌だというわけではないけれど、私鉄の駅というものがなんとなく貴重なものに見える。

王子電車はチョコレート色で、体長はずんぐりしているが、横巾がゆたかで、生活が安定した中年男のような感じがした。もっとも一式ではなくて、旧型のやや細い木製の陰気な車体も混じっていたようにも思う。そうしてピーポーという音を立てた。ここが市電とはちがうので、市電は警笛がない。その必要があると運転手が足もとに凸出した金属を忙がしく踏んで、チンチンチンという音をたてる。

王子電車は私には、なんだかモダンな存在だった。悠揚せまらざるものに見えた。そうしてエキゾチックでもあった。早稲田というと大学を連想しないで、私には戸山ヶ原と王子電車がすぐ眼に浮かぶ。ひとつには、私の生家と早稲田との距離が、子供の足で歩いて三十分足らずのところで、私にとってはちょうど一番手頃な外国という感じがあった。子供同士で戸山ヶ原に遊びに行くときは、当今でいうリクリエーションで、朝からそのつもりで構えていた。私は、牛込北町を通る市電や、矢来《やらい》下まで来る別の市電を、私の親戚のように思っていたが、だから王子電車は、非常に気になる他人なのだった。

ある日、小学校が退《ひ》けて皆と一緒に校門を出てくると、向うの四つ辻を、王子電車が急角度に、しかしのろのろと曲がって姿を現わした。線路がないので用心深そうにのろのろとこちらに走って来、校舎のわきでひと息つくように止まった。早稲田からここまで、住宅地の中の小道を走り抜けて、臨時にやってきた、といっているようだった。私はなぜか、行き届いてるな、と思った。そうして、ここにもきっと今に番線ができるのだろう、とも思った。

それは当時見た夢のひとつなのだろうけれども、私の小さい頃は車がまだすくなかったし、電車というものがもっとも印象的なメカで、これはもう手なずけがたい力のようなものに感じられた。だから私は今でも電車の夢をよく見るが、電車とは、乗物であるよりも、轢く物だという色調が強い。

生家と隣家の間には高いトタン塀があったが、その塀の向うの地下を、国電が通っているような気がする。走る音がひっきりなしにきこえる。それを信じているわけではないが、うっかり信じそうになるくらい、その音が耳について離れない。そうして我が家の畳をあげて、床下からその地下道に出ることができる。ときに私は最短距離をとって地下道を駅まで歩く夢を見るが、すると電車が轟音とともに風を巻いてそばを走り抜けて行く。

それとはべつに、飯田橋から大曲《おおまがり》、江戸川橋、早稲田、そうして池袋に至る国電が、往時通っていたような気がしてならない。すくなくとも私の夢の東京地図ではそうで、赤羽線の如く、三駅か四駅ぐらいの短かい線だし、乗客もすくなく、貧寒として、運転手はさぞつまらないだろうと思えるような線だったが、成人してからも江戸川橋のあたりを通るたびに、どこかこのへんに跡があるはずだと眺め直したりする。

昨夜の客は、往年、線路工夫をした経験のある人だった。カーブ地点があると、見張りを立てて笛を鳴らし、電車が来た合図をするのだが、その見張りに立っていたとき、待避しおくれて、両方向から来る電車にはさまれて線路の間に立っていたことがあるという。

線路と線路の間は存外に間隔があって、両手を横に拡げるくらいの空間があるそうだが、風が猛烈で、着衣があおられてひっかけられるらしい。それで工夫たちはいずれも、ジャンパーのファスナーをきちんと上まであげて着る。またはボタンの多い上衣を着るという。

それから線路と線路の間の空間は、ガードや橋のあたりでは、橋の方の都合で空間がせまくなっており、油断してると泡を喰うらしい。聞いてるだけでもなんだか怖いが、電車とは轢く物だという私の説に、その人は大きく頷ずいた。（轢くという字は、なぜ車偏に楽しむと書くのだろう）

現実にもひょっとするとあるかもしれないが、一日のうちで短かい間でも、往来が超過密になる魔の一刻というものがあり、その頃合に長い踏切を渡り出す、というのが私の悪夢の一パターンである。渡り出すと左から右から、無二無三に列車がやって来、しかもすぐ手前で線路を乗り変えてやってくるから、身をかわしていく苦労は筆舌につくしがたい。

何百回もその種の夢を見ているのに、そこへ来るまでうっかりしていて、魔の一刻の皮切りの、特長のある列車が見えたとたん、あッ、と思う。たちまち魔群が通過しはじめる。線路のないところだって来るから油断ならない。

やっと踏切の向うに到達し、ほっとして振り返ると、踏切を直角にまがってこちらへ来る列車がある。あるときは信号の鉄棒によじ登って待避していたら、貨物列車がその鉄棒を這い登ってきた。

ホームに居ると、線路からホームに躍りあがって来て停る列車がある。乗客が乗り降りしているが、今度動き出すときにどこに向って来るかと思うと怖い。私はホームのどこに居たらうまく避けられるかと必死で考える。危惧していたとおり、列車はホームをうねるように蛇行して私の方に突進してくる。

異能

昔、大戦争が深刻になりはじめてきて、家庭用風呂を焚く薪が手に入りにくくなり、銭湯にかよいだした。私は子供で、銭湯の大きな浴槽の方がむしろ好きであったが、夕餉《ゆうげ》の前後、一丁ほど先の湯屋へ出かけていく。

或る夕方、ふと眼まいがしたかと思うと、家々の向こうの空がすっと蒼《あお》黒くなり、白い竜が渦巻くような形で天の高みに昇っていく。轟々という感じであるが、音はきこえなかったと思う。びっくりして立ちどまっていると、束の間、その気配は静まってしまって元の夕空に戻っている。

そういうことが二三度重なった。そのたびに驚くけれども、怖いという実感はあまりない。今度、出現したら怖かろうと思っているが、いざとなると、夢中で、怖さを感じる余裕がない。

戦争がもっと深まって、中学に入ってから、芋の買い出しなどで近県に行く。山里へ深くわけいるので、帰途はとっぷり暮れてしまう。灯の気のない畑道を足さぐりで歩いてくるが、頭の上は満天の星空で、こんなときにあの竜が出現したらどうなるかと思ったが、ついぞ一度も現われなかった。

しかし、竜ではなく、べつの異物を見たことはある。〝人の恨み〟という話をその頃友人にきいて、それは、夕まぐれ、なんだか息のつまる思いをするときは、人の恨みが門口にきているのだ、云云《うんぬん》。

そういえば、息苦しくなるときがあって、念の為、という感じで、玄関の障子を開けてみると、着物を着て髪の毛のたくさんある女の人が背を向けて、玄関前の石畳を門の方へ歩み去っていくのが見える。女の人は静かに門をくぐって出て行ってしまう。

これも何度かくりかえし見た。時折りではあるが、そういう異物を見易い体質なのだろうか、とその頃思っていた。そうしてそれが私の特長乃至才能であるかのようにも思っていた。

青年期にもぽつりぽつりとその種の体験はあったが、体力の盛りを越すとともに、妖怪の出現も頻繁になった。異能というよりは病状という感じである。

近頃は、神経性ストレス病が百種類以上も増え、そのほとんどが幻視幻覚をともなうときき、調べてみるとそのうちの〝ナルコレプシー（睡眠発作症）〟というのが症例に当てはまる。

ナルコレプシーの発病期は十歳前後だそうであるから、私が竜を見たのは高度の感受性によるものではなく、やはり病気であるらしい。

近頃、私が書いた小説を読んだ未知の人から手紙を貰い、貴方は麻薬体験があるでしょう、といわれた。べつの知人からも、LSDを打つと似たような幻想を見る、と教えられた。地球が皺々であり、自分がそれにへばりついている実感がくるという。又、地球が自転している感じがよくわかるという。

そういえば私もそれに類した実感は折り折り経験している。しかし私はそうした薬に親しんだことはない。

ナルコレプシーを含めて、神経性ストレス病は現下の医学では治療法が開発されていない。幻視幻覚はうっとうしいが、かりに医者の手で快癒したとして、なおってみれば、なんの特長もなくなったぐずの私しか残らないような気がして、これもまた味気ない。

幻視幻覚

麻薬体験があるらしい見知らぬ方からの葉書がときおりまじっていて、貴方もＬＳＤをやっていたことがあるでしょう、と記してある。私の小説の中に幻視幻覚に類するものがひんぱんに出てくるせいで、たとえば、地球の自転にへばりついている自分を意識するローリング感覚などは、ＬＳＤのもたらす幻想のもっとも一般的なものだという。

しかし私はＬＳＤを一度も使用したことはない。私はナルコレプシーという持病があり、この病気は入眠時幻覚をともなうので、いわゆるまぼろしが日常茶飯に現れる。麻薬中毒ならずして、同じような幻想を見られてまことにありがたい。

普通の人間は、不必要な想念を体力で律してもみ消してしまうけれども、その体力が衰えて意識の交通整理ができなくなったとき、幻視幻覚が現れる。だから私の実感では、麻薬中毒時にかぎらず、出産、手術中、老衰の折に見る幻視も皆同じ種類のもので、ただその人の個性に応じていくらかの特徴があるだけだと思う。

原則的には本能に基づいており、①不安、被害者感覚②潜在的願望③生存本能の裏返しの恐怖、嫌悪感覚、が主な要素であろう。だからＬＳＤの幻想と、私の病気がひきおこす幻想とが似ていて当たり前なのである。

けれどもひょっとして葉書の主もそうかもしれないが、自分と同じ幻を見る人間が居ることがなんだか不思議であり、奇妙な親近感をおぼえる。

Ｓ・スピルバーグという監督の映画をはじめて見たのは〝激突〟であるが、そのとき葉書の主と同じように、私も思った。あ、この人は麻薬体験があるか、幻視のともなう持病があるか、どっちかだぞ。

この世にありえないものに恐怖を感じる、というのは普通人の神経だが、実際に目に見えている変哲もないもの（この場合はトラック）に異常を感じ、こだわりだしていく、あの恐怖の受けとめかたが、私には同病の親近感がある。これはたとえばヒチコックにはまったく感じない。

〝レイダース〟を観たときは怖かった。あの映画の最後の場面、箱から煙が出て来て、美女が出現し、瞬時にそれが悪相に変わる。あのパターンはふだん私がくりかえし見ているものなのである。西欧風の美女神の顔も、なぜかまったく同じなのだ。

海をへだてたアメリカ人と私が、寸分といっていいほど変わらぬ幻を見ているということが面白い。

〝ポルターガイスト〟という映画に現れる変異は、ドラマを成立させるための大仰な部分をのぞいて、やっぱり端々はリアリティーがあった。まず、変異が意識される手順がおおむねうなずける。

椅子やベッドががたがた揺れはじめるところは、あのとおりに近い。風のようなものが吹きつのるようなところもそうだ。私の場合は、風がおこる前に、何かが家の近くまでやってきた気配がし、ズキン、と頭の中にショックが伝わり、それから風になるが。

重たい空気の塊が圧迫してきて、新聞や本を押し倒してしまうところもそうだ。

台所で肉片がはじけ、フライドチキンに虫がたかり、自分の顔の肉をひきむしっていく、あそこは作り物じみて見えるかもしれないが、私には日常茶飯のことである。

ただ私には骸骨は出てこない。私が骸骨にあまり恐怖感を抱いてないせいであろう。私の場合は肉のついた死体が多い。

スピルバーグ監督は、どの映画でも、(多分)自分がふだん見なれている幻視幻覚を非常にうまく利用しているにちがいない。幻を具象化することはとてもむずかしい。ただ、今のところ彼は、熟達した職人のような手際で、恐怖感をスクリーンに定着させたにすぎない。

たしかに、オカルティズムは、従来の神の意識や科学を飛び越えてしまった。神や科学よりも、オカルティズムが大敵のようになってきた。この次の作品は、十九世紀の作家たちがそうしたように、オカルティズム自体をぶちこわそうとするものになって欲しい。それではじめて、オカルティズムの底の深さが現れてくるように思う。

麻薬について

自慢にならぬことを承知で記すと、三十年ほど前、私の周辺はぶったぎるようにさまざまな薬物が乱舞していた。私自身は、注射針が怖いというだけの理由で、ビタミン注射すらやらず、まったくといっていいほど薬に親しんでいないが、私の過去の行跡から推して誰も信用しない。しかし、今、辛うじて生き残っているのは、薬を打たなかったことが唯一の原因じゃないかと内心思っている。

そうして、というか、だから、薬、といわれると、チクリとどこかを刺されるような痛みを感じるのである。お互い、戦後の乱世に生きて、隔意のない笑顔でひとつ布団に寝、争い、罵り、愛し合ってきた、さながら戦友のような間柄であったのに、それはうわべだけで、実は同じ条件でなく、一方は打つ、一方は打たぬ、大きなちがいをわざと無視して向き合ってきた。そうして少しばかりの年月がたつと、つわものどもの夢のあと、ほとんどが死にいそぎ、残っている者も薬を打っていたことを多かれすくなかれハンデに背負って生きている。なんだかどうも、私だけ、彼等に対して、慚愧《ざんき》に堪えないような気分になる。

私は、麻薬、というテーマで、公けの場で発言するにふさわしい者ではないような気もする。どういう者がふさわしいのか、それもわからないが。

私たちが日を送ってきた過去の中で、実に多くの人たちが意味もなく、薬に身体を毒されていった。薬に毒されながら、しかしある意味でそれを必要としていたわずかな数の人も居た。行跡でそれを示した人も居る。仕事の仕上りでなく、外見にはしかと見えないが、本人のそのときなりのとことんの判断でそうせざるをえなかったらしき人も居る。いずれにしてもそれはごくわずかな人たちだ。

実例をたったひとつ記す。昭和二十四年頃。チクロパンナトリウム、我々はイチコロパンといっていた。最初は尻や太股に刺す。効かなくなると徐々に脳に近い所に打つ場所が移動する。速効性あり、打つとすぐ深々と眠る。すぐに眠ってわからなくなるのに、どこがよいのだろうか。安眠ということが、命を賭けるほどのものであるほどの、苛酷な日常があるのだろうか。深川高橋《たかばし》の某君は、額の横、顳顬《こめかみ》のあたりに、私の眼の前で針を刺し、たちまち音を立てて横転した。倒れた某君の顳顬に刺さったままの注射針が、ゆらゆら揺れていた。

尻から頭へくるまで約半年、それで廃人だという。意味も糞もない。外見はかくのごときである。禁止すべきが当然であり、法治国であるから、法で禁じられたことをやって罰せられるのもこれまた当然である。

そのことに私は毫《ごう》も不服を抱いているわけではない。

しかしまた、ここがややこしいが、かつて薬を使っていた私の友人知人を、軽蔑もしていない。

たとえば、ミュージシャンである。ミュージシャンのうちのある者は、仕事が苛酷すぎる。聴衆は常に、人力以上のものを期待し要求する。それはただ単に拍手をすればよいので、それほどだいそれたことを望んでいるような気がしない。あるいは、偶然にすばらしいものが聴けた感動を現わしているだけだと思う。けれども演ずる方には、そういう日々の積み重なりであり、彼等を人力以上のところへ駆りたたせる鞭になっていることはたしかである。法を犯し、身を害するのは彼等自身であり、結果的に不幸を背負うのは仕方がないとしても、私たちは、一夕の楽しみを、そうした重たい犠牲のもとに得ているということを忘れるわけにはいかない。聴衆の一人でもある私には、彼等を軽蔑することができない。

また、たとえば、ストリッパー、および類する賤業婦である。彼女たちは、恥の意識をなくするために、薬を与えられ、乃至は黙認されることが多い。それは彼女たちを使って利益をうる者たちの都合に沿っていて、こうした都合で成り立っている部分を、憎み、蔑まないわけにはいかない。

しかし、この場合も、客である我々も、その犠牲による恩恵に浴しているのであって、我々もその安易さを責められて当然であろう。罪人は、彼等、彼女等で、それは動かしようがないが、法でとらえられない部分について、せめて、心くばりだけでもする必要がある。

泣かし泣かされた仲

六十年近くも生きていると、忘れられない人だらけになる。それは誰しも当然で、ここでは一人にしぼらなければならない。

先年、さる大金持の九州の別荘に招かれて逗留していたときのことだ。大金持にしばしば見られるが、そこの主人の趣味の一つがオカルトで、ある日、口寄せ（巫子《みこ》）の名手という老女が、これも招待されて飛行機でやってきた。

早速、その夜、広大な庭の一隅に祭壇をしつらえて、口寄せをするという。私もエキゾチックなショーを見るような気分で望見していた。その家の主人をはじめ、一人一人呼ばれて老女のそばに行くと、老女が呼んだ魂の声になり、姿形も似せて会話をする。

そのうちに私も呼ばれてそばに行った。老女はそこで幽界の二人の人物になりかわってくれたのだ。一人は以前に小説に書いたことのある女性で、要するに、肉親はじめすべての人に忘れられているのに、文章で残って存在の証しになっていて嬉しい、というようなことをいった。

もう一人、老女はにわかに肩を張り、固い口調で、

「――儂《わし》は、喜んでおる」

という。そうして両手をわなわなさせて此方を抱くような姿勢をする。肉親か、縁者か、と問うたが、そのたびに首を横に振る。とにかく老人らしいので、あれこれ考えこんでいると、

「泣かし、泣かされた仲じゃよ」

と老人がいう。ふと思いついて、学校の先生か、というとはたして頷いた。それなら私は中学までしか行ってないから簡単だ。

中学の担任教師の名をいったが、ちがうという。第一そのS先生はまだ健在だ。

「校長先生――？」

すると老女はまたわなわなと両手を空に舞わした。

「あの頃はご迷惑をかけました」

「君が一人前になって本当に嬉しい」

そういう会話になったが、私はどうも尻の方がむずかゆかった。その校長先生は、戦後郷里の高校を名門校に浮上させたり、やり手の校長だが、戦時体制の頃、ガリ版雑誌の首謀者として私が無期停学になったときの校長先生である。退学は転校できるが停学はそれもできない。戦争非協力という名の下に過ごした日々は辛かった。校長先生は長命で、ずっと後年、私が文

学賞をいただくたびに祝電をくれたが、私は一度も返礼したことがない。

どうも、私が規律を乱す不良生徒だったので、誰を恨む筋合いもないのだけれど、内心の感情というものはなかなか理のとおりにはいかないもので、以来、私は母校を母校と思わず、恩師を恩師と思わないできた。

ひょいと口寄せで、校長だといわれたときに、私はやっぱり驚いた。口寄せを一種のショーだと思って観ていたが、恩師が出てくるのは一パターンとしても、普通、そうした場合に、校長が出てくるだろうか。校長、という老女の発想に不思議なものを感じた。どうもこの点が、いまだに腑におちない。

「泣かし、泣かされた仲じゃよ」

このセリフも不思議だ。校長先生と一生徒が、泣かし泣かされた仲、というのは、抜群の不良生徒の場合、そんな関係を言葉にすることはあるにしても、たった二言のセリフにそれが出てくるのは、異様だろう。老女がプロのセオリーで選んだにしては、校長といい、そのセリフといい、確率のうすい大穴狙いの危険策に思える。

口寄せの真偽はともかくとして、泣かし、泣かされた、という老女のセリフがしばらく心に残った。私に劣らず、あの一件では校長先生も泣かされていたんだなァ、と今更のように気がつき、そう思ったら長年のこだわりが、すっと消えかかっていた。

新聞記事

昔、私が旧制中学生だった頃、新聞がひどく小さくなってタブロイド判一枚の裏表だけになってしまったことがある。大戦争が煮つまった折りのことで、紙不足、人手不足、すべて不如意だった時代だから、べつに驚ろきもしなかった。社告があって、紙面は小さくはなったが無駄を省き結晶をさせて記事の充実をさらにはかっていく覚悟である、というような意味のことが記してあったのを読んだおぼえがある。

しかし結晶度が増した感じはなかった。また、縮小されて知りたい範囲がせばまったという感じでもない。昨日までの大きな新聞と同じことで、新聞記事というものはどこか形式的であり、概念的であって、もしタブロイドがまた半分に縮まろうと印象は変らないだろうと思えた。

だからスペースには関係なく、大半の記事を読むそばから忘れていくが、中には何十年たっても妙に記憶に残っている記事もある。タブロイドの頃にも片隅に小さく文化欄があり、どこかの大学教授が大要左のごとき一文を記していた。

煙草もマッチもわずかの配給に頼り、お互いに乏しい中で貴重品のようなあつかいで吸っている。ところが、当今もっとも腹が立つのは、駅などで立って煙草を吸っていると、火を貸してくださぃ、と何人もからいわれることである。誰も自分のマッチを使わず、他人の火を頼りにしている。それは貸さぬとはいわぬが、こちらの煙草の先っちょに向こうの煙草をつけて吸われると、こちらの煙がそのたびにいくらかずつ吸われてしまう。中には最初からこちらの煙を吸いとるつもりで火を借りにくる者がいる。無礼な奴である。

私のような中学生にとっては、大学教授という肩書はかなりいかめしいものに思えたが、それが、縮小されて無駄を省き結晶度を増すべき紙面で、大真面目でこんな子供のようなことを記しているのが面白い。もっとも、百の記事よりもこの方が、戦時下の空気を精妙にあらわしているともいえよう。

近頃はまたヤケに新聞が大振りになったが、増えたのは広告のスペースで、そのスペースに合わせてどうでもいい記事をつけたしているという観がある。いそがしい時間に合わせて製作するのだからむりもないが、あいかわらず記述が形式的、概念的であり、だからおおむね見出しだけを見てすませてしまう。

しかし、タブロイドの頃と同じく、妙に記憶に残る記事もたまさかにはあるので、次に紹介するものは社会欄の最下段の小さな記事だったが、文章および文意が珍らしく概念的でなく、十年ほど前だったがいまだに印象が鮮明である。私は感動してそれを切り抜き、机のひきだしにしまっておいたが、どこかにまぎれこんでしまって、今回いくら探してもみつからない。ほんとうは文章をそのまま記しつけたいが、そんなわけで心ならずも文意だけになる。

品川の屠殺場の繋索をひき千切って逃げた一頭の馬があり、制止の声をかいくぐり、海岸端の舗装道路を逸走した。深夜だったがぽつりぽつりと人眼があり、彼等の訴えですぐに何台ものパトカーが出動する。

しかしこの馬は狂ったように疾駆し、蒲田あたりまで駈け抜けたそうである。はじめ海岸端の大通りのはずが、いつのまにか人家の密集地帯に入りこみ、とうとう袋小路に迷いこんでしまう。

騒ぎで起きだした住民や警官たちに、歯をむきだし、前肢をあおって抵抗したという。

たったこれだけの記事であるが、どこまで走っても自分の世界を見出せない馬の姿が、今でもシルエットになって私の胸の中に残っている。

私は新聞社の内部はよくわからないが、大体において家畜の記事などは主力記者の作製によるものではあるまい。そのせいかどうか、この種の記事は百年一日のごとくその形式を変えない。

高速道路で小型トラックが横転し、満載されていた豚が道路を右往左往しているなどという場合、豚が計画的にトラックをひっくりかえしたわけではないが、積荷が野菜や木炭だったらはるかに始末がよかったことはたしかで、したがって、豚が人間の日常を邪魔したという印象を呈する。内心でそう思っていなくたって、渋滞にまきこまれたいらだたしさを、すべて豚のせいにして、どこからも不都合の声はおこらない。

新聞記事は全国の、その場に居ない弥次馬向けだから、このあたりがなお無責任になる。警官だかガードマンだか自衛隊だかの働らきによって、不遜にも束の間の自由を得た豚どもは結局狩り集められ、ふたたび家畜の身となった。ざまァみろ、アハハ。なんだかだと小動きしても明日はハムかトンカツになる身のくせに。

そういう感じを、豚ならブーブーとかトン死、牛ならモーとかギューとか、使い古された地口を臆面もなく使い、ユーモアとしてはもっとも低級な優越の笑いに終始している。

しかし、それはこれらの記事が依然として人々に愉快の念をひきおこさせ、満足を与えているせいでパターンどおりになっているのかもしれない。どんなに恵まれない人でも、家畜と自分を比較すれば打ちしおれた気分がうすらぐはずであるから。

ところで、昨夜、我々の素人句会の帰り、うつみ宮土理さんにきいた話であるが、動物園のカンカンとランランが結婚したということをテレビの子供ニュースでやっていたそうである。

「――カンカンとランランはついに結婚いたしました。そうして雄のカンカンは、三時間の後、ぐったりとして檻の片すみによりかかっておりました。では次のニュースに移ります」

そういって、子供ニュースのアナウンサーは、心なしか、げんなりとした表情になったという。これもまたなんとなくおかしくて、しばらくは記憶に残りそうな気がする。

ちょっと気になること

世の中には、ちょっと気になる、ということがある。そう大仰な問題ではなくて、そのことを気にしたからといって、ノイローゼになってしまうほどではないのだが、にもかかわらず、なんとなくいつも頭の隅からはなれない。

タクシィに乗ると、運転手がコックのようなものをひいて、扉を開閉してくれる。自分で開けようとしても、ひどい力がいるわりにのろのろと、すこししか開かない。

自分で手を下さなくても、誰かが開閉してくれるというのは面倒がないし、事実ありがたくないことはないけれど、その誰かが、事故かなにかで即死でもしてしまったら、こちらはもう一生、車の外へ出られないのではないか、という気分になる。

ま、そこまでいかなくとも、危急の場合、自分で開閉しにくいというのはやはり不安である。日常的には便利だが、根本的にはすこしも便利ではない。そう考えると、あれは、客の便利のためにそうしているのではなく、たとえば只乗り防止とか、向こうさまの都合でそうなっているようにも思える。

こちらは乗客のつもりだが、向こうからいえば、金を払うまで押しこめているのであって、車の持主の方が向こうの都合でことを考えるのは、べつに不思議でもないような気もしてくる。

扉ということで連想が働らくが、ビルの入口などにある自動ドア、こちらがその前に立つと、サアッと勢いよく開く。

それはまことに快適である。荷物などある場合には特にそうであろう。

しかし、私がその扉の前に立って、スルスル、ならまだいいが、さっと開いた、その瞬間に故障をおこしたらどうなるか。さっと開いたそれと同じスピードで、急遽《きゅうきょ》もとに戻ってきて、今中に入りかけた私の身体を、がつんとはさむのではないか。

想像するだに、ちょっと痛い。ちょっと気になる。

そういうことを考えるのが、ノイローゼ的症状だといわれるかもしれない。しかし、某出版社の伊豆の寮から帰りがけに、表で車が待っている。私は玄関で誰かと話しこんでいて、ひと足先に出た伴《つ》れが大声で私を呼んだ。それで小走りに外へ出ようとして、玄関の大きな一枚ガラスと衝突してしまった。

それは自動ドアではなかった。しかし把手《とって》もなにもなく、ちょっと見にはすきとおっているだけである。私は、その前に立てば、ひとりでに開いてくれる自動ドアに慣れすぎていた。ひとりでに開く気配のないところは、扉もなにもない空間だと思っていた。

だから、怖い。こちらが機械に慣れすぎるあまりにそういう失敗をおかすのは、機械の方からいわせれば勝手だというかもしれないが、それ以来、扉が開いているか、閉まっているか、必らず手探りしてから、進むことにしている。

オフビートの犯罪

グリコ・森永犯というのが人気で、また人気の出そうなことを次から次へとやる。犯罪の専門家たちのセオリーでは、多分、実行行為はできるだけすくなく、結果の成功にのみ賭けるはずだが、この一連の事件は実行行為がひどく多彩で、結果を重く見ていないようにも思えるところが面白い。

どなたかも書かれていたが、挑戦状なるもの、文章家か、乃至は文章を書きなれている人のように思えるな。行かえの感じが常道とひとつずれていて、これは拙文というよりは、わざとひとつずらしてオフビートにした洗練を感ずるし、文意もわかりやすい。平易な語り口の文体は存外に素人にはむずかしいものだ。そうして文章家が自分の文章の個性を消すに、方言（関西弁）をもってするのも頷ける。

いったいにこの犯人たちのビート感覚は新らしい。それに対して警察側が、伝統的な2《ツー》ビートや4《フォー》ビートで、糞まじめに応戦している。道徳を軸にしている側が、そのために動きに精彩を欠いておくれをとるという事例は多々あるけれど、この場合は法律が軸になっているだけだから、そこに足をとられるということもあるまい。ただ、経験主義で対応しているから、泥くさく見えるだけであろう。

もっとも、犯罪にかぎらず、新手法を産むのはいつもアマチュア勢の中からで、玄人は一緒になってはねまわっているわけにいかない。犯人はピッチャー、警察はキャッチャー。腰を落して受けとめているうちに、コントロールを乱したり、球威がおとろえてきたり、そこで投手交代を命ずればよし、と警察は思っているだろう。

ただ、その公式が公式どおりにいかない二つのポイントがある。一つは、犯人側が、結果専一にことを考えないで、プロセスの効果を重く見ている場合。犯罪にとって、結果が重大のはずだ、というのは思いこみにすぎない。とすると、警察側がプロセスだと思っている現在が、犯人側には勝負どころということになる。

もう一つは、犯人側が大集団の場合。大苦労して一味を捕まえてみても、他の仲間があいかわらず挑戦状を発するわ、脅迫状はいくわ、それでまた捕えても、事態はほとんど変らない。捕まえても捕まえても、きりがないということもあり得る。犯人が小集団までというのもこれまでの経験則にすぎない。

そうなったら面白い。面白いというのは不穏だが、端的にいって、やっぱり面白い。

エラーをおそれず、ひたすらプロセスを重視しているような点、大騒ぎするわりに大衆の中に直接の被害者が出ていない現状でいえば、私はどうも野次馬の気分である。

この種の犯罪は金の受け渡しが難所であり、何よりもこの点の創意が不可欠なのに、現状ではその気配がうかがえない。犯人側が、金をさほど重視していない気がして仕方がない。

能の魅力

うっかりこの欄（「群像」イメージ・ボックス欄）をひきうけてしまったが、このところ街に出る折りがなくて、タイムリーなものを何も見ていない。もっとも、不勉強な男だから、他人の作品を構えて見に行くということをあまりしない。知人の仕事ぶりを眺めにいくというくらいのことが多いから、勉強するより親睦の気が濃くなってしまう。今月、純粋に食指が動いたのは、文楽の近松名作集という出し物であったが、出かけないうちに〆切が来てしまった。

私は文楽をあまり見ていない。何故だか確かな理由はいつも摑めないが、この種の芸能にわりに関心を持っていた当時、関西の土着の臭いを毛嫌いして、素通りばかりしていた。それで能をよく見ていた頃がある。能にはあまり土着の臭いはないが、それが理由で見ていたわけではない。

その頃、昼間、後楽園競輪場に行って、競輪にどっぷりと浸り、その足で裏手の大曲まで歩いて観世《かんぜ》に行くか、或いは水道橋の宝生《ほうしょう》の能楽堂に行って夜能を見る。その一日は、私にとってもっとも豪華な味わいがあった。

競輪も、能も、ともに日本人でなければ創案できないもので、いずれも神がない、規範がない現実を踏まえているところに特長がある。そうして、よかれあしかれ現実のとりとめなさに負けていない。他の凡百の競技や芸能が色あせて見える。

能といっても、私の関心は主に世阿弥にあるので、特に後世作られた技巧的なものには何の値打ちも見出せない。また、名人上手といわれる演者たちが次々と亡くなっていった頃であったせいもあるけれど、演者や奏者たちにもそれほどの関心がない。私は私の勝手で見ている。

世阿弥の凄さを一言でいえば、劇のまん中に明瞭な一つの線をひいたことである。その線を境にして前半は主人公の実人生を、後半はその実人生の再検討、再評価、再認識をやっている。この発想が天才的で、西欧の演劇はこういう発想を持っていない。もっとも、それはひとつには、規範との関係で人物像乃至実人生をきざんでいくから、具体を描けば同時に規範とのドラマが成立するのであろう。したがって劇の最後に、その具体の終末が来る。

規範の乏しい我々の風土では、どのような具体であろうと、具体を描いただけではドラマが成立しない。そこに定着しているかに見えるものは、概念乃至思いこみかもしれない。具体の終尾をまん中に持って来て、もう一度全体を眺め直すということを形式にまで高めたことに驚嘆する。器量がちがいすぎて、世阿弥から何も盗み得ないが、私はこの天才の烈しい殺気のようなものに浸っていることが好きだった。

もっともこのところ能にもごぶさたしている。私のような自己流儀の観客は、ひとわたり見れば、あとは台本を眺めていたって同じことだ。

新劇のむずかしさ

今月もこの欄（「群像」イメージ・ボックス欄）のために何も観ることができなかった。別役実氏の新作〝うしろの正面だあれ〟というのを観に行こうと思っていたのだけれど、その期間にちょうど旅が一週間はさまったために果せなかった。さほどいそがしく仕事をしているわけでもないのに自分の時間がすくなくて呆れてしまう。

私はどうも変な男で、物を書いてしのいでいるくせに、うんと若い頃から他人の作品を精を出して見るということをしない。どうも不勉強で他の雑多なことばかりしている。新劇というものも、身を入れて通ったことがない。はじめて見たのは戦時中の森本薫作〝女の一生〟だったか。文学座は三津田健さんが縁辺に属している関係で、切符がよく来ていた。ははーん、と思っただけだった。その前に、少年時から雑多な諸民芸をたくさん見ていて、そういうものとくらべて特に魅《ひ》かれた覚えはない。考えてみると、私の観劇歴は、私の小説歴に似ていて、最初に雑多なものから入り、だんだんとそうでもないものに移行してきている。そうして、軸は、どちらかといえば雑多なものの方に根拠をおいているようである。

しかつめらしいことをやるなら、能がよろしい。あのくらいに果断なことをやるなら見物《みもの》になる。新劇の創作劇諸作は、どうも私などの書く物と似て、しかつめらしさが中途半端になっている。いつかずいぶん以前に或る創作劇を観た。原爆劇というか、原爆被害者劇というか。

ところが客席の大半が、劇の主題と逆行して、安堵に似た表情の人が多かった。たしかに登場人物の不幸は私たちの不幸でもありうるが、同時に、原爆が破裂したあの時、広島附近に居なくてよかったな、という気分が場内に漂よったのである。作者の創作態度は真面目だったし、劇構成の筋道も観客の幸運を再認識させるていのものではもちろんなかった。にもかかわらずそういう結果を与えたわけで、これは私の数少ない観劇経験でも勉強になったものだ。もっとも、私のたくさん見ている庶民芸は、観客に自身の幸運や安堵の気持をもたらすことが目的の過半になっており、しかつめ劇もそれと五十歩百歩というところが面白い。よほどの膂力《りょりょく》がなければ、客のこの姿勢を変えることはむずかしい。

新劇に関してもう一つ。外国翻訳劇の場合、日本人俳優が日本人から脱しきれない。意味のあるセリフはまだよいが、笑ったり泣いたりするときに、個人的な（人間的な）笑い声や泣き声になってしまう。神（のようなもの）と自分の人生をごく自然のうちに対決させているような声音にならない。これは俳優の巧拙とはちがう種類のことだろう。ちがう人間になることはむずかしい。だから私はそういう要求をしない。翻訳劇は活字で読みたい。自分の想像力も万全からは遠いが、不完全な他人の具体を観るよりはいい。

本が怖い　読書日記

一月×日

本屋にはわりに頻繁に出入りする。びっしり並んだ本を、ただ黙っていつも眺めている。あいうときの、ふわッと自分が軽くなっていくような、とめどなくぼんやりして眠くなってしまうような気分が悪くない。

昔、戦争が終ってぼつぼつまた新刊書が出はじめた頃、出る本という本を皆買い溜めてやろうと思ったことがあった。一瞬そう思っただけで、実行は緒にもつかなかった。私はその頃、生家を飛び出していて、往来に寝たりなどしていた。

本屋の前は今でも素通りできないが、本はわりに買わない。それでもときおり、あれこれ手が出ることがある。そうして買って帰って、自分の身のまわりに丁寧におく。

そうして、読まない。買ってきた本も、買わないでただ店で眺めている本も、おしなべて敬意を抱いている。それで本屋にあるうちはよいが、買って帰れば、ふと手を出してページを開いて簡単に読めるというのが困る。

まったく、ついうっかり読みたくなってしまったりするときもあるが、どうも、本だけは、読まないようにしたい。ただ買ってきて静かにおいておくだけでも健康にわるいのに、読んだりすれば私はどうなるかわからない。

もともと読書家ではないけれど、昔はそれほど神経質でなかった。多分、売文で身を処すようになってからだと思う。本を開けるのが怖い。本を読みだしたら、自分は萎縮して何も書けなくなるだろう。そのくらいなら沈黙し、恥ずかしくないものが書けるよう勉強を重ねるべきだというのはまったくの正論で、私はこれまで正論というものを何ひとつ実行できたことがない。

情けないが売文しなければ生活がおぼつかない。したがってできるだけ毒にも薬にもならぬことを記して、社会のお邪魔にならぬよう隅っこでお茶を濁している。が、他の人はそうではあるまい。本というものはそれなりに著者の力の結晶であって、そういう力感に私は出遇いたくない。私は何も見ず、何も聞かず、何も読まず、このままなんとかごまかして手早く一生を終えてしまいたい。

しかし今年も多分、売文しなければならぬ。その売文のはじめがこの〝読書日記〟とはなんという皮肉であるか。

一月×日
予想どおり、身体の調子がわるい。旧年末にこの仕事を受けて以来、悶々としている。私の身のまわりには、旧年中から買い溜めた本が静かに積まれていて私を圧してくる。読まなければ無難に日が過ぎるが、一冊も読まないというわけにはいかない。
『わがマレーネ・ディートリヒ伝』、著者の鈴木明さんは私と同世代で、私が小僧ッ子の頃にチラと縁のあった人であるが、それはこのさい関係ない。私と同じく五十年生きた著者の胸の中に生い茂った草木がざわざわと風に鳴り、いっこうに手なずけられない、段落のつかない内心を、西欧の一女性の生き方に託して語られている。
私もこういう筆法で、私の胸の中にある主題を書き記してみたい、と思いはじめるあたりが本の怖さである。たとえば、畏友本田靖春さんの著書も面白そうで、買い溜めてはいるけれど、怖くて遠巻きにしているだけである。
ついでに記せば、巷間、いちいちジャンルでわける風潮があるようだが、私は、本は本として括《くく》るだけで、小説も科学書も詩も旅行記も、なんだって同じ読み方をするだけである。
一月×日
津島佑子さんとその愛児たちを誘ってお相撲を見に行く。

「えッ、お相撲――？」

といって彼女は電話の向こうで絶句し、笑いだしたが、素直にこちらの思いつきに乗ってくれた。でも結局は彼女にとって、二人の愛児のお相手をした一日という意味が強かったことであろう。

しかしながら彼女は最近ますます本の塊りのような勢いで、私にとって、彼女自身が本であるかのように怖い。『山を走る女』という彼女の近作を貰い、私のところに送られてきた本が、事務の手ちがいで、吉田知子さん宛の署名入り本であったので、それをお返しする用事もあったのだが、怖くて手にするのをためらっているうちに、忘れて出かけてしまう。

で、彼女と会っても本の話はあまりしない。しかし、ぐんぐん伸びていて、力いっぱいの毎日をすごしている人の気配は、そばに居るだけでわかる。まちがってもこの人の本は今読みたくない。そう思いつつ、怖いもの見たさで、彼女の近作を読んでしまう。

彼女の本来のテーマが一歩ずつ新展開を示していることを確認し、居ても立ってもいられない焦慮と怖さを感ずる。

いつも思うけれども、彼女はお父上とは見事に別線で仕事をし、自力で浮上してきた作家であるけれども、お父上が持っていた読者を巻きこまずにはおかない烈しく、同時に優しい筆致と、どこか似た記し方を感じることがある。これも血筋であろうか。

一月×日

『修羅』（花柳幻舟著）。

幻舟も私の大切な友人である。彼女とは不思議な縁で、私がまだギャンブルにうつつを抜かしていた頃、新潟県の片田舎でめぐりあい、それからなんとなく偶然が重なって交友が続いている。

お互い無学、お互い波乱万丈、しかしながら私は自分の定見に殉ずる勇気がない。本が怖いのと同様、幻舟も怖い。幻舟のことを思うと自分に冷汗が出てくる。

保釈で出てきた幻舟とひさしぶりで会ったとき、

「よウ、ご同役――」といって笑ったら、

「あ、そうだ、ほんとだ、先輩――」

と彼女もいった。昔風にいえば私は前科者であり、彼女も今度はじめて前科ができて、私たちは先輩後輩の間柄になった。学歴がないかわりに、私にも同窓生ができた。もっとも私のは、ばくち前科で、おはずかしいが。

私は幻舟の生一本な定見を、本質的に支持している一人であるが、この本については、中で書かれている挿話を二つご紹介しておきたい。

取調室から警視庁本部に行くとき（事件当夜）マスコミが集まっていて写真撮るから、いやだろう、コートを頭からかぶれ、と刑事にいわれる。

いいですよ、写真撮られても――、といっても、オレたちが困るんだ、コート着てくれ、と無理に頭からかぶされたという。テレビで見る容疑者が頭からコートをすっぽり、という風景は、こういう場合もあるのかな、と思った。

もうひとつ、幻舟の経験によれば、東京拘置所の女看守は、オイ！　コラ、オマエ、ウルサイ、テメエ！　というような言葉でものをいうそうであるが、中で一人の看守のおばさんが、独房用の運動場に出る小さな廊下を歩かせられているとき、

「左、見てごらん、左――」

それで左の中庭を見ると、桜の花が満開だったという。桜を見ろ、といってくれたおばさん看守の小さな心づかいが、読んでいても嬉しい。

とにかく、目下彼女は栃木の女子刑務所。今年は特に寒いから、どうやって耐えすごしているか。

一月×日

思ったとおり、風邪で発熱。風邪というよりは、本のせいである。

それはわかっているけれど、こうなればヤケクソで、自殺する気でバタバタと読む。

『天からやって来た猫』（塩田丸男著）。塩田さんのお書きになるエッセイはすでに定評がある。それはそれとして、昨年のはじめあたりから、ときおり偶会するたび、塩田さんの感じが少し

ちがってきた。どこというふうにはいえない。またそれほど目立った変化でもない。けれどもなんだか、何かやってるな、という感じがして怖い。これは近づかない方がよさそうだと思っていたら、この本が出た。これは小説だが、優しさ、を主題にしてひとつの家庭を描いている。優しさ、といっても甘ったるいものではない。優しさが当然内包している苦い、きびしいものがそっくり描けていて、そのうえに、覚悟を迫るような感じで、優しいものがみなぎっているのである。塩田さんがいい物を書いた、怖い、怖い、と思って、私はできるだけ遠くに、この本をおいた。そうして今、うまいあんばいに部屋のどこかに埋もれて私の眼につかない。

他者とのキャッチボールを

はじめにおことわりしておきたいのですが、私は無学の代表のような男で、正規の学歴は旧制中学無期停学というところでふっつり切れております。そうしてまた、学校に行かなかったから独学に徹し一志力行《りっこう》、努力を積み重ねてきたというわけでもありません。世間の底辺に近いところでのたらくたらと生きてきたような男であります。こういう書物（『読書と私』）に書き記すにはまったく不適格なのです。

そのことを承知の上で、御指名をお受けしたのは、多分、私のような巷の埃りにまみれた男の貧しい読書体験などはあまり活字として発表されないのではなかろうか、それならいっそ、在りようを正直に告白してお笑い草に供してみようか、と思ったからであります。

私は小学校でも中学校でも、ほとんど学業放棄者で、ただ自分の恣意と、恣意を押しとおすことで生まれる不安とに包まれた少年時代をすごしておりました。もちろん、読書に積極的な関心を抱いたことなどありません。ただ、個人芸で生きる生き方には関心以上のものを持っておりました。多分その頃の私には、彼等が恣意を押しとおして生きているように映じたのでしょう。作家、画家、作曲家、そういう生き方ができたらなァ、とは漠然と思っておりましたが、彼等の作品を知る努力をはらおうとはしなかったわけです。

ちょうど大戦争の最中で、中学から軍需工場に勤労動員で行っていた頃、外国の小説をよく読んでいる二三の級友がおりまして、その人たちから東西の諸作品の概括をきいていました。三人の級友はそれぞれすぐれた人たちでしたが、おそらく当時年齢相応に多少舌たらずな説明だったでしょうし、私は私で自己流に受け取って勝手な作品評価をしていました。そうしてそういう耳学問で自分でも読んだような気になり、実際に本をひもとこうとはしませんでした。

村一番の力持ちである木樵《きこ》りの若者が、山中で大岩と格闘して、その結果、どうしてもかなわないものの存在を知り挫折感と他者意識を芽生えさせる——というゴーリキイの「フォマ・ゴルディエフ」という作品の話をきいたときには、執着を感じて、その本を手にとって読んでみたものです。多分、自分の触角だけで手探りに生きていた私にとって、他人事とは思えない主題だったのでしょう。それがまっとうに小説を読もうとした初体験だったと思いますが、かなり長い作品を一生懸命に読もうとして、ついに終りまで読みきれませんでした。読書というものも、やはり基本的な訓練が必要で、他者の世界の中に自分をいったんはめこんでいき、その規律の中でさまざまな交流をはかっていく、そうするための努力やそれにふさわしい感性を育てていかなければなりません。学校へも行かず、徒弟奉公にも出ず、巷の一匹狼でグレていた私は、そのルールが呑みこめませんでした。私はいつも、自分の恣意だけで本を読もうとして、本からハジかれていました。なおいけないことには、若さゆえになんとかその日がしのげていたために傲慢《ごうまん》になっていて、未見の書物、未見の能力をあまり尊敬しておりませんでした。つまり、ちっぽけで、ケチな、フォマ・ゴルディエフだったわけです。

それでも、おりおりの恣意で、活字を読もうとしていたのです。もちろん自分が選択した本で、興味は充分あるわけですから、最初は叙述にひっついていきます。ところがそのうちにきっと、はなはだしいときには数行も進まないうちに、その本に関係のないべつのことが念頭に浮かんできてしまうのです。たとえば、知人にどういう言い立てをして金を借りようか、とか、女友達に対する自分のはずかしい振舞などを反芻《はんすう》していたり、とかしてしまって、眼は惰性で字面を追っているのに、すこしも頭に入っていません。はッと気づいて元に戻り、また数行は本当に読んでいますが、いつのまにかまた、他のことに気持が行ってしまう。

そんなことをくりかえしているうちに、いらだって本を投げだしてしまいます。おはずかしいが、十代後半から十年くらいの間、普通この年頃は乱読をするものですが、まとまった書物を一冊も読了しておりません。

そのくせ友人たちと文学の話などするのは好きなので、最初のうちはあつかましく、読んだような顔をしてしゃべっていましたが、そうやってごまかしのおしゃべりをしていてもつまらないので、すぐにその態度は捨てて、自分は本を読む癖は身につかないのだと広言し、相手の読んだ本の内容説明を聴いたうえでその話に参加するというようなあつかましいことをやっていました。だから、辛うじて仲間の会話に参加はしていたけれど、説明してくれる友人の気質に自分の気質を重ね合わせてものをいっていただけで、直接書物を読んで得る収穫とは大ちがいだったでしょう。

書物を読むことで得る大切な収穫のひとつは、他者を知ることだと思いますが、その時分の私は少しも他者を知ろうとせず、もっぱら自分の気質、乃至は両親やまわりの先輩から受けとった気質でしか物事を見ていませんでした。私に限らず巷の人々は、大体そうやって暮しているようです。このせまい島国では、人種的にもほぼ単一だし、全体がまるで家族のような雰囲気があって、他者を知らなくてもそれほどの不都合な目に会わずに日をすごしていけるのですね。私にとって重要なことは自分の気質を生かしてすごせるかどうかであって、自分の気質が他者とどうぶつかるかということではなかったのです。だんだん大人の社会に出ていくとそうとばかりもいっていられなくなりましたけれど、だから他者との対話を欲するのですが、私は現在でもその点に成熟しているとはいえません。

私にとってまだしも幸いだったのは、中学時代からの友人に恵まれていました。一人は四国生まれで英文学を専攻し、一人は北陸生まれで、父親の業の跡をついだためにその道には行かなかったが良質な読者という立場でした。四国生まれの友人は真言密教を思わせるような気質があり、自然の大きさを持っていました。北陸生まれの友人は浄土真宗的な気質で、それにふさわしい知覚が発達していました。私は終始グレていて、この時分は暗黒街の住人でもありましたが、にもかかわらず、自分の家のお宗旨の曹洞《そうとう》禅的な気質を内包していたようです。勉学にはげまない私は近代的な意味での他者を知ることができなかったけれども、二人の友人と話し合うたびに親族の中の他者のようなものを自覚していくことができたような気がします。

この二人の友人は私にとって恩人のようなもので、私は、この二人の努力の千分の一くらいを徐々に自分の身体に注入して育っていきました。私は彼等に稽古をつけてもらうつもりで、彼等がそれぞれそのときどきに関心を払っている主題に自分流に参加しようと一生懸命になっていました。それがディケンズであったり、ドストエフスキーであったり、トーマス・マンであったり、或いは万葉や新古今や源氏物語や世阿弥であったりしました。もっとも私はやっぱり部分的な拾い読み程度で強引に参加していましたが。

私にとって最初の本格的な読書体験は、彼等二人と、定期的に日を定めて一章ずつの読後感を語り合った旧約聖書です。

この書物についても、私はきわめて恣意的に、つまり自分の気質だけで読んでいきました。私はどんな意味ででも宗教に参加しようとは思っていなかったので、はじめから文学書としてこの本に対していました。しかも、この経験は私にとってショックでした。私は学校にもいかず、市民社会のルールの中で生きようともせず、もっぱら自分の気質を押しとおして無頼に生きていましたので、自分の判断力だけに頼ってすごしてきました。だからその点に関しては、自分にかなりの自信を持っていたのです。私は学校の教師よりも、ある意味で自分の眼の性の方がよいとうぬぼれていました。そうして、そこから推量して、内外の大作家の著作物なども、たかが知れているようなものに思っていました。依然としてケチなフォマ・ゴルディエフだったわけです。

旧約聖書を読んで、生まれてはじめて、人間、あるいは人間たちの知恵の怖ろしさを知りました。私はもう二十六七になっていました。大方の読者には私がアホらしく見えるにちがいありませんが、このとき本当におどろいたのです。このおどろきの実感は今もってなまなましく覚えています。

私はそれまで、書物を軽視していたことを悔いました。私は、自分の本能、乃至気質の確かさをうぬぼれているようなところがあって、他人の小説など見てもその点ではさほど自分が劣っていないような気がしていたのです。頑固に自分のペースを守るという形は、私の幼少時から戦争期を通過する体験の中で自分流にものにしてきたと思っていましたから。

けれどもそれはまったく見当ちがいでした。私の場合、ボールを宙に投げているだけの形とすると、書物に書き現わされている世界は、（すくなくとも一級品は）ただ宙に投げているだけではなくて、投げたり返ってきたり、キャッチボールの世界だったのですね。他者とキャッチボールして葛藤するという世界でした。私はこのときはじめて、ドラマというものは、自分と、自分よりも大きな存在、自分を律してくるようなものとの葛藤なのだと知りました。自分より大きな存在ゆえに自分が結局は負けてしまうだろうと思えるものに対して、いかに戦っていくか、ということが眼目になっていて、それがとりもなおさず生きるということなのだと知ったのです。いかにピュアーになろうとも、ハネ返ってくる壁（他者）を想定せず、宙に向かって自分の気質を投げているだけではロマネスクな行為にしかすぎない。そういうことがこの書物を読んで知った一番大きなことでした。そうして、私がなんとなく読了できなかった西欧のすぐれた著作物は、ほとんど、キャッチボールの相手として、この旧約聖書を選んでいたのだということもわかりました。旧約聖書の存在を知らずに西欧の書物を読んでも、キャッチボールの全貌がわかるはずはなかったのです。そう思ってみると、これまで概念だけで知っていた西欧の書物が、それぞれ、自分たちを律してきたもの（旧約聖書）に対する尊敬と呪詛《じゅそ》の念に満ちていて、それが迫力になっていたはずだと思い返しました。

たとえば「カラマゾフの兄弟」は、旧約のヨブ記とのキャッチボールだとわかってはじめて私には迫力が出てきたのです。あのゾシマ長老がヨブと対照されるべき存在として登場しているのだとわかるまでは、私にはなじみにくかったのです。

旧約聖書に関して、そのときの私の得た収穫を列記したら、とてもこの短文では記しつくせないのですが、この書物自体がどういうキャッチボールをしているかというと、それは〝神との契約〟という形式でありましょう。人間は、自分たちの力以上の存在（それは時間とか生命とか、或いは自然とか、何でもよいのですが）を抽象化した〝神〟というものを承認しそのルールに信服していく、そのかわり、〝神〟も人間に幸福や安定をもたらさなければならない、そういう取引きなのですね。

だから人間は、自分たちが幸福になることが神の存在の証しになるといって、いつも神に迫るのです。神は人間のその要求を満たすことによってしかその存在をあらわすことができない。しかし人間もまた、神のルールを守ることでしか、自分たちの欲求を充たす方策がたたない、そういう取引き、乃至は葛藤が、即ち生きる基本になっているということ、そういうキャッチボールなのですね。

はじめて書物をちゃんと読んだ私は、その内容に感嘆する前に、キャッチボールが欠くことのできない形式だというそのことにまず驚嘆したわけなのです。

第二に、そのキャッチボールの内容なのですが、神との契約に即したルールとはまた別個に、ほかならぬそのキャッチボールを産みだした生物世界の基本原則がひとつひとつ捕えられて、それがシチュエーションなりディテールになっている、そのことにも感嘆しました。

それは、まず生き伸び続ける本能に支えられています。生き伸びにくい荒野で生きていくための諸条件が呈示され、その次に、如何《いか》に生きていくべきかという欲求になっていきます。

それはさまざまの記述になっていますが、一例をあげれば、〝移動〟ということ。先住者が居れば先住者のルールで生きなければならないから、よりよい自分の条件で生きるためには移動しなければならないわけですね。そうして新しい土地におちつく。しかしそのあとの人間たちはまた移動していく。新しい土地があるあいだは、そうやって横に伸びていけばいいわけですが、土地がすべてふさがってしまえば、その土地を移動しないで居坐ったまま変革をしなければなりません。出エジプト記に見られるような移動は、現在では変革、革命、というような形になっています。この二つの異なる言葉は、底の方では同一の行為でもあるわけで、人間が生きようとするときの根本条件でもあるわけですね。旧約聖書にはこういう原則がたくさん図型化されています。

しかも、人間たちは本当の幸福、本当の安定にたどりつきません。彼等は長年月、今に至るまで、神と契約したことの実行を迫り、同時に縛られてしまうのです。

この書物を読んだとき、私はそれまでの貧しすぎる読書体験をふりかえって、心に残っている断片を照応させてみました。私のような男も、ごく短い小説のいくつかは、すっと読了できて、印象に残っている何篇かがあったのです。たとえば、シングという人の戯曲「海に行く騎者」だったり、カフカの「変身」だったり、フォークナーの超短篇「納屋は燃える」だったり、G・グリーンのこれもきわめて短い「破壊者」だったり。

それらの小説は私自身の内部の屈託とすんなり合わさった形で、例外的にすんなり読めた小説だったと思っていたわけですが、これらの小説が私にも迫ってきたのは、第一に他者とのキャッチボール、第二に一般的原則を踏まえている、この二条件を充たしているゆえと気づきました。

私がおそまきながら気づいたことは、大方の人にとってごく平凡な常識でもあるでしょう。しかし私は鮮烈な驚きを持ってこのことを知りえたのです。その点では、私の読書歴の貧しさも、むしろ好条件だったかもしれません。

私はこのとき以後も、精力的な読書家になることはできませんでしたが、それから後、私なりに、長い小説や、読みにくい書物を少しずつ読んでいこうとしはじめました。そうして今にして思うのは、あるいはこれも自分に甘い言葉かもしれませんが、読書とは、結局、知識を得るということよりも、鮮烈な驚きに出遇うことからまずはじまらなければならぬと思っています。

ドスト氏の賭博

賭博者としてのドストエフスキーを採点しろという奇抜なテーマが与えられた。もっともドスト氏は職業的賭博師ではなくて、そのロシア人的情念をいくらか度を越してルレットに捧げたという程度であり、彼が賭博で失なったのは、たかだか新婚旅行中の所持金全部にすぎない。賭博状況そのものに押し流され、その人格能力の重要な部分を失なうことにくらぶれば、金ですめば被害は軽い。そうしてこのことは、ドスト氏の人格の大きさ強さをあらわし、又同時に、賭博能力がさほど充実していなかったことを物語る。賭博では常に、致命傷を受けるのは強い者であり、弱者は初歩的被害にとどまる。

致命傷にもいろいろあるが、作家の場合、その最たるものは、人生に対する初々しい感性を濁らすことであろう。『賭博者』という小説はもちろんその点を失なっていない。単に賭博及び賭博場の実態を描くという見地からだけ見てもまことに鮮やかである。老貴婦人アントニーダ、この賭博初心者の狂躁は一般人には理解しやすかろう。しかし多くの賭博者のおちいる道はアレクセイ青年が経験する地獄である。

ドスト氏の賭博技術を文中から推察しよう。赤（丁）が十回も続いたあとは、赤にも黒（半）にもあぶなくて賭けられない、といっている。これは75点さしあげる。素人としては高得点である。もうそろそろ黒だと思う者が大部分。ここで黒を追えば連敗の可能性が生ずる。但しプロは赤がとぎれるまで追い切る。大勝のケースは目が片寄ったときに追い切ることである。ドスト氏はその半端な具眼のためにバランスは保つが大勝を逃がす可能性が濃い。

アレクセイ青年が勝っていくプロセスで、無計画、無意識を強調しているのは、ドスト氏の技力で勝ちのプロセスを描く場合の最上の方法である。また現実に、嵐のようなツキが来た場合こういう印象を呈するものである。

計画、予想はたいした意味はないけれどもルレットの出目にはリズムがある、と観察し結論する。このへんの記述には50点さしあげる。これは世間大方の人の、ルレットは確率のゲームなり、という認識と同様のもので、投球師《ディーラー》の主体性を除外して考えればたしかに一面の原則的真実（但し予知できぬが）である。しかし狙った目、乃至その周辺に投げこむくらいは投球師にとって、半年ほどで習得できる易しい技術であり、目が人工的に出るならば自然の確率に頼ることは墓穴を掘ることである。

しかし投球師は全部の客をマークできない。したがって平生は無作為に廻し、マークすべき客が生じた場合のみ作為的になる。一見自然に見えるのはこのためで、客としては場の性格に応じて二様の認識を使いわける必要があるのである。

賭博は一世紀前も現在も同じ方法であり、欧米では今もなお確率に身を燃やす客が絶えない。衆愚はともかく、具眼のドスト氏が何故この点を疑わないか、もっともルレットで勝てば、その先は致命傷が待ちうけている。

Ⅳ

親友

自分自身の来し方に変転が多かったせいか、私は友人というものがすこぶる多い。ばったり会って、やあしばらく、とお互いににっこりする程度の知人も含めると、数えたことはないが大変な数になるだろう。

ちょっと指を折っても、作家、画家、編集者、役者、音楽家、落語家、芸人、力士、プロレスラー、競輪選手、ばくち打ち、商売往来にのっていない曖昧な人たち、そういう人たちは多少なりともその職業に関して交際が開けたものだが、大学教授、医者、弁護士、税理士、不動産業、金貸し、革命家、それらは職業に関係なしに個人的につきあっている人が多い。もちろん普通の職業の人もたくさん居る。放浪したり引越し魔だったりするので、東京の各所や地方に分散しても居る。

それだけの人数と交際して、まだ人に餓《う》えているところがあって、自分の家が絶えず満員電車のように混んでいればいいな、と思ったりする。

子供の頃から学校にも行かずに、街の中をうろつき出して、雑多な人々の中で育ったせいかもしれない。といって私は、今でもそうだが、はにかみ屋の人見知りで、なかなか自分の方から他人に近づいていこうとしない。子供の頃は特にそうで、人と人がどこかで理解し合って融和し合っている様子を、うらやましく眺めていた。私は変な子供で、なかなか周囲の理解を得られなかったので、自分のことをわかって貰えると非常に嬉しい、そのかわりに、人のことも理解しようと努める。

人間を簡単に信じているわけではないけれど、勉学をしなかった私としては、たくさんの人との関係の中で、私流の教養を得ていったと思う。能力の傑出した人たちばかりでなく、平凡な人たち、或いは逆に脱落者のような人たちからも、それなりのものを教わった。私は人に抱かれ、人からたくさんのものを得て、今日生きているのだと思う。

それで私も、そのお返しに、若い人たちに何かを与えられるといい。若い人たちばかりでなく、誰かの、何かの役に立ちたい。

ところが今日の若い人たちは、特に私の交際している若い人たちは、それぞれ卓抜なものを持っていて、私の方が教わることが多い。若い人といっても、もう彼等も三十代の半かばに達したろうが、井上陽水、沢木耕太郎、黒鉄《くろがね》ヒロシ、つかこうへい、古今亭志ん輔、中山千夏、といった人たちだ。もっとも彼等は皆、ばりばりの才能人たちだが。

それから七十代の老人群が居る。私は老人が好きだから、一緒に居ると楽しい。そうしてこの方は、老人一歩手前の私が、体力的に世話役という感じになる。しかしおいおいとお葬式にぶつかるのが哀しい。先日も木下華声さんのお葬式に行ってきたばかりだ。

交際に無名も有名もないのと同様、頻度多く会うから親友と限ったことでもない。めったに会わないけれども、いつも会いたいと思っている人も居る。先方はどう思っているかしれないが、こちらの胸の中だけで親友あつかいしている人も居る。

親友というのとはいくらかニュアンスがちがうが、不思議な魅力があり、いつもその人の有様を眺めていたいという人も居る。これは男女の別がない。女性の場合、そうなると他の感情とごっちゃになりそうだが、やっぱり少しちがうと思う。

交際の範囲は多くても、親友ということになると、どうしてもその中の一部に限りたくなる。親友という言葉は限りなく重たくあつかいたい。親しさ、だけでなくて、お互いにどういう意味かの尊敬を抱いてなければならない。

もうひとつ、友人というものは、長い交際でありたい。お互いがどういうときでも、変らぬ顔をしていたい。花柳幻舟とはお互い無名に近い頃からのずいぶん古い交際だが、友人だから、刑務所から出所するときに、朝五時起きして弁護士と一緒に出迎えに行った。ああいうところから淋しく出てくるのはいけない。ところがテレビ部隊が来ていて、凱旋将軍のように手を振って出てきたのには、驚ろいたり安心したりした。

これまで私が親友と思っていた二人の人に死別している。二人とも、五十をすぎて、自殺といってもいいような死に方だった。一人は、死にに行く日に電話をくれたらしいが、私が旅行中で会えなかった。もう一人は地方在住で、その半月前、その地方に行く用事があって会う約束までしていたのに、私の仕事がおくれて飛行機に乗りそこない、会う時間がなくなってしまった。二人とも、生きる気を失なった理由も推察がついていた。今でもよく夢を見るが、無念の思いが晴れない。

夢といえば、一人、不思議な存在が居る。戦時中の中学の級友で、お互いに同じ理由の処罰を喰らった仲間だ。私はこの人も不変の親友と思っているが、戦後まもなくから、彼が地方の教員をしたり、関西の新聞社に入ったりで、会う機会がすくなくなってしまった。今でも彼は健在で、関西へ行くと会ったりもしているのだが、どういうわけか、私の夢の中では、彼が死んだことになっている。

そうして、死んだのに、その当時の私が寝ていた部屋を、しょっちゅう訪ねてくるのである。当人が知ったら気をわるくするだろうが、亡霊の彼が、あの当時の笑顔で私の部屋にあがりこんでくると、やっぱり昔のように二人でぼそぼそ話したり、トランプで遊んだりする。夢の中での彼の生活は不明で、どこにも居場所がなく、所在なげに見える。かと思うと新らしい大学の制服を着ていたりする。そうして私は、彼が亡霊だということを気づかないふりをしていて、少しでもそれらしき会話になるのを注意ぶかく避けている。

ひょっとしたら、彼も同じように、死人の私のところへ訪ねていく夢を見ているかもしれない。

中年をすぎると新しい友人を得るのがむずかしいというけれども、私は人と会う機会が多くて恵まれている。けれども一方で、眼まぐるしい思いもする。時間が有限で会いたい人に頻繁に会っていることができない。あちらを立てればこちらがたたず、ということになる。

つい最近のことだが、ふと不安になって、

「おい、俺が死んだら、俺の知人のすべてに知らせられないだろうな。あっちこっちと散らばりすぎていて、誰も俺の交際範囲のすべてを知らない。電話帳や年賀状だけがすべてじゃないからな」

すると女房が、実に大味な、興ざめな返事をした。

「どうせ新聞に出るだろうから、それでわかるでしょう——」

遊び仲間

マージャン女友達

先夜、中原ひとみさんから電話があって、ご都合よければ今から車でお迎えに行きたい、という。マージャンである。このところ、ゆえあって勝負事から遠去かっているけれど、たちまち頬がゆるんで、ＯＫの返事をする。私は映画〝純愛物語〟の昔からこの女優さんにヨワい。それに中原家のマージャンは健全至極で、延々長々という感じにならないのもよろしい。

ひとみさんは私のマージャン女弟子ということになっているようだが、これはむろんシャレで、たかがマージャン、師も弟もありはしない。しかしいかにも御家の宝物のようにして、ツボを教えることがある。彼女も熱心な生徒のような顔つきできく。つまりはそうやって勉強ごっこをし、マニアックに遊ぶわけである。

シャレの女弟子第一号は歌手の沢村美司子《みつこ》さんだった。彼女は強くて、「俺が一度でも貴女に勝ったら、師匠にしておくれ」と変なことをいって師匠にしてもらったことがある。

対戦回数が一番多いのは、女性の打ち手では南田洋子さんであろう。ひとみさんは控え目だが芯がきつい。美司子さんのマージャンは情熱的、洋子さんは強いが優しい。岸田今日子さんの、おっとり、はんなりとしたマージャンも好きだが、岸田さんとは近ごろ、マージャンよりも喰べ魔のパーティでお目にかかることが多くなった。考えてみると私のマージャン女友達は、昔私が憧れていた女優さんで、オトナの肌ざわりの人が多い。

女性の打ち手として群を抜いてうまいのは花柳小菊さんで、まだみっちりと打ったことはないが、実に筋目正しいマージャンを打つ。日本の女性はまだ概して遊び方に長じておらず、どうしても自分のペースになりがちだが、小菊さんのマージャンはちゃんと相対的な配慮計算に満ちている。小菊さんとならば、こちらが弟子の礼をとって、いつか教えていただく折をつくりたい。

酒友の優しさ

私の酒は晩酌型でなく、来客型であるらしい。何日も呑まないときがあるかと思うと、べったり酒びたりになったりもする。そうして酒だけの交際というのは非常にすくない。たいがい何かべつのことがひっかかっている。

杉浦直樹さんとはいつごろから親しくなったのかな。出会ったのは酒場で、うちとけたのも酒場だが、彼の故郷にも何度も行って、周辺の人たちとも親しくなっているから、ただの酒友とはいいがたい。最初は、役者ずれしていないヴィヴィッドな感性や、筋の良い饒舌にひかれて話しこんだが、今では、顔を見て微笑する。それだけで呑み合えるような気がする。つまり裃《かみしも》がとれたのである。

直さんともよく行く六本木のゲイバー〝西の木〟の主人栗崎昇さん、というよりクリちゃんは飾り花のデザイナーとして近ごろその道でも名を得ているようだが、盛業の店を持ち、知名の士たちに愛されていても、中年に達し、おのれの力の限界を知りはじめた屈託をふと見せることがある。そうして、必死で自分の現在に身を据えようとしてナルシズムの芸を披露する。遊びの場で、遊びの縁だけを頼りに生きる者の、うつろいやすさに対する感度は鋭く、せつない。こういう場所では笑いさんざめくのが礼儀と知りながら、私はいつも彼の自意識の揺れ、それと表裏をなすファイトに圧倒され、ハラハラしながら黙って見守ってきた。

先夜、酔余のセリフで、彼は忘れているだろうが、一言、

「あんた、一度もあたしに、ちゃんとした苦言を呈してくれたことないわね」

そういわれたのが心に残る。

しかし、クリちゃんばかりでなく、夜の巷を遊泳する男たちは、多少なりとも皆、どこかに

水腫《すいしゅ》のような不安の塊を抱き、目に入るうつろいやすさを見て見ぬふりをしているようである。したがって、酒の場所で会う友人知人はいずれもこのうえなく優しい。

ヴィデオパーティ

だんだん年齢をとってきて、呑む打つ買うおしなべて浮かれ出ることも間遠になってきたし、遊びの種類もへってきた。熟年のお方が楽しげに遊んでいるのを見聞きすると、いいなあと思うが、自分ではどうも面倒くささが先に立つ。完全に、衰退である。

だから畑ちがいの友人知人と会う機会もすくなくなった。あるとすれば、お客さまが我が家に来てくださる場合である。

こちらが巣で寝転がっていて、アチラがやってくるのだからこれは楽だが、二年ばかり前から都心を離れてちょっと不便なところに越したので、ただでは誘いにくい。

といってマージャンは長くなって疲れる。

それでせめてもの思いつきで、いろいろオモチャを用意するようになった。

昨年までは友人の若い落語家さんや芸人さんに来てもらって、人を集めて芸を見、ともに語り呑む。敬老の日には、木下華声、並木一路という超ヴェテランを招いたが、七十歳の一路さんが酔いすぎて、帰りに自分の家がわからなくなったらしい。

ところが人が集まりすぎる。拙宅の茶の間に四十人も集まるようになって、夏など冷房が利かない。窓を開け放したのでは近所迷惑である。第一女房がふうふういう。それで近ごろはヴィデオ鑑賞会の趣になった。これはせいぜい十人内外が適当である。あまり多いと、見る物の好みがまちまちになって、番組がむずかしい。

先夜は長部日出雄、殿山泰司、杉浦直樹、若林映子《あきこ》、矢野誠一などの諸氏が集まり、戦争前の古い映画をやった。

一方またジャズ関係、ショー関係の人たちが集まって、その種の古いフィルムを見ることもある。ジャズマンの他に野口久光、中村とうよう氏などその道の大通が加わるので、勉強にもなる。いずれにせよ、仕事をやらずにガヤガヤしているときが一番楽しい。

ごぶさた句会

都心部に居たのが二年前に郊外に近い方に越して、さてこれで落ちついて仕事ができると思った。思ったわりには仕事がはかどらない。しかし出不精になって、面白そうな会があっても欠席することが多くなった。

小沢昭一や永六輔、山藤章二、和田誠あたりを肝いりにして、素人句会が毎月一回、もうだいぶ何年も前から続いている。私はこの会の劣等生で、選に入ったためしがない。なにしろ全然勉強しないし、かんじんの時はナルコレプシー（嗜眠《しみん》発作）で半分うつらうつらしているから、ただお座なりに作るだけである。

だから俳句にはあまり関心がないが、しかしこの会は面白い。肝いりのほかにも、長新太、矢崎泰久、高橋睦郎《むつお》、灘本唯人《ただひと》、岸田今日子、黒柳徹子、中山千夏、ｅｔｃ、ガヤガヤと騒がしい人ばかりで、俳句よりおしゃべりが楽しい。行きたいけれど、ずうっと欠席している。仕事がひっかかっているか、疲れているか、どちらかで出ていけない。

パーティの席などで黒柳徹子としゃべっていると、どういうお知り合い、と訊かれるから「句会の劣等生同士——」と答える。なにしろ徹子嬢の俳句は五七五の下にまた五が続いたりする。

そういえば長門裕之が出ているので三越劇場の芝居を見に行ったらケロンパと会った。彼女も句会の仲間で、俳号を松陰神社という。以前まだ独身のころに住んでいた地名なのだが、神社という称号がつく俳号は彼女のほかにあるまい。ユニークな女流俳人だが、彼女もキンキンと一緒になって夫婦円満の様子で、句会もごぶさたしてるといっていた。

矢崎泰久と灘本唯人は、句会に出てくるとサシウマをする。選に入った点の上下で戦うのである。マージャンじゃあるまいし、句会でサシウマをするのは彼らぐらいで、ムード派の高橋睦郎などがイヤな顔をしている。私はそういう下品なことはやらない。挑戦しても負けることはわかっている。

嫁になりたい

私は大女にはあまり興味がおこらない。イングリッド・バーグマンの昔から、ソフィア・ローレン、エヴァ・ガードナー、ローレン・バコール、カトリーヌ・ドヌーブ、皆、ペケである。万一、彼女たちが私の前に身を投げだしてきたとしても、一回ぐらいはどうだかわからないが、さほど嬉しくない。

女は小柄に限る。

小柄ならどんなのでもいいというわけではないが、モテもしないのに大きな口を叩くなといわれても、人参は嫌いだが玉葱は好きだという種類の話であって、人それぞれの好みだから仕方がない。

先晩、我々の句会の帰りに、うつみ宮土理嬢を中にはさんで、永六輔さんと三人で呑んだが、永さんと私との女の好みは何から何まで完全に一致した。

せまい日本で、似たようなところを歩きまわって、こう一致したのではどういうことになるか。ふと気がつくと私たちの間で艶然と笑っているうつみ嬢こそ、その女だという感じになって、私たちは競い合って彼女の心を（身体も）得ようとしたが、彼女はまったく心を（身体も）動かさなかった。小柄な女は肥った男を好むというわけではないらしい。

黒鉄ヒロシさんという人は、まず小柄であるところが性的魅力がある。むろん、彼は女ではないが、だから、ただ小柄であるというだけでなく、才能があるとか、陽気で底が抜けているとか、友誼に厚いとか、呑む打つ買う三拍子とか、各方面の魅力を総合していく必要があるが、その結果、煮つめていくと、やはり、セクシィということになるのである。

私は酒が一杯はいると、どうしても彼に結婚申込みをしたくなる欲望を押さえることができない。

「結婚しませんか――」

とあるとき、思いきっていったら、

「私とですか――」

と彼も、まじめな顔になった。そうして、数分間、煩悶したのち、静かにいった。

「まっぴら、ごめんこうむります」

しかし、彼の機嫌のいいときを見はからえば、なんとかなるのではないかという気がしないでもない。

ところで、まことに不謹慎なことであるが、黒鉄夫人の美優《みゆ》さんにも結婚申込みをしたいのである。

彼女はまたとないような美人だし、独特な個性があり、ちょっと歯ごたえがあってうっすら甘い菓子を連想させる。

私のところには夫妻で遊びに来ることもあるし、お互いに夫婦単位で外に遊びに行くこともある。

そういうときに、ヒロシさんと結婚するべきか、美優さんと結婚するべきか、私は迷って混乱してしまうのである。

「私が黒鉄さんと結婚したら、奥さんはどうなると思います」

「さあ、嘆き悲しむでしょうな。ひょっとしたら自殺するかもしれない」

「それはいけない。奥さんを放っとくわけにはいかん。それではこうしましょう。私は黒鉄さんと結婚したうえに、奥さんとも結婚しちゃいましょう」

「ははァ――」

「夫婦養子というのがあるでしょう。だから、この場合は、夫婦夫婦、というか、夫婦で私と夫婦になっていただく」

「そうすると、なんですか、私たちは三食昼寝つきでただ遊んでいればよいので、生活費は阿佐田さん一人に責任を持って貰う。これはちょっと一考するとするか」

「待てよ――」

と私は考えこんだ。黒鉄ヒロシは寸暇をさいてよく遊ぶ。仕事に追いまくられてなおかつあれだけ遊ぶのだから、三食昼寝つきにしておいたらどのくらい遊ぶことか。それを養なうとなったら、私など不眠不休で働らいてもまにあわない。

「失礼、これは私のいい方がまちがってました。黒鉄さんを夫婦夫婦に迎えるという、その考えは傲慢だった。私どもが黒鉄家に、夫婦夫婦で嫁ぐことにいたしましょう」

と私は改めて提唱したのであるが、この件は目下のところ、あまり進行していない。

ところで、突然話が飛ぶが、中山あい子さんもまた可愛い人である。可愛く酔い、可愛く巷をほっつき歩く。

お嬢さんが新劇人である人をつかまえて、可愛いとは失礼なといわれるかもしれないが、魅力を語るに年齢など関係ない。私は彼女にも結婚を申しこみたいと思う。

しかし、勘ちがいしないでいただきたい。私はあい子さんの亭主になりたいのではない。私は中山家の嫁になりたいのである。

あい子さんも、多分、私などより稼ぐだろう。

私があい子さんを喰べさせるのは大変だが、彼女は私ひとりを喰わせるぐらい何ほどのこともあるまい。

そのかわり、嫁であるから、中山家の家風には合わせる。夫の命令とあれば火の中、水の中、三つ指突いてどこまでも従っていく。

「おい、肩をもんでおくれ」

「はい――」

「おい、足の方をマッサージ頼むよ」

「はい――」

「おい、スペシャルを――」

「はい――」

気持わるいね、といっている彼女の顔が眼に浮かぶようである。

私が大病をしてシャバに復帰したあとだから、まだつい最近のことだが、新宿ゴールデン街の〝まえだ〟という女豪傑のママのいる店でばったり会ったとき、あッ、と思った。

髪の毛が、まっ白なのである。

プラチナブロンド、という奴かな。

染めたのかと思ったら、その逆で、もともと白いので、平生は黒く染めていたのだそうである。

彼女も私も、それぞれほろ酔いだったせいもあるが、私は放埒無残なばくち男だから、調子に乗って自分ペースでおしゃべりをした。嬉しさのあまり、相手が、感じ易くかよわき女性であることを忘れていた。

「あんた、ばくち専科なら、暗黒街で怖い思いしたことない？」

「ないよ。ばくち場では、一人一人のやくざ者は怖くない。組織は怖いけどね」

「どうして」

「やくざ者はばくちが弱いんだよ。彼等の収入は汗を流して得た金じゃないだろう、だからどうしても金銭に対する執着がすくないんだ。むしろ、相手にして怖いのは、はんか打ちといってね、組織に入らず、ばくち一途《いちず》で生きている連中だ」

「へええ、そんなのが居るの？」

「居るんだよ、この連中に会ったら、ケツのケバまでむしられる。今、日本でランキング五位くらいまでの連中は、大体、月の収入が七八千万かな」

「えッ、月に、七八千万！」

私はオーバーなことをいった。実際はその十分の一ぐらいだろうか。

「奴等は一匹狼だから何も信じない。銀行なんかもむろん預金しない。大きな勝負にかかるからいつも現金が必要なんだがね。自分の家の押入れ一杯に現金がぎっしりつまってる」

「えッ、押入れ一杯に！」

「一万円札を十枚まとめるだろう。これをズクという。十枚一束の奴を十個あわしてゴム輪でくくる。つまり百万円だな、このくくった奴を又十個あわせて千万円。これがどの押入れにも、ぎっしり積まってる——」

「えッ、えッ——」

感受性の強い彼女は、その札束のヴォリュームを実際に眼の中に描いたらしく、話だけで昂奮して、水割りのグラスを倒したり、はしゃいでいるように見えたが、そのうち背後に倒れて苦悶しはじめた。

私はあわてた。苦悶が本物なのである。

軽い心臓発作だということで、まもなく元気を恢復したが、あのまま大事になったら私は未来の亭主をコロしてしまうところであった。

しかし、他人の銭の、しかも話だけで心臓がドキドキしてしまうとは、その作品からは意外きわまる乙女のように可愛い人じゃありませんか。私が嫁に行きたいと思うのもわかるでしょう。

一度でいいから、中山あい子の子供を産んでみたい。

それにしても、身体を労わって欲しいものである。

私が大病をしたあとだから、他人の身体もひとしお気になる。

彼女に欠けているものは何もないが、ただひとつ、健康管理のための、嫁だと思う。

東京ふとした連

今、へんな遊びが我々の間で流行しかけている。いや、もう野火のように、すごい勢いで燃えひろがっているといってよい。

面白い遊びというものは、なんらかの意味で不健康、不健全なところがあるものであるが、これに限ってはまったくの健全ムードに支えられている。

その証拠に、過日、旅先の盛岡で仲間に教わった柳家小三治さんは、

「早く帰って、家族と一緒に、この遊びをやりたい。家へ帰るのが楽しみだ」

という感慨を洩らしたとか。

題して、ふとしたゲーム。妙な名前であるが、ふとしてやりはじめてしまうと、妙にやめられず、夜を徹してしまう、というところから我々が命名した。

もっとも、遊び自体は昔からあって、学生たちがよく集まってやっていたらしい。私は昭和

二十年代に、山田風太郎さんのお宅でおぼえた。山田さんがまだ独身時代だったかな。編集者が数人寄ると、この遊びをはじめる。それ以来、たまに大勢集まって、麻雀をやるにも多すぎるというときなど、我が家でもやった。

いつも好評で、笑い騒ぐ。寄り集まるとあれをやろう、といっていた時期もあるのだけれど、いつのまにか忘れてこの二十年ほどやらなかった。

ある夜、倉本聰、矢野誠一のご両人とバーのカウンターで呑んでいたとき、誰かがこの遊びのことをいいだした。

「おや、あれを知っているのかい」

というわけで、三人でやりだして、バーの閉店時間までやってしまった。

それからまもなく、小沢昭一、江國滋、矢野誠一、私というメンバーで、箱根の行きつけの旅館に行ったときに、本当は麻雀をやるつもりだったのが、この遊びがはじまると誰もやめずに徹夜になってしまった。

まァ遊び方をご説明しよう。紙と鉛筆を人数分用意してください。各自がその紙に縦横三本ずつ線をひいて、4×4＝16の四角いわくを作ります。べつに上と左に欄外の細い空白を作ります。

左の欄外にはアとかカとかヨとか、カタカナの頭文字を、皆で相談して同じように書きこみます。上の欄外にはテーマを、これも皆で相談して書きます。一人一題ずつ出すようにしてもいいでしょう。

テーマはなんでもよろしい。たとえば日本映画の題名とか、日本の山とか、歴史上の人物とか。いくらでもあります。架空の人物、国鉄の駅名、人体の部分の名称、炊事用具、なんでもいいのです。

時間は十五分、ヨーイドンで、アという頭文字ではじまる映画の題名、山、歴史上の人物、というふうに一つずつ書きこんでいくのです。満点は一個につき30点。他人と同じ答えを書いていたら10点減の20点。字がまちがっていたら5点減の25点。書けなければ0点、そもそもまちがいの答えならマイナス10点。時間が来たら各自が答案を交換し、問題一個ごとに全員で検討して採点をします。

この採点が面白い。架空の人物というテーマなのに、実在の人物だったり、記憶ちがいがあったり、苦しまぎれの珍答案が出たり。しかし皆が自分の答案を突っ張ってディスカッションをしていく。笑いさんざめくこと必定です。

いい年をした大人がばかばかしい、と思うだろうが、これがひどく面白いのだからしかたがない。まあやってごらんなさい。

小沢昭一氏などは、宿屋のサイン帳に大書して曰く、東京ふとした連。

「これはね、人に教えるとき、もったいをつけようよ。歴史は古く西欧が出所で、かのシェークスピアが発明したとか——」

今、小田島雄志などという東大教授夫妻も面白がっている。永六輔、中山千夏、三田純市、矢崎泰久などどうるさ方が中毒患者になってしまう。カンカンガクガクというメンバーの方が面白い。

柳家小三治師匠に先日会ったら、

「家族でやったんですがね。どうも子供に気を使ったりで、やっぱりファイトの出るメンバーの方が面白いね」

それで別れるときの挨拶が、

「じゃ、今度は、ふとした連で――」

とにかく我々は強力な連をつくって、将来はオリンピックにも参加したいと思っている。

小実さんの夜　酒中日記

某月某日

木下華声さんが東宝名人会に出ているので、ひさしぶりに寄席に行く。ちょうど鈴木桂介さん（往年の人気コメディアン）が仙台から出てきて私の仕事場に逗留していたので、同行し、華声さんと三人で一餐し、昔の浅草の話に花を咲かせるつもりだったが、桂介さん、朝からチビチビやりはじめていて、寄席のあと街に出た頃はへべのレケ、

「こりゃァいけねえ、こっちもピッチをあげて彼に追いつきましょうや」

という華声さんの発案で、ドカドカ呑んでいるうちに、三遊亭円窓さんがお座敷をすませて駈けつけてきた。円窓さんは私の中学の後輩で、私の同窓だった友人の教え子である。私は小学校と中学の半ばまでしか行かなかったから、世にいう学校の後輩というものがまことにすくない。円窓さん、小円遊さん、それから小学校の中村メイコさん、この三人に会うと、わずか

に先輩面《づら》をさせて貰う。

新加入者を得て勢いがつき、銀座にくりだした。そのうちの一軒、〝まり花〟というバーで鈴木桂介さんの飄逸な味が大受けで、ママ曰く、

「こんな素敵なお爺ちゃん、見たことない」

で、キスの雨が降る。桂介さん、寄留先の私に遠慮して、

「キスは、代りにこっちの人にしてあげなよ」

「駄目よ、今夜は他の人は眼に入らないの」

ああ、私は七十の老人の代りにもなれぬほどモテない男なのである。

六本木から新宿へ、朝まで呑んだけれども、エノケン型の小柄な老人で、一日じゅう酒びたりの桂介さんが、夜明けに至るも意気軒昂で、古いジャズソングを唄い、コミックダンスを踊り、あげくに、

「ああ、俺、一度でいいから、もういいってほど、たっぷり酒を呑みてえ」

その翌日。昨夜の大酒で頭が痛くて仕事どころではない。それに今日はもうひとつ、気持がおちつかない理由がある。

昼すぎ、カミさんを誘って、博品館のアメリカン・ダンス・マシーンのマチネーを観に行く。

夕方、仕事場に行って桂介さんとおちあい、夜、浅草の戦前派芸人たちの集まり〝ごぶじ会〟に出るつもりだったが、どうも気持がひとつおちつかない。

今夜は芥川・直木賞の発表の日で、敬愛する田中小実昌《こみまさ》さんや、中山千夏ちゃん、立松和平くん、友人たちが候補にあがっている。

自分のときは、まわりの大騒ぎをむしろ有難迷惑のように思っていたくせに、他人のことになると、そわそわして居ても立ってもいられない。

発表は七時半か八時であろう。浅草の先人たちの会には失礼して、界隈で呑んで待つことにする。カミさんを連れたまま、スタンドバーの〝きらら〟に行くと、ママが酒の肴を造っている。まだ六時すぎで客は一人も居ない。

呑んで待つほどに、七時半になり、八時近くなっても入電がない。待ちきれなくなって〝まり花〟に電話すると、今定《き》まったところで、直木賞は田中小実昌、阿刀田高のご両人だという。

こうしてはいられない。といって、どうすれば役に立つというわけではないけれど、とりあえず、記者会見の場である新橋第一ホテルに走っていく。当人よりはたが昂奮するということがよくわかる。

阿刀田さんがいつもの朗々とした声で、記者たちの質問に応じている。嬉しそうである。小実さんが心持ち固い表情で入ってくる。

記者会見の一問一答、そばできいていたが、「まだよくわからない」「そんなことはありません」「べつに、なにも意識していません」の連発。

座が、やや白けたり、笑声が洩れたりする。しかしよく考えてみると、いずれも正確な返事なのである。普通は、記者たちへのサービスが混じって、もっと返答に筋道や味をつけたくなるが、小実さんという人は、どんなときでもうわずったことをいわない人なのだ。

〝エスポアール〟で水上勉さんが待っているという。私まで図々しく、親戚代表のような顔つきでお邪魔する。水上さんは、七八年前、『自動巻時計の一日』という小説で小実さんが候補にのぼったときから彼を買っていた人である。

小実さんの夜の根拠地である新宿〝まえだ〟に電話を入れる。よかったね、というと、ママ曰く、ありがとう。我が身のことのように感じている様子がよく声音に出ている。

〝まり花〟でまた阿刀田さん一行とおちあい、そこへ吉行淳之介さんが見え、新宿に凱旋するのがおそくなってしまう。

〝まえだ〟のせまい店の中に、水上勉さんをはじめ、野坂昭如さん、殿山泰司さん、中山あい子さんなど大勢が待ちかねている。

野坂さんは、ゴールデン街の入口に大アーチを造り、歓迎・田中小実昌直木賞辞退と、大書しよう、と叫んでいる。野坂流のはしゃぎである。

大酔した水上さんがカウンターの中に入り、ひたすら、小実昌万歳、を叫んでいる。中山あい子さんは泣いているようだ。

シャンペンが次々に抜かれる。際限なく、おめでとう、を連発。ゴールデン街のママやマスターたちが、祝いの酒など持って次々に現われる。浅草から〝かいば屋〟主人クマさんも巨軀を揺すって現われている。

誰かが小実さんと私を眺めて、

「直木賞ってのはハゲの賞かァ」

「それじゃ、この次は殿山泰司の番だな」

合の手に、コップをつかんで、おめでとう、乾盃——。

世間の人が見たら、たかが直木賞で、と思うだろう。また、田中小実昌はもうずっと前からスゴい作家で、今さら新人賞なんて人じゃない、という人も居るだろう。ここに集まった人も頭のどこかでそう思っている。

でも、嬉しいのだ。限りなく嬉しいのだ。何であろうと、小実さんが世間から拍手されるというそのことが大慶すべきことだ。

わァわァと〝まえだ〟を流れだし、ゴールデン街を歩くと、方々の店から女の人やゲイボーイや客が出てきて、おめでとう——。

小実さんはややキビしい表情で、いつものキンコロキンと口伴奏がつく唄が出ない。きっと底なしに照れているのであろう。

〝あり〟で殿山さんと隣り合って、

「いい晩ですね」

「ほんと、いい晩でした」

私も大酔し、誰彼をつかまえてはしゃべる。

「とにかく賞ってのは、それをきっかけに皆が再評価してくれるんだから、有難いよ。普通は誤解されっぱなしが多いのにさ――」

小実さんはふだんのコースを歴訪しているらしい。私はいつのまにか〝まえだ〟に戻って、のびてしまったママを介抱している――。

肝臓をいたわりつつ　酒中日記

某月某日

深酒はするまい。

そう思いはじめてはや幾年であろうか。

私は毎日呑まなくてはいられない体質ではないけれど、呑むと長い。途中で小眠りをしながら朝まで呑む。もはや先年から肝硬変への道を歩みはじめ、主治医の先生は大声で、入院、入院、とお叫びになっている由であるが、本人はあくまで往生際がわるい。

先生から、カミさんにご託宣があった。

「ご主人は不思議な精神力の持主で、だから今までなんとか動けてるんです。ああ精神力が強くちゃ、ますますわるくなりますぞ」

精神力というのはこういう場合に使う言葉であろうか。

某月某日

酒ハマダシモ不摂生ニアラズ。ナントイッテモ身体ニ一番ワルイノハ、仕事ダ。仕事サエヤラナケレバ、人間、丈夫デ長持ナノダ。

そういうふうに思える日がある。養いたくもない家族を養い、住みたくもない家に住みつくために、なぜかしらぬが働らかざるをえない。こういうことが肝臓にいいわけはないので、呑む打つ買うよりも、まず仕事をやめて、摂生にふけらなければならぬ。

それで机の前を離れて、試みに、銀座〝まり花〟に行く。ここはフリーランサーの集会所みたいなもので、今日は誰に会えるかという興味がある。

今度、映画監督をする和田誠さんが、映画界を知悉《ちしつ》している石堂淑朗さんの隣りで、助言を受けている。現場のスタッフの気持をつかむのが第一だ、と石堂さん。

「和田さん、ずっと映画監督としてやるんだ、という気持にならなくちゃだめですよ。一本だけのゲスト監督というつもりじゃ、誰も本気でついてきませんよ」

私もその話に加わるが、私はこの映画の原作者であり、無関係ではないけれど、もう原作は先年書いてしまっているので、この先何もしなくてもよろしい。何もせずに原作料だけ貰うのである。それを思うと酒がうまい。やっと肝臓の調子がおちつく。

そこへ長友啓典《けいすけ》さんが、講談社のさしえ賞受賞という電話が入る。受賞者は六本木〝インゴ〟で呑んでいる由。

「行こうか、お祝いをいいに」と誠ちゃん。

「行こう」と私。

店をしめた〝まり花〟のママと〝インゴ〟へ。

長友さんは、大坊主のクマさんこと篠原勝之さんと、美女楠田枝里子さんという不思議な取合せで酒宴の最中。そこに我々が加わってシャンペンで乾盃。シャンペンはすぐ呑み干して、あとは焼酎のお湯割り。

まことにおめでたいし、友人の慶事を祝うのは大好きだが、私としては長友《トモ》さんの健康が心配だ。

「トモさん、若いときとちがって中年でこういういいことがあると、もう運は無限にあるわけじゃないからね。反動でわるいことがありがちだから充分気をつけて。特に肝臓が危ない。肝臓には仕事が一番いけないから――」

長友さん、何をいわれてもニコニコ顔。

しかし、八面六臂に交際《つきあい》のいいトモさんのお祝いの会はきっと大盛況であろう。

某月某日

二日酔い。こういうときに仕事などをやったら、それこそ肝臓にわるい。

自重《じちょう》して机に向かわず。深夜、新宿大木戸〝ホワイト〟に出かける。この店も〝まり花〟同様、フリーランサーの集会所だ。

山下洋輔、坂田明、村上ポンタなどジャズ畑、歌手のリリィ嬢、根津甚八、山田邦子、青島美幸、などなどの諸氏、視界をチラチラする。旧知の女性が根津さんと一緒に来ており、私はこの女性を〝姫〟と思いこみ、根津甚八は〝殿〟で、私は根津家の家老だというふうに思いこんでしまう。どうしてそうなったのか今は思い出せない。根津家で、ネズの番をしているうちに、眠り病になったか、という考えが頭をかすめる。この考えは、肝臓にわるくない。

甚八さん曰く「そういえば、僕もそんな気がしてきました。前世でね」

「それじゃァ、家老の分も一緒に、勘定払ってください」

「――！」

だいぶ客がすくなくなって、山下洋輔さんたちが疲労でおちこんでいるようなので、私の眠り病の薬を、二粒ずつ、特別に進呈する。

すると、朝の五時半頃になって、村上ポンタさん、突然、地下の小さな店に、マイカーに積んであったドラムのフルセットを持ちこんできてしまった。

「洋輔さん、ちょっと、音でお話ししませんか」

洋輔さん、ピアノに飛びつき、猛烈なデュオがはじまる。なにしろベースドラムがズシンズシン、シンバルがチャンチキチキ、スネアーがダダダッ。ピアノがバババババラリズン――。

その轟音たるや、暁方《あけがた》の界隈に鳴りひびいたことであろう。

ポンタ氏、乗りまくって、割箸で叩きだす。

「――これならどんなアップテンポでも平気だわさ」

居合せたミュージシャンも皆、楽器を持ち出して大乗り。エンディングになりかかるとポンタさんが元に戻して、延々一時間半ばかり、シャツを汗だらけにして大ジャムセッション。

やっと最後の音をはじきだした洋輔さん、ソファーに倒れこんで、

「――なんでこんなに騒いじゃったんだろう」

ふっと呟やいたのが実におかしかった。

某月某日

二日酔いひどし。困ったもので、ますます仕事をやるわけにいかない。働らきたいという気分ではあるが、やはり自重する。

立川談志門下の談四楼という若手が、落語界を材料にして、某誌に小説を書いた。第一作としてはまずまず評判がよく、続いて二作目を執筆中という。

まァなんでもよろしい。ジャンルに縛られることはない。若いうちはやりたいことを存分にやればよろしいが、小説を書き続けるつもりなら、肝臓に気をつけた方がよい。

師弟そろって拙宅に現われ、談四楼激励をかねて酒宴になる。彼等が持参してきたコーヒー豆入り焼酎というのを早速呑む。ウォッカのコーヒー入りはきいたことがあるが、焼酎のやつ

はじめてだ。しかしこれが実にけっこうで、口当りよく、いくらでも呑めそうな感じ。拙宅でも早速、制作しようと誓う。

談志、例によって、口舌《くぜつ》冴え、雲に乗り嵐を呼ぶ勢い、実に面白い。こういう面白さをプライベートに味わってはわるいような気がする。面白いはずで、拙宅では手前たちの好きな話しかしないからね。そうやってお互いに肝臓を慰さめているのだから。

談四楼は五月に真打ちになる。その真打ち披露の高座に、私も羽織袴《はかま》で並ばないか、と談志がいう。

ははァ、これは面白い。シャレで並んでみようか。さぞかし肝臓にいいだろう。

東京湾の鮫

この欄（「週刊文春」釣り欄）を引受けておきながら、こう記すのはためらいがあるが、私は釣りというやつがどうも、もうひとつ好きになれない。人間と他の動物の争いにしては、人間の方にばかり好条件が多すぎる。生命を賭しているのは魚だけで、そのため私たちは傲慢な心になりやすい。

たとえば鯛を釣りに行って、河豚《ふぐ》がひっかかってくる。すると船頭が怒ってその河豚を舟べりに叩きつけ、足で踏みにじってしまう。なにもそんなに怒ることはあるまいにと思うが。

以前、藤原審爾《しんじ》さんのお供をして、よく東京湾に鯛を釣りに行った。藤原さんは野球チームのオーナーだったので、気候のよい時分は野球に身を入れ、冬になると休日を釣りに当てる。だから私は酷寒の東京湾しか知らない。

冬は総体に海が荒れるが、私が参加する日はなかんずく吹き荒れの日が多い。小さな釣舟は大仰でなく木の葉のようにもまれる。船尾の私が下になると、みよしの藤原さんが私の頭の上に居る。釣りというより宇宙飛行の訓練をしているような按配である。

なんの因果でこの苦難にあうか、と思うから、私もだんだん尻ごみをするようになる。藤原さんは釣果の荷物持ちが欲しい。

「大丈夫だよ、明日は凪《なぎ》だ。凪《な》げば、海なんて池みたいなもンだ、おいでよ」

なるほど東京の街中は風がない。現地へ向かう車の中で、藤原さんが夜明けの空を見あげて、

「オヤ、おかしいな、風雲が出てきた」

舟に乗り移る頃は、大うねりで白い波頭が泡を噴いている。いつだったか、舟の上の会話で、私が泳げないということを藤原さんが知った。

「おい、本当に泳げないのか」

「ええ、全然の金槌ですよ」

「ふうん——」

あとで藤原さんは、彼奴《きゃっ》もわりに動じない奴だ、とある人に告げたそうである。しかし動じようにも木の葉の舟の中では一寸も動けない。

好きでないから上達しないのか、上達しないから好きになれないのか、これほどの苦難にあいながら、私の釣果はめったにない。

一度、私の釣糸がひどく重くなって、格闘の末、ぱっと軽くなり、餌がなかった。藤原さん

は、なァに、地球にひっかけただけさ、と笑っていたが、私は、今のは鮫《さめ》だ、とがんばった。
黒々としたその背びれが逃げる瞬間をかいま見たような気さえする。私の釣りの最大の経験は、
東京湾沿岸五十メートルほどのところで鮫を釣り落したことだ、と今でも思っている。

お別れの煙草

今年の正月はまったく正月気分になれなかった。暮れに藤原審爾さんが亡くなって、そのことの想いが拭えない最中だったから。

五十をすぎると死というものが日常の問題として念頭を去らなくなる。どこでどう死のうと、こちらも五十歩百歩で、故人に向かって、ぼくももうすぐそちらに行きますから、と語りかけるしかない。ところが死というものに納得がいっているわけではないので、直面すればあいかわらず辛い。自分の死ならば適当にあきらめられるかもしれないが、身近な人が亡くなるなんて、理不尽の一語につきる。

藤原さんは若いときから大病ばかりして、病気の問屋のような人だった。私などは三十数年前、ご縁ができた当初から、もう駄目だ、今度は危ない、と自他ともにいいあって、それでいつも死線から復活してくる。病弱で、しかも不摂生の塊のような作家稼業をして、それで六十余歳までがんばるのだからすごい。不死身の人、という印象があった。そうして、いつも誰よりも醒めていて、同時に八方に気を遣う人でもあった。

だから、もう自意識のなくなった死顔を眺めていると、これは藤原さんではない、藤原さんがこんなふうになるわけはない、と叫びたくなってしまう。

昔、毎日寝るなんて贅沢だよ、寝るのは一日おきくらいでちょうどいい、といって叱られたことを思いだす。べつのとき、寝るひまがあるくらいなら、勉強しなよ、ともいわれた。

それで、その舌の根が乾かないうちに、二人して遊んでしまう。まったくよく遊んだもので、徹夜で遊んで、自分の巣に帰って二三時間、とろとろと眠ると、もう電報が来て、サァいらっしゃい、という文面である。

藤原さんの方はその間に新聞二三回書いてさわやかな顔で待っている。もっとも藤原さんは、遊ぶだけでなくて、意外に勉強家、努力家だった。病弱で、生命の危機感を軸にした感性の作家だった初期の頃が、大方の評価が高かったが、私はむしろその後の、方向を転じていった努力を、教訓にしたいと思っている。病気が快方に向かって、生命の危機感が遠のくと、藤原さんは意志的に身体の外に生きる軸を求めていった。

岡山の旧家の一人息子で、美男、どちらかというと自己陶酔型の気質なのに、努力で、その気質をねじ伏せながら、人間を愛し、社会を啓蒙しようとしていた。だからヴェテランになってもそれまでの貯金で書くタイプでなく、あくまで前進を策していた。藤原さんの仕事はその意味で、まだ途上だったのだと思う。どんなにかここで斃《たお》れたくなかったろう。

ぼくは藤原さんからとてもたくさんのことを教わった。藤原さんの手塩にかけて育ててもらったと思う。けれども、大半は藤原さんを眺めていて学びとったもので、ほとんど会話らしい会話をしなかった。藤原さんは相手が何を感じているか、ひと眼で見すかしてしまう人で、ぼくも照れ屋だからお互いにくどい言葉をいわない。

何かの節目のときに、ぽつっと言葉を交わす。たとえば、ぼくが最初に新人賞を貰ったときに、

「色ちゃん、よかったねえ」

「――おかげさまで」

それでまた冗談話になる。けれどもその一言のお互いに素直な言葉のやりとりが、いちいち印象から消えない。それは何度もあった。あるときはタクシーの中でお互いあらぬ方を眺めながら。あるときはソバを喰いながら。

暮れに、病室で、ラークしか吸わない藤原さんが、不意にぼくの煙草に手を伸ばして、一本とって火をつけた。そのときぼくはうっかりして深く考えなかったが、それが藤原さんらしい藤原さんと会った最後の日だった。

回想

追悼藤原審爾

藤原さんはうんと若い頃、凄い美男だった。晩年のおちついた温顔の藤原さんを見なれた人には、多分想像もつかないだろう。

早熟の人で、文壇へのデビューも早かったが、その前の二十歳前後の頃の写真を見るとたいがいの人は、おおっ、という声を出す。岡山県片上《かたかみ》の旧家の一人息子、といっても母親は芸者で、生まれおちるとまもなく父の家にひきとられ、乳母の手で育てられる。そういう微妙な影をおとした若旦那で、しかも病弱（肺結核）。そんなこんなで自意識が剃刀《かみそり》の刃のように鋭どくなった男の子の顔である。

それから同じ時期、テロをしに行く右翼少年のように殺気に満ちた眼をした何枚かの写真がある。通夜の席で誰かが、

「うーん、不良だったんだなァ」

といった。上京して青山学院に通っていた頃、すでにやくざの親分の代打ちをやっていたというから、不良少年だったにはちがいないが、当時戦争中であり、まもなく病気の進行のために故郷の温泉地で療養の身となる。まず出生のことで、次に病弱で、当時の青年としては二重にひけ目を感じたろう。実際、同年齢の男たちのほとんどは戦場に行っていた頃だ。

敗戦後、再上京して、外村《とのむら》繁氏に師事しながら、「素直」「人間」などの文芸誌に清冽な抒情みなぎる作品を発表しはじめた。太宰治や織田作之助が次々と討死していった頃だが、藤原さんは一升酒を呑み、酔えば喧嘩にあけくれていたらしい。そうして夜の巷で抜群にモテた。なにしろ頬を削いだような美男で、早晩死ぬ気で呑んでいるのだから、ロマネスクを絵に描いたようなものだ。そうして喀血《かっけつ》。講談社の帰り、飯田橋まで歩く夜道で喀血し、江戸川アパートの植込みの中に横たわって夜空を眺めていたという。

岡山に最初の夫人をおいてきているので、そのときは新宿ハモニカ横丁の〝魔子〟というお店のママが献身的に介抱した。数年後、再度の大喀血のときには、魔子ちゃんに替って二度目の奥さんの静枝さんが病床に居た。このときは医者も首を横に振り、藤原さんも死ぬ気だったという。当時としては危険と見られていた手術を、心臓が強そうだからというので、一か八か決行し片肺をとってしまった。手術後、数日をへずして寝ながら原稿を書いた。そうしなければ病院代も払えなかったからだが、銭になる中間小説を書きはじめたのもこの頃からだと思う。

当時、東京新聞の大波小波欄に、病室に居候を四五人抱え、居候が白飯を喰い、藤原さんはコッペパンをかじりながら寝たまま小説を書きまくり、彼は居候に殺されるぞ、というようなコラムがのったのを私も記憶している。

実際は、文学仲間の居候のほかに、最初の夫人とのあいだの二人の子もひきとっており、藤原さんは痛みを押して書くためにヒロポン中毒になってしまったりした。

そんなことをしながら結核の修羅場を乗りこえてしまう。なにしろ病気の問屋のような人で、胆嚢《たんのう》もとってしまうし、肝臓、膵臓《すいぞう》、腎臓、それからジフテリアだの腸チブスなどという珍しい病気まで背負ったりし、身体じゅう傷だらけだった。それで裸身を他人に見せたがらない。温泉に行っても、小さな家族風呂にこっそり入ったりする。

当時、私のような小僧ッ子にも、藤原審爾というと早熟の天才で、いかにも早死しそうな人に見えた。『秋津温泉』『永夜』など一連の作品は、過剰なまでの感性と、危うげな生命にからんだ情念とでみなぎっており、完成度の高いものばかりだった。

藤原さんが同人雑誌をやるときいて、末席に加えてもらったものの、私など恐ろしくて会合にもなかなか出られなかった。ちゃんと接したのは、私の編集小僧時代、毎週日曜日の午前中、藤原邸の応接間でやっていた社会主義リアリズムの勉強会からだと思う。

その頃の藤原さんは今思うと三十前後だったろう。肉もだいぶついて、作家としての貫禄もでき、凄絶な気配はどこにもなかった。むしろ非常に熱心な社会主義学徒のような感じだった。私が小説を読んで描いていたイメージとはだいぶずれていた。

もっとも藤原さんくらいしげしげと風貌が変る人も珍らしいと思う。それだけ感受性が強く、そのときの状態が烈しく表面に現われてしまうのであろう。

藤原さんの多彩な表情のすべてはつかみきれなかったけれど、不良少年上りの私は自分なりに似た体質のようなものを感じ、同型の先輩としてその一挙一動を見習った。いっとき、笑い方まで藤原さんに似てきたことがある。藤原さんのまわりに居る人たちは、程度の差はあれ、いずれもどこか似てしまうらしい。そういう大きな人柄を、今、そっくり字にできないのが残念だ。

藤原さんは人を集めるのが大好きだった。後年まで同人誌を応援したり、自宅に文学塾を作って毎週講義したり、編集者たちとの旅行会、十七日会、二十七日会などの勉強会、それから野球チームを作って文学青年でない若い人たちとの接触を計ったり、晩年の『死にたがる子』にからむ全国の母親たちとの交流など、そうして自身も意外に勉強家、努力家だった。

ところが、そうばかりかと思うと、若い頃からの無頼な面がずっと同居していて、そこがまた魅力の一面にもなっていた。私がぞっこんほれこんで藤原さんのあとばかりくっついていた頃、出版社が罐詰にした旅館の隣りの部屋に、藤原さんが自費で部屋をもう一つとって、

「色ちゃん、どうせならここで君も仕事をしなよ」

それで朝起きると花札をやったり、街にビンゴをしに行ったり、結局二人とも仕事をしないで遊び呆けてしまう。夜になって、

「明日は、まじめに仕事しような」

などと反省するけれども、やっぱり翌日もビンゴ。それでも一人になりたがらない。肉親の縁にうすい人特有の淋しがり屋だった。文学塾の助手に呼ばれて行くと、藤原さん特有の配慮に溢れた熱心さで、一人一人の作品を細かくきびしく論じながら、全体に人生論のような形をとってしゃべりまくる。ああいうときの藤原さんはほれぼれしてしまう。

かと思うと、塾が終るととたんに、にやっと笑って、

「おい、色ちゃん、ちょっとやろう」

麻雀になってしまったりする。そこの矛盾がとても面白い。人によっては、藤原の奴、進歩的なお説教をしながら、自分じゃなにをやってるんだ、女、ばくち、あれが進歩派のすることかい、などといわれたが、私はそこに藤原さんの面目《めんもく》があったと思う。

もともと旧家の保守的な一人息子で、体質的には古い殻をたくさん持っていた。うんと若い頃は天皇制支持者だったという。

藤原さんを小説に駆りたてたものも、一言でいえば(病気による)生命の危機感からくる情念だったと思う。

ところが病気が直ってしまって、生命の危機感が遠のいてしまった。凡庸《ぼんよう》な作家ならばここで自分の根本のテーマを失なって、衰ろえていくところだ。藤原さんは、意志的に、今度は身体の外側に向かってテーマを求めていった。初期にユニークな私小説作家というレッテルが、

百八十度転換して進歩的な大衆作家になる。その間に技巧的な情念小説も書いているけれど、本人は大衆啓蒙小説に一番力をこめていたのだと思う。

藤原さんは自分の中側にある自分の特性のようなものを必死でねじ伏せながら、意志的に生きようとしていた。日常の矛盾は、そこからふきこぼれる湯気のようなものだったともいえよう。まったく伝統的な情念の人が、それゆえいくらでも巧い小説が書けたであろうに、やや気早に見えるくらいに啓蒙小説の方に行った。とにもかくにも、その意志の強さを見習いたい。

私は藤原さんからずいぶんたくさんのことを教わったが、一番大切な、またむずかしい意志的な生き方というものを、いまだに実践できないでいるのがはずかしい。

三軒茶屋のころ

十年ひと昔、そうすると私が山田（風太郎）さんのお宅にはじめて伺候したのは、もう三昔近くになる。

私が不良少年の足を半分洗って、小出版社の小僧をしていた時分で、山田さんもまだ二十代だったと思う。新進だがもうすでに地歩をきずいていた推理作家で、偉ぶる人でないせいもあって、いわゆる概念的に小説家らしくはしていなかったが、そのかわり才能がキラキラ光っているようであり、私と五つ六つしか年齢差がなかったが、まぶしい感じがした。小説がユニークで、（特に独身時代は）お酒が豪快で、夫人が美しくて、実にどうも、私の理想の人物であった。当時、私は内心で、この人に勝てるのはばくちぐらいのものだなと思っていた。

そのうえ、山田さんの座談がまたすばらしく面白い。山田さんとか、吉行さんとか、講演ぎらいでとおっている人が、座談の名手であることが多い。

「あのね、都電の終電車に赤い印しがついているだろう」

「ええ、——」

「そのひとつ前が、青い印しだ」

「そうそう、行先きが書いてあるところが、そうなるんですね」

「あのね、額のところが、ポッと青くなる」

「誰がですか」

「いや、誰という話じゃない。性交の回数は一生に何回と定まってるとするだろう。これで最後ってのが、額に赤い灯がともるんだ。あともう一回残ってるってのが青い灯」

「なるほど——」

「その青い灯がついちゃったらどうする。なんとしてももう一回しか女と寝られない。どうする——？」

そんな話をきいてから、雑誌を見るとそれがちゃんと小説になっている。小説のネタのような話ばかりでなくて、日常のなんでもないことが、山田さんの口にかかると面白い味わいが出てくる。私小説ふうのものはあまりお書きにならないけれど、ときおり見かける随筆風の短文が、小説に劣らずすてきに面白い。

これも、やっぱりその頃の座談のひとつである。

「不動産屋がうるさく来てね。土地を買いなさいっていうんだ。買っとけば濡れ手で粟で儲かるってね。ワシはそんな、土地ころがしで儲けたいなんて思わんけどさ。だいいち金がないや――。いや、ただみたいに安いし、山田さんなら金はいつでもいいって――。まァそうもいくまいから、相手にしなかったんだがね。富士の裾野にすごい土地があるって、あんまりうるさくいうものだから、見るだけだって約束で、この間、その人の車に乗ってドライブしたんだよ――。富士の裾野に来た。なるほど、眺めはいい。ところがどこまでいってても車からおりないんだ。方々うろうろしてね。その人がお百姓さんを見かけて、車の窓から声をかけた。

あのねェおじさん、このへんに、空いてる土地はありませんかァ――、不動産屋がそういうんだ――」

客を連れてきたはいいが、売る土地をこれからみつけようという不動産屋もすごいが、唖然としている山田さんを想像すると、ひどくおかしい。

昭和二十八九年頃だったか、山田さんや高木彬光《あきみつ》さんがいっせいに麻雀を覚えて、私もよくメンバー要員にされた。私は不良少年時代に麻雀ではよからぬ噂が立ちすぎていたので、その頃は絶縁していたが、山田さんの方が離さない。やりだすと長くなって徹夜になる。巻紙におびただしい線をひいて、二十チャンでも三十チャンでも続けるのである。皆おぼえたてで、あぶない手つきでやっている。立派な作家が初心者風で、かけだし編集者の私がモウ牌でやっては失礼である。

で、私も初心者風の手つきを装おってやった。

それでもおぼえたての人はテンパイがおそいから、こちらが普通の手であがろうと思えばいくらでもあがれる。でも一人であがってしまっては、他の人が面白くない。だから私も徹底的にガメッて、あがっていてもあがらず、手を大きくしていった。

「手つきは下手だし、あんまりあがらないけど、ときにすごい手をあがるねえ、君は」

それで、妖剣、といわれた。

「そういえば、あの頃から君は、徹夜になると、よく居眠りしながらやってたな」

と先日、山田さんにいわれたけれど、でも、こういう麻雀じゃ、居眠り男の私でなくたって、眠くなるわなァ。

そのうちに山田さんも熟達してきて、ちゃんとした普通の麻雀になり、今度はあちらが妖剣風になって、すごい大物手をよくあがるようになった。

その頃の一夜、すこしおそい時間になってはじめた一戦で、高木彬光さんが国士無双をあがり、

「それじゃ、僕、用事があるんで、これで失礼します」

と帰っちゃった。もう新手《あらて》を呼ぶ時間ではないし、とり残された山田さんはじめ三人の表情を、今思いだしても笑いが湧いてくる。

大坪砂男さんのこと　私の秘話

大坪砂男さんという人が居た。今日では、もはや一般には縁遠い作家であるかもしれぬ。戦後、それまでの探偵小説が、推理小説と改称された時期に、高木彬光、山田風太郎、島田一男氏など多くの俊秀を生んだが、大坪さんもその一人である。出世作『私刑《リンチ》』や『天狗』などの中篇は確実な読者を作ったし、編集者にも大坪ファンが多かった。

けれども資質はむしろ詩人の方に近い人で、つまりイマジネーションを大切にするタイプの書き手だった。このタイプは、発想を造形する段階でしばしば完璧主義の穴ぼこにおちこみやすい。靄《もや》のような想念を、完全に字におきかえることなど不可能なのだが、わかっていながらどこまでも捕えきろうと試みる。したがって作品がすくない。すくないというよりまるきり書けない。どう書いたところで作者にとっては不本意なものになってしまうからだ。

当時（昭和二十六七年頃）私は娯楽雑誌の若僧編集者だったが、大坪さんは前借り専門の作家だった。書くという口約束は堅いが、作品ができたためしはない。督促しようにも定住の場所もほとんど定かでないのだから捕まえようがない。経歴や年令すらあまりいわない人だったが、その頃五十にほど近い年令だったたと思う。

不意に社へ現われて、「色川さん、こうだよ」と口を開けてみせる。入れ歯を売ってきたのだという。二の句がつげないで、ひたすら作品完成を祈るような気持ちにこちらをさせておいて、また前借りの件である。

それも度重なっているから社の方でも受けつけない。両者の板ばさみになった末、なけなしの自分の金を叩いて社の金といつわり差し出すような破目になる。

大坪さんは昂然と文学論など語っているが、ぷツンと話がとぎれたときなど、ふっと声の質が変って、

「私は詐欺漢ですよ。私のいうことなど信用しちゃいけません――」

それがなんとも苦しそうな声音なのだ。

現在の私はこのセリフの苦さ、このタイプの書き手の宿命的な辛さが実感できるが、当時は正直いって腐れ縁だと思っていた。それなのに、どうも気が魅かれる。交際が深くなる。青線地帯の隅にあった二畳ほどの大坪さんの寝場所に用がなくとも顔を出してしまう。

一夜、それが若僧のキザなセリフと承知の上で、何枚かの札を出して私はいった。

「今夜はこれで美味いものでも喰いませんか。どこかいい店あるかしら」

それならば、といって大坪さんはその金をつかんで立ち上り、先に立って歩きだす。結局その夜、私は何も喰わぬうちに大坪さんの姿を見失なっているのである。

その類の話は枚挙にいとまがない。大坪さんの取り巻きは多かったが、皆被害者だったと思う。そんなあとではいつも、顔をうつむけていう「詐欺漢ですよ、私は——」という呟やきを耳にするのだった。

私が編集者の足を洗って、その腐れ縁（?）も途切れたが、ある夜、数年ぶりにばったり出喰わしたことがある。大坪さんは街角にひょっこり出現して私の顔を見定めるなり、最近は某所に家を持って落着いていると告げた。

「電話があるんですよ」と彼は以前と同じような苦い声を出した。

「番号はね、××局一〇〇三番、わかりますか。千三つ、千三つ屋ですよ」

その数日後、山田風太郎さんと会ったとき、何となくその話をした。

すると風太郎さんの表情が、すっと締まった。

「君は、ときおり妙なことをいうから嘘じゃないと思うが——」

と風太郎さんは私を見つめながらいった。

「大坪さんはもう半年も前に死んじゃってるよ。胃癌でね」

荒野の蜥蜴のような生　有馬頼義「空白の青春」

昭和二十年代の後半に、不良少年の足を洗って、娯楽雑誌の編集小僧をしばらくやったことがある。マイナーな社ばかり転々としたので大手の雑誌社が作るような雑誌は作れなかったが、それでも当時の有望な若手作家をせっせと懇望して廻った。有馬頼義《よりちか》さんもその一人で、たしかまだ直木賞をとる前、それも寸前だったかと思う。有馬さんには、ご自身たちの同人誌に参加させて貰ったり、個人的にも親しくさせていただいた。

この「空白の青春」は、当時私が頂戴した作品の中でも、とりわけ印象的な秀作だと、つい最近まで思っていたのだが、実際は同じ社で発行していた別の中間小説誌に発表されたもので、私の担当ではなかったかもしれない。単行本の作者の後書によると、Hという編集長が来たことになっている。多分その通りなのであろう。

その前に、奥さんから私の所に電話があって（多分プライベイトな性質の電話だったのだろう）有馬さんが作品を書き上げて外出したきり昨夜も帰ってこない、という。早速飛んで行くと、失敗した、ひどい出来栄えだから破り捨ててくれ、といって疲弊した表情のまま出て行ったという。

万一のことまで心配している奥さんを慰さめながら、とりあえず机上の生原稿を一読して、息を呑んだ。私のような者にも、強い喚起力を覚えるような作品だった。有馬さんはその時、同人誌の仲間のKさんという薬物を廻してくれる人の所に逃げこんでいたらしい。有馬さんはこの当時から睡眠薬の常用者で、極限に近いところまで行っては入院し、中毒を軽減させて退院しても、また次第に量が増えてしまうというくりかえしだった。

数日して帰宅し、H氏が駈けつけたのだと思う。私も夜行って、大傑作だと思います、といった。

実在のモデルがあったかどうか知らぬが、有馬さんは、材料が強すぎて小説として昇華させることができなかった、という意味のことをいわれた。昇華されていなくとも、これはたしかに重たい或る物を摑まえていますよ、と私も一生懸命にいった。チンピラ編集者の域をこえて生意気なことをいった。有馬さんの表情は好転しなかった。

今にしてよくわかるけれども、作品を仕上げた直後というものは、なんとも自分を呪いたくなるもので、新鮮な作品が生まれたときほど、その不安が大きいものだ。何かを産んでしまった作家の怯えた表情というものを、このときはじめて知った。

当今のお若い読者に、長い戦争、その後の混乱、そういうものの実態がおわかりになりにくいかと思うが、後生《ごしょう》も含めて何も信じていない男の、前も後もないたった一度の生を、こんな形に歪めてしまったもの（大きな力）のむごさ、その中でなんとか充足しようとする主人公のひたむきさ、それがなまじっかな修飾よりも胸を打つ。この荒野に這いつくばった蜥蜴《とかげ》のような生が、他ならぬ私どもの生の実体であることも教えてくれる。

五味さんの思い出

はじめてお目にかかったのは、五味（康祐）さんが芥川賞をおとりになって少しあとだから、もう二十七八年前になる。私はその頃の数年間、小出版社の編集小僧をしており、受賞作の「喪神」を読んで、その深い才能を憧憬するような気持で原稿依頼に行き、なかなか書いては貰えなかったけれど、しつこくかよったものだ。

まだ石神井の都営住宅にお住みになっていた頃で、ある日、五味家の前に選挙カーがとまって、拡声器でがなりたてだした。私と対座していた五味さんがものもいわずに立ちあがって、押入れの中のオーディオの装置に手をかけ、耳を聾するばかりの音を出した。それで選挙カーも遁走せざるをえなかった。

そういうところが、少し怖かったし、耳が遠いということをこちらで意識するものだから、話のつぎ穂に困ることがあった。

私はその頃、ばくち常習だったそれまでのことをかくしていて、自分からはしゃべらなかったので、したがって五味さんが私と同じようにお若い頃に鉄火場の水に馴染んでいたことを知らなかった。だから、池袋あたりに呑みに連れていっていただいたこともあったが、私たちはばくちのばの字も話題にしなかった。なにかのはずみでその方面のお互いのことを知ったら、あの時点でいちはやく五味さんに麻雀小説を書いていただけたかもしれない。

それから十年ほどして、五味麻雀教室や何篇かの麻雀小説を読んで、やりかたしだいでは麻雀も読物の材料になりうることを知った。だから私は、五味さんに足を向けて寝られない。

その頃、新潮社の前で、ばったり出会ったことがあった。私はなんとなく、マイナーライターが本家にみつかったような恰好を意識して、小さくなったが、

「阿佐田哲也というのは、君だな」

そういって、ニコッと笑ってくださった。その笑顔に隔意がなくて、私は嬉しかった。

それからずいぶんと卓を囲んだ。五味さんの麻雀は、華麗な打廻し、とよくいわれており、それはそのとおりで、亡くなられた夜に畑正憲さんとも話したが、私たちが生涯の語り草にするであろう華麗な打ち筋を、たちどころに十指はあげることができる。

しかし、別のいいかたをすると、麻雀の奥に達しすぎ、行きつくところまで行きついて、生臭さが払拭され、仙境で遊んでおられるような趣きがあった。配牌で偶然にできている手材料をわざと捨て去って、人工的に手牌を造り直すようなことをする。勝負を軸に考えればそれは

大変なハンデになるが、断乎としてその姿勢を変えない。

偶然の手材料に甘えることを拒否しながら、そういう要素の濃い麻雀というゲームにわざと向かわれる。生臭さはないが、やはり飾りの多い麻雀だった。そうして、その理想主義と、表裏をなすニヒリズム、それにからむ美意識など、作風そのものを見るおもいがした。

お若い頃の雀風は知らないが、作家になられてからの麻雀はかくのとおりで、五味さん自身、常々、

「俺は小説書きだから、小説で生臭くなる。麻雀は遊び。麻雀で人格破産したってつまらない——」

といわれ、そのことを暗に私にも伝えようとされているように思えた。

もっとも、それが即ち、作中人物の柳生連也斎、瀬名波《せなわ》幻雲斎など剣師の仙境とダブっていたかもしれない。

七八年ほど前のことだが、二子山親方（初代若乃花）、張本選手、それに私の三人を連れて、五味さんが先導で銀座に呑みに出たことがあった。五味さんは上機嫌で、店を変えるたびに、

「——これが角力《すもう》の親分、これが野球の親分、こっちが麻雀の親分」

そういって紹介する。そうして、一杯の酒を呑みほす閑《ひま》を与えずに、次の店に移動する。銀座新橋辺を右左に飛びまわって、十五六軒も顔を出した末に、深夜二時頃、五味さんが大酔してある店で寝つぶれてしまった。親方も張本選手もケロリとしていて、さァこれから我々だけ

で呑もうか、という。しかし、いかにも、その道の名だたる者（私はともかく）がお好きな五味さんらしい一夜だった。

まだまだ記すべき思い出や個人的な感慨は無数にある。しかし、昨年の初夏の頃だったか、今になってみると最後の呼び出しがかかって、昼さがり、赤坂の料亭に出向いて飯を喰い、麻雀を一二戦やった。肺の手術をすませ、元気で退院されたあとだ。私はその日、〆切の迫った仕事を抱えていたが、全快をお祝いする気持で駈けつけた。行っておいてよかった。

私の顔を見るなり、その前年の私の直木賞の祝いの言葉を口にされた。そうして、

「――他人の授賞式ちゅうもんには、これまで、一度しか出たことないんや。二度目は君のだと思って楽しみにしていたのに、入院でなァ、行けなんだ。いやァ、失礼をしてしまった――」

私は恐縮をしたが、同時に、日頃よりずっと丁寧なその口調が、なんとなく印象に残った。しかしその日は和《なご》やかで、皿の物にも箸を出され、雑炊も喰べられて、とても最後の麻雀になるとは思えなかった。

秋になって再度の入院とききき、暗澹たるおもいになった。

三月のはじめにお見舞いに行った折り、五味さんはさすがに衰弱しておられたが、冒頭にたった一言、

「どうも、きついなァ――」

そういわれただけで、あとは苦痛の気配も示さず、巨人軍のことや、政治談義を元気に話しておられた。私には今、それが、配牌の偶然を拒否し、人工の手造りに徹した雀風とダブって胸の中に残っている。

吉行さんスケッチ　吉行淳之介『麻雀好日』

昔、吉行さんを直接存じあげない頃、その作品と、写真で見る風貌から推しはかって、静かで隙のない、鋭敏な神経の主を思い描き、怖い人だと思っていた。

私などは、吉行さんに馴染んでしまった今でも、お目にかかるたびに、ある種の緊張を気持のどこかに持ってしまう。吉行さんは優しい人だけれど、その優しさに触れるためには、当方がまずもってその優しさに触れるに価いする男でなければならない、そう思うからである。そうしてその結果、吉行さんが本来持っている和やかなものに接することができる。

実際、吉行さんは、その作品に練りこめられている要素をすべて持っている。叙述が事実かどうかということとは少しちがうが、どんな傾向のどの作品も、肉声によってできあがっているといってさしつかえないだろう。

しかしまた同時に、作品から受けとる作家像をハミ出した部分だってある。人間だから当然の話であるが、本書のようなくだけた文章には、日常の、というより仕事をしている時間以外の吉行さんの表情が色濃く出ていて、読者にとって一段と興趣をおぼえるところであろう。

小説を書くという仕事はまったくの個人作業で、だから好き勝手なことができるというご意見もあるかもしれないが、実際はむしろその反対である。一行一句、自分で責任を持つほかはなく、まず誰よりも自分自身に対して弁解がきかない。孤独で苦しい作業である。そうしてまたこの組織社会の中で、一人宙に浮いたような形で、何の保証もなくすごしていかねばならない。

当然、さまざまなストレスが生じる。そうして人恋しくもなる。私も昔、編集者をやっていた頃、毎日、仕事でさまざまの人と会うことが苦痛でならなかった。なんとかして自分のペースで暮すことができたらと思っていた。

けれどもフリーランサーになってみると、たちどころに不安でよれよれになった。人が恋しい。連帯が欲しい。仕事で連帯するわけにはいかないけれど、せめて日常で連帯感を求める。

文壇で押しも押されもしない位置にある吉行さんにして、この点は拭えないのではなかろうか。牌を握り、或いは酒を呑む。それはコーヒーを呑んでダベるのと同じで、それ以上でも以下でもない。そこにコーヒーがなければ気易くダべる空気が造れないので、それをサロン的だからどうという観点も当らない。仕事で骨身をけずればけずるほど、気易い休養時間を欲するだけの話だ。

そうして、私の知る限りの範囲でいえば、吉行さんほどそういうサロン造りの名手は居ない。

吉行さんは意外に声が大きい。笑い方も、わりに豪快で、くぐもるところがない。吉行さんが人なかに居る気配は遠くからでもわかる。もっとも、この人には喘息《ぜんそく》という持病があり、人なかに出るのは身体の状態がよいときに限られる。それで普通よりもややオクターブのあがった状態になるのかもしれない。

あるとき、小さな酒場で、これは酔いのためにオクターブがめちゃめちゃにあがってしまった新劇俳優が、くだを巻いていた。そこには偶然、吉行さん、山口瞳さん、丸谷才一さんが居並んでいて、彼はこの三人を前にしてすっかり昂ぶってしまったのである。

「――なんだ、文壇。だらしねえぞ」

とか、

「ヨシユキのバカ、ヤマグチのバカ、バカバカバカバカ――」

丸谷さんだけはどうしてか、さんづけにする。

「丸谷は声が大きいから強そうに見えるんだ。俺や山口はどう見ても強そうじゃないからな」

と吉行さんが笑う。山口さんは何かの映画で見たこの俳優を気に入っていたそうで、

「いいよ。俺はこの人のファンだから、何をいっても勘弁する――」

懐柔に出たがその効果はまるでない。あいかわらず、バカバカバカバカ――。三人の前の床にド

カッと坐ってしまって、ピーナッツを投げる。

そこへ私が入っていった。

「アッ、暗黒街の親分が来た。ホラ、怖いぞォ、静かにしろ、親分が怒ると大変だ」

吉行さんがまじめな顔でそういっている。俳優もチラッと私の方を見るが、私が苦笑するのみと見て勢いがおさまらない。実は私はこの俳優の酔態ぶりを前にも見聞していて恐れをなしていたのであるが。

「何もいわないだろ、あれが怖い。あのお腹を見なさい。本物の暗黒街だよ。黙っていて、突如、スカーッとくるんだ——」

吉行さんの興に乗った声がひびく。結局、俳優に迎えが来てケリがついたが、そのときの吉行さんの評はこうであった。

「あの酔い方は切りあげどきが大切なんだ。もう十五分早く、さっと切りあげると、かわいい印象になるんだがね。もっとも、彼も一度ああなるとひっこみがつかないんだよな。ひっこみたくてもきっかけがなくて、おろおろしていたふしがある——」

それから旬日して、そのとき同席していた出版社の社長に会うと、

「あの俳優、無礼な奴ですな——」

いまだ立腹がおさまらずという表情でそういっていたから、普通なら、怒るか身をかわすか、してしまうところなのかもしれない。吉行さんがいくらか閉口しながらも、つきあって笑って

いたのは、俳優の方に邪気がなくたわいのないことと受けとっていたからであろう。

吉行さんは、病身であるせいか、自分が体力的に強者でないと思いこんでいるところがある。しかし、主体を他者に奪われることはできない。一度、そういう場面に遭遇すれば強弱に関係なくとことんまで戦ってしまう人である。だから日常のことで、できるだけその種の場面に出会わないようにする。

吉行さんは物をおそれる人である。怖い、という言葉をとても広範囲に使う。

誰かが、面白い話をすると、吉行さんの反応は、

「うっふっふ、怖いねえ――」

である。それは、感じが出ているな、というほどの意味であろうか。

畑正憲さんが、牌をツモリながら唇をかみしめて、とうとう唇から血を流したという話が出た折りも、

「怖いなァ、怖い――」

もちろん冗談であるが、吉行さんは畑さんと卓を囲むことを避ける気配がある。ついでながら私も、麻雀の席では避けられている一人である。私が以前、本業のようにしていた時期があるので、老いてもなおプロの尻っぽを持っていると思われているようである。吉行さんのサロン麻雀の建前からいえば、そういう要素は排除すべきなのであろう。

吉行さんは、なんであれ神がかり的なことを嫌う。神、というような揺るぎのない響きを持

つ言葉が嫌いである。すくなくとも、日常の小さな場面では、そういう揺るがないものと馴染まないようにしているふしがある。

吉行さんは麻雀の席などで、ときおり鼻唄を唄うが、音痴というほどでなくとも、それに近いという評判である。読者には、意外なことではあるまいか。一度、酒場で、テレビで流行しているCMソングを唄って、

「なんだ、皆、この唄知らないのか」

といったが、並居る者は、唄の題名をきかされてはじめてわかったという。

しかし、モテるという点に関しては、私などが記すまでもなかろう。酒場で、広範囲の女性に慕われている作家が何人か居るが、吉行さんは別格である。若い子から年増まで、例外なく得点をいれる。

二十年、酒場を泳ぎわたって、今はオーナーママになっている女性がいる。海千山千、というとやや語弊があるが、よくもわるくもプロらしい商売をする。そうして自分の個人生活もちゃんと大切にしている。その彼女が、駅ビルで、十何年ぶりに吉行さんにばったり会った、と嬉しそうにいった。

それから半年ほどしてその店に行くと、

「この前、吉行先生に会ったの――」

きいてみると、その十何年ぶりの再会と同じ件だった。

しばらくしてまた行くと、のっけにやはりその話が出た。彼女は、街で出会った一瞬の吉行さんを、袱紗《ふくさ》に包みこむようにして大切にしているらしかった。

身はばの本音が芯に

川上宗薫『寝室探偵《ベッド・ディテクティブ》』

昔、昭和二十四五年頃、庄司総一、原民喜《たみき》、伊藤桂一さんなど錚々たる人達の同人誌「新表現」の末席に加えて貰ったとき、宗薫《そうくん》さんが先輩としていた。そうして、ちゃんとした同人誌にはじめて載せてもらった私の小説が、宗薫さんの小説と目次に並んだ。

宗薫さんはその頃、千葉県の高校の英語教師だったが、すでに芥川賞候補の新鋭で、私から見ると後光が射しているように見えた。私は何度もその目次を眺めて、自分が芥川賞候補に一歩近寄ったような気分になったものだ。

昭和三十年頃、私は転々としてうだつがあがらず、変名でアルバイトに娯楽小説を書いていたが、宗薫さんは芥川賞候補の常連であると同時に、夕刊紙に風俗小説など書いて流行作家の道をふみだしていた。

だから、宗薫さんの方から見ると問題にするにたりない後輩でしかなかったろうが、私にとっては、古い長い馴染みなのである。

まだ宗薫さんと親しくなる前のことだが、娯楽小説を勉強している友人が、何かの話の折りに、

「――しかし、山手樹一郎とか川上宗薫の小説はいつも同じパターンで、ありゃア楽だ。何本でも書けるはずだよ」

「それはちがうぜ――」と私はいったことがある。「同じパターンで、長いこと読者をあきさせないのはむずかしいよ。それができたら芸だ。ちゃんと芸になってるからだろう」

宗薫さんは、苦もなく書く人である。午前中の数時間ぐらいしか仕事をしないで、量産していくのである。それでいて一定のレベルを守っていくのは、私には神技に見える。

「たくさんのプロットを、いつ、考えるのですか」

「うーん、他人と電話で話しているときとか、街を歩いてるときなんか、ね――」

近年になって、宗薫さんの人柄に深く接し、その作品をたくさん読んでみると、たしかに芸でもあるが、ただの熟練だけではなくて、なにかもっと、コツンとした武器があるような気がする。その武器が何か、一言ではいえないし、そうとわかっても誰でもが簡単に身につけられるものでもないのだが。

宗薫さんは、身はばで物を見、物を考え、物を書く人である。身はば、といういいかたは変

ないいまわしだが、自分の身体の幅で事を処理するので、それ以上にふやけてもいかないし、以下に縮小もしない。つまり、大根《おおね》が観念的でないのである。

宗薫さんは新聞記事に関心を寄せない。何事であれ、知識のようなものを尺度にすることを嫌う。昔自分が職業にした外国語すら無関心に近い。けれども、どうしてそうなのか説明はつかないが、眼力や勘は鋭い。おそらく学識を武器に生きたとしても、土台がいいので相当のところまでは苦もなく行くであろう。

それがそうならないのは、身はばのところでみつけた関心事にのめりこんでいくからである。身はばのところでの関心事とは、ピンポン野球、女、ブランデー、小説、うまい肉、犬、恐怖感覚、脱糞、健康（マッサージ、針、適当の運動）と、まずこういったところであろうか。宗薫さんの日常はこれに尽きるといってもいい。しかしこの一つ一つが、身はばいっぱいにひっついていて、重たいのである。

ポルノ風小説というものは、洋の東西を問わず、概してサービス精神に発したもので、筋立てばかりでなく本質的に造り物なのであるが、宗薫さんの小説はそれとすこしちがう、よかれあしかれ身はばの本音が芯になっているのである。本音というものは、何であれ、どこか人を飽かせないものだ。

身はばは結局、主観であって、客観的に眺めると、いろいろの欠落を含んでいる。また自分で自分の身はばを勘ちがいしている場合もなきにしもあらずである。けれども、多くの人間というものはそうした長所短所を含んでいるもので、宗薫さんの小説は、完全な人格を基準におけば欠落を率直に含んでいるけれど、それがまた現実感を感じさせることにもなっている。

そうして、宗薫さん自身、自分の評価は結局自分の評価にしかすぎない、ということを初手からすっと覚っているようだ。宗薫さんの小説の主人公は、自分の嗜好には頑固であり自信を持っているが、その自信は自分の内心にとどまっている。相手が自分をどう評価するか、それは相手の問題であって自分にはいかんともしがたい。ふられて、のぞみを達しなくとも、それはそれで仕方のない自然なのだ。

いわゆる世之介ではない、スーパーマンでもない。ただ主人公の身はばの中では、凝って一途に固まっているから、屈せずにスーパーセックスの道を突き進もうとするのである。だから宗薫さんの主人公は、まちがっても、色魔にはなれない。むしろ小市民的実直さすらある。会社の中での栄達でなく、女買いが材料だから楽天的に見えるだけの話だ。

宗薫さんはまた、日常も、書く物のうえでも、まことに率直である。娯楽小説であるから、もちろん造り物のオブラートをかけているが、本質的には本音しか書かない人で、そのうえ、その本音を、できうるかぎり正直に吐露していこうとしている。

宗薫さんもまた日本の私小説の伝統の中にいる作家なのであろう。率直。正直。そしてそれはあくまでも、宗薫さんの身はばで見、考えたことに対して、率直、正直でありたいということである。このあたりが、ちょっと誤解されやすいところであろう。

宗薫さんの小説における相手の女性はおおむねオブジェ的で、男の欲望の単なる道具のようにあつかわれていることが多い。けれども、宗薫さんが記そうとしている要点は、自分の内心、欲望、不安、といったもので、相手の女性は、いかに肉体が直接に交わろうと、身はばの外の世間なのである。

このへんの処理も、宗薫さんは、率直、正直に徹しており、そのため男のわがままというだけにとられるおそれもあろう。

しかし、自分の内心（自我）の納得の問題に、他人を同じ質量で参加させうるだろうか。小説の中で簡単にそれをやるとしたら、その方がよっぽど作者の態度としていい加減だと思う。

宗薫さんの小説は、気むずかしくて、手前勝手で、小心で、そのくせロマネスクな、男の息の臭いに溢れている。それはたしかに我々の素顔でもあるが、それだけに、本来は娯楽小説たりえない世界のはずである。宗薫さんのサービス気はそのへんを意識してのことであるかもしれない。

そういえば、宗薫さんは風貌のうえでもさっぱり年齢をとらない人である。健康管理に非常に気を使うせいもあるが、ひとつは、その変わらぬその精神にもあると思う。彼は時代や年齢で生き方や関心を変えていくタイプではなくて、ひとつひとつの関心に一生わだかまってしまう人である。

この頃、女と寝るのもおっくうになってね――、といいながら、週に二回は新しい女に番をかけている。仕事に精を出す村の鍛冶屋のように。

宗薫さんを、私はポルノ作家だなんて思わない。昔も今も、私にとって、小説の道の先達の一人である。

感性の大才能

五木寛之『ゴキブリの歌』

エッセイ集なので、解説も随筆風に、気楽にやることにする。私は鈍で、他者の仕事をわかりやすくガイドするというふうなことがはなはだ苦手なので、ひょっとすると解説の任を果しえないかもしれないが、まあそれはそれで、作者の横顔をかいまみるくらいのつもりでご勘弁いただきたい。

この正月の二日、五木寛之と落ち合うために雑踏する渋谷のデパートに行った。そこの六階だか七階で彼のサイン会がおこなわれていたからである。ここ数年、正月の二日に打ちはじめと称してマージャン卓をかこむのが恒例のようになっていて、私たちは連れだって会場におもむく手筈になっていた。

時間を見計らって行ったつもりだったが、さすがに五木の人気はすばらしく、延々長蛇の列でいっかな片がつきそうにない。所在ないまま、額にうっすら汗して奮斗している彼を眺めていた。

なるほど、人波も人波だが、彼のやり方もはなはだ非能率的なのである。本書の中にも色紙にサインする場面があるが、筆を使って、墨痕あざやかにといいたいが、ユニークな模様のような字を、しかし丁寧に、心をこめて書き、大きな四角い印形《いんぎょう》まで用意してサインの下にきちんと押している。そのうえ、一冊サインをするたびに、一人一人の読者と必らずしばしの会話を交しているのである。私はサイン会というものをあまり目撃したことはないが、普通はもっと機械的なのではなかろうか。

「あれは、何を話しているの」

とあとで訊くと、

「いや、なんていうことはない世間話。でも声音や肌ざわりで交流しあうだけでいい」

サイン場の周辺には、丸テーブルと椅子がスペースの許すかぎり何セットもおいてあり、実際には長い列ができているけれど、順番近くなった人はそこでとにかく憩えるようになっている。これも彼の註文《ちゅうもん》なのだそうである。

「あのくらい読者を大事にする作家は居ませんね」

と係の人が感心していた。そうでもあろうし、対読者に限らず、それが彼のいつもの人間関係のありかたであろう。

なにしろ八方に心づかいをせずに居られぬ人である。仕事の錯綜とあいまって、そのために二十四時間がラッシュにつぐラッシュになって凄味を帯びている。

昔、彼が金沢に居た頃、当時の若手作家が団体で押し寄せたことがあった。彼もデビュー後一年ぐらいのときでまだ直木賞をとる前だったかと思うが、もうその頃かなりの仕事量だったはずで、〆切ぎりぎりの原稿を飛行便で送るという話をきいていた。

列車が金沢について、駅まできちんと出迎えに出てくれた彼に、

「雪が、ないんですね——」

私は何気なくいった。

「すいません。一週間ぐらい前まではあったんですがねえ、ほんとに雪があると汚ない部分がみんな隠れてしまうんだけど」

彼は淀みなく、雪が降らないことにまで謝罪の意を表した。その淀みなさが何かひやりとしたものに触れたようで、あ、悪いことをいってしまったかな、と彼の顔を見たが、いつもの表情ですぐ次の誰かのセリフに受けこたえをしていた。

その数日間、夫婦ともども実にまめまめしくサービスしてくれた。おそらく公用私用の来客が多くてうんざりしていたところだろうに、彼流に選んだ金沢周辺の要所をきっちりと案内してくれ、夜の酒宴、深夜喫茶の文学談までつきあって、そのあいまに自宅に駈け戻って徹夜で原稿を書くということだった。その心づかいのひとつひとつが、彼の一個の人間としての建前

以上に心がこもっており、充分にホットで、ひやりとしたものなど二度と感じさせなかった。

その感じは今日まで年を追って深まってきている。私のような怠け者は彼と会うたびにその超過密な日程をきいて眼がくらむばかりである。単に流行作家として量的質的に烈しい生産をするだけでなく、八方に関心を抱き、それをすべて心をこめてやるのであるから時間がいくらあっても足りないのである。

またこのくらい物心ともに人に与えることの好きな人物も珍らしい。私事ばかり例にして恐縮だが、私が病気になると病室へ、退院するとどこで聞き伝えたかその日のうちに、高価な(値段は関係ないのであるが)鉢植えの花などが届いてくる。そうして、共通の知人の家に遊びに行くと、そこにも同じ種類の鉢植えが届いていたりするのである。

それは、花を造るべき必要のある先に十把一からげに分配するというのではなくて、何かの折りにひょいと自身が気に入るか感じたかした花を、知友にわけてやりたくてたまらなくなってしまう、やむにやまれぬような気配がある。そこが非常に重たい。

この人が処女作を書いた当初、文學界や新潮の方角でなく、小説現代やオール讀物の方角に目標をおいたということがなにかわかるような気がする。告白型でなく、与え型の作家である。

しかしながら、そういってしまうだけではひどく不正確なので、それでは凡百の物語作家と同じ線にこの人をおいてしまうことになる。

数年前のことだが、北海道厚岸《あっけし》郡で動物王国を持つムツゴロウ畑正憲氏のところで、五木と偶会したことがあった。例によって夜を徹してマージャンなどやったりしたのだが、その帰途、釧路の飛行場まで長い道のりをタクシーで飛ばした。二人ともしばらくだまって窓外の原野を眺めていた。

私も疲れていたけれど、彼の方も超過密の間にぽっかりあいた空白の一瞬をうつろに嚙みしめていたのだろうと思う。

「結局どんなふうに生きたいか、と質問されたら、なんて答える？」

と彼が不意に設問してきた。

「――僕はね、どこか辺鄙《へんぴ》な田舎で郵便配達でもやっていたいな」

「ふうん――」

短かい沈黙があった。

「でも、そんなシンプルにいかないよ、郵便局にだって組合はあるだろうし、組合大会にも出なくちゃならないでしょう。やれ派閥だなんだかんだ、田舎も都会もそう変らないでしょう」

「そうか、そうでしょうね」

私は自分のロマネスクな鈍さを指摘されて苦笑した。しかし存外本気で、単純な生き方、単純に社会に役立っているような生き方に救いを求めていたのである。五木もすばやくそれは了解したはずだが、そのとき彼が求めていたのは自分たちの疲労感を鼓舞激励する類の会話だったのではなかろうか。逆に私が同じ設問をしたとすれば、金沢で雪が降らない責任まで負ったごとき淀みのなさで、五木流のフィクショナルな解答がスラスラと返ってきたと思う。私の解答がいくらか本音じみた路線に沿ったものだったので、彼は会話にピリオドを打つために打ち消しに廻ったのであろう。

私のような凡器は、本音でしか他者を説得する力を持てないようにいつも思っているのであるが、そこが彼はちがう。彼自身の内部を隙間なく、或いは淀みなくとり巻いているものがあり、その壁は厚くて彼の真の内部はなかなかのぞけない。むしろそこに立ち入らせないために、外に向かって大わらわにしゃべりまくっているふしさえある。

それはおそらく、彼がもうすでに何かを〝見ちゃった〟経験をもつ人間だからであろう。私や五木の世代は荒れた時代の中で育ったので、誰も彼もそれなりに何かを見ているはずであるが、特に彼は、敗戦前後の酷薄な体験の中で、見てはいけない立入禁止の部分がこの世にあることを知ってしまった。そこではもはや沈黙し失気する以外に術はない。

で、そこから一歩立ち戻って、立入禁止の部分を背中に踏まえながら、外方に向かってのみ声を発する。彼のサービス性、彼のフィクショナルなものは、そういう形のものであろう。他の文人がおそれ気もなく、真実、というふうな地点を自家のものにしようとして進んでいくのに対して、真実を見てしまった彼は、その不毛さを注意深く避けながら、他の文人とは反対の姿勢で、しかもなお生きていこうとする。生きていくためのエネルギーを探ろうとする。

これは非常に難事業で、不毛の真実に触れるわけにはいかない。しかし、どれほど虚構に託そうと、生きていこうとする限りは、避けていた不毛の真実から内発してくるものなのである。彼は人生をおりたつもりになって、金沢に隠遁した。厳密にいえば、敗戦前後に何かを〝見て〟しまった時点で人生をオリざるをえない感じになっていたのだろう。その時点から、金沢で、処女作である『さらばモスクワ愚連隊』を書き記すまでの間に、見事に立ち直って、水源地を描かず、そこから流れが四散していく水流の方向が勝負するという彼流の現世への切りこみ方を会得してしまう。

それを裏で支えているのは、どんなことにも建前以上に接近し、怒り、嘆き、喜び、やむにやまれず連帯してしまうような柔らかい感性であろう。

由来、この国の大才能、大産物は、例外なく〝感性の人〟によって織りなされてきた。文芸に例をとれば、万葉の歌人しかり、紫式部しかり、今昔物語の無数の作者しかりである。いかに生くべきか、ではない。生の謳歌、生の発散、生そのものの認識であった。

それは、対立概念をおいて相対的に物を考える考え方が発達しなかったこの島国の特性であろう。信号によって道を渡ろうとせず、横断歩道でないところを、自分の判断（感性）によって渡って行く。したがって一瞬の油断が大怪我のもとになりかねない。都会の目抜き通りを渡るときも、もっと細道を行くときも同じである。

こと感性に関しては、伝統的に我々は皆、錬磨されてきた。自分の内側が神である。したがって私たちが考えられる最善の生き方は、自分に正直な、自分を裏切らない生き方ということになる。五木寛之もまたこの点に沿った感性の持主（実際の現れ方は感性というよりも、批評精神に富んだ眼の作家といえようが）であることに変りはない。そうして彼は感性の旗手であり、この国の正統な系譜を受け継ぐ才能の持主であると思う。

しかしながら、感性というものは、どこまでいってもこれで完璧という線はないのであり、今日、九割五分の感性だったものは、明日は九割八分を要求される。誰よりも本人が、昨日よりもなお加うるものを感じなくては感性と意識しない。

最初、内発的なものだった彼の感性が、内発的なものを軸にしながらも、どんどん間口を拡げて、あらゆる事象を追い、あらゆる心象に深入りし、そうしてなおそこに満足しようとしない。いわば感性地獄におちこんで、その中でもっと高度な感性を得ようとし、次第に加速度をともなってふくれあがり、あやうく四散し、分裂していきそうになりながら、なおそれに耐えていく迫力が、今日の、或いは明日の五木寛之の魅力になっている。

そうして、それはこの国の伝統的な大才能の持主のたどった軌跡とそっくり同じなのである。

最後に、この本にひっついたことを少しだけ記そう。

特に、舌を捲いてしまうのは、冒頭の「プラハの恋人たち」である。五木の読者ならもうご存知だろうが、ここに登場するチェコの若いカップル、スヴァタヴァとヨアヒムは、この『ゴキブリの歌』より二年ほど前に書いた小説「モルダウの重き流れに」の主人公と同じである。そうして記述の仕方からいって、本書の「プラハの恋人たち」の方がより事実に立脚したものであろう。

「モルダウの重き流れに」も識者によって充分に評価されているが、私個人の好みからいえば、こちらの「プラハの恋人たち」の方が好ましく、また凄い出来栄えの短篇小説だと思う。

以前は相対的な考え方の伝統があった西欧が、さまざまの権威が失墜するにつれて、感性の一方通行で生きる色が濃くなってきた。現代ほど、西欧と東洋が近接したことはかつてなかったであろう。

その西欧に、感性の大才能の持主である五木寛之が行って、見聞したことを記すのであるから面白くないわけがない。『モスクワ愚連隊』に端を発するこの作者の国際物語は、状況図式小説として日本の大方の読者の喝采を博する以上に鮮やかで、西欧人が書き記すよりも深くその核をえぐりとっているにちがいない。

スヴァタヴァとヨアヒムは、日本人旅行者である〝私〟を飛行場まで送りに来て、俺たちも自由の国アメリカにいつか必らず行くんだ、という。

――「よせ」と、私は言い、すぐ反射的に「いや、行けよ」と叫んだ。

これは「モルダウの重き流れに」の方の終末に近い一行であるが、「プラハの恋人たち」の方は、このあとにくりひろげられた二人の運命がもう少し語られる。

国外に逃がれ出た二人は、ローマで早くも自由世界の幻滅に直面し、しかもなおアメリカ行きの夢を捨てず、日本に居る五木のところへ資金援助を葉書で頼んでくる。

そうして五木は葉書を見、しばらく考えて、少し心を痛ませながら、ヘルプミーと書かれているその葉書を本の間にはさみ、彼等のことを忘れようと散歩に出かけてしまうのである。

鈍な私だったら、なにがなしあわてだし、持ち合わせた金をドルにかえて、早速送ってやったかもしれない。そうして結局そんなものがなんの解決にもならず、誰の幸福にもつながらなかったことをおそまきながら覚らされたことだろう。

聡明な五木は、そのへんをすばやく見とおして、ドルなど送らない。——と記してから、この何年か彼が私に示してくれた友情のこもった配慮や病室に届いた花などを連想した。待てよ、与えることの好きな男だったぞ。こう書いてはいるが、それは叙述の上だけの話で、実際にはこっそり送っているのではないか。送っていながら、机の上の作業としては送らないことにして書いているのではないか。

あれやこれや考えたが、結局、送っていないだろうと思った。

——「よせ」と、私は言い、すぐ反射的に「いや、行けよ」と答えた。

これはいかにも象徴的な文章で、二重に相克しているところが感性の特長なのだが、送ったにせよ、送らないにせよ、送らなかったこととして記さねば、現世のリアリティが出てこないことだけは確かなのである。

ギャンブル小説の先人

三好徹『雀鬼』

エンターティメントの中では一番新らしい変種であるせいもあって、麻雀や競馬、碁将棋などを材料にしたいわゆるギャンブル小説（勝負小説）の分野は、今ひとつ識者の評価を得ないでいるようだが、それとは無関係にかなりの読者層を獲得しているようである。

識者の評価を得られない大きな理由は、ギャンブルに対する市民的立場からの否定の心情にあろう。かりに頭からそうした市民道徳をふりまわさない人が居たとしても、識者の多くはギャンブルをやらない。

剣道をやらない人だってチャンバラ小説は読める。しかし、たとえば麻雀をやらない人に麻雀小説を読めといっても無理である。この点でどうしても専門的な趣味小説にならざるを得ない。ギャンブル小説だって、そこにくりひろげられる内容は、普通の小説と同じように人間的なドラマや人生の教訓を盛りこめるはずであるが、しかしそれを味わえるのは、あくまでも表題のギャンブルにかかわりのある人に限られるのである。

それはかなり大きなネックではあるが、しかしまたその同じ理由で、ある種の読者をひきつけやすい。特に若い層は、年配の識者とちがって、多かれすくなかれその日常でギャンブルにかかわりあっているのである。

そういうわけでギャンブル小説に関してはあまり活字のうえで言及されることがない。この機会を利して、ごく簡単に系譜を記しておこうか。

ギャンブルと文士というと、すぐ念頭に浮かぶのは菊池寛である。競馬や麻雀を材にとって人生哲学ふうなエッセイが残されているが、実際家のこの作者にとってギャンブルというものは好個の材料であったのだろう。しかし厳密にギャンブル小説というと、五味康祐氏が昭和三十年代前期に発表した一群の麻雀小説を鼻祖とするのではなかろうか。この時期、寺内大吉氏が競輪場を舞台にした小説(『はぐれ念仏』他)で文壇に登場し、少しおくれて新橋遊吉氏の『八百長』や、三好さんの『雀鬼』が発表される。

もっとも私個人としては、その前に一ジャンルとしてあった剣客小説が一種の母胎になっていると思っている。五味氏の麻雀小説も初期のものは剣客小説のパロディとして発案されたふしがあるように思えてならない。そういう意味では『大菩薩峠』や『宮本武蔵』までその淵源をたどることができようか。

もうひとつ、やはり五味氏の作品で、これはギャンブル小説ではないけれど『一刀斎は背番号6』というパロディの秀作があり、人物も風景もオブジェとしてあつから行き方がこのへんからひらけたようにも思う。ギャンブル小説は人生劇を展開する一方で、こういうお遊びの心がまた不可欠なものになってもいよう。

私が麻雀小説を記しはじめたのはそのあとであり、麻雀小説というと世間では私の専売のようにいう人が居るが、五味さんの諸作、三好さんの『雀鬼』、そして外国に例をとるとR・ダールの『あなたに似た人』、すくなくともこの三つは私にとって確実に先人に当るのである。

どうも物覚えがわるくて、今、たしかな年月日を記すことができないが、三好さんの『雀鬼』を私が読んだのは昭和三十年代後期、あるいは四十年代に入っていたかもしれない。その頃、文藝春秋社で出していた「漫画讀本」という雑誌に読切連載のような形でのった。いかにも軽快で小洒落《こじゃれ》たこの雑誌にふさわしい楽しい小説だった。昔も今も、活字などめったに読まない私が、『雀鬼』が連載されている間、この雑誌を毎号書店で買って読んだ。

どの話にもギャンブルに関する教訓が色濃く流れているが、中でも印象的だったのは、第三話の「馬券師重蔵」という話である。これは今度読み返してみても鮮やかさが褪せていなかった。神之山重蔵という馬券師が、全部の馬の単勝を買っておいて、新カモをひきこんでいく話であるが、小説独特のトリックとも見えるこの部分は、私のように馬券師の世界を知っているものにはかえってリアリティがあるし、また彼等が結局その金で本命馬券を（こともあろうにカブトシローの本命馬券を）買っていたという結末も笑ってうなずけるものがある。

話がすこし横道にそれるが、寺内大吉さんの競輪小説に、車券買いの女が登場してくる。この女には目当てのレースがあってそのレースだけ買っていれば採算が合っているのだが、いつもそこまでただの見物をして待っていることができない。穴場へ行って車券を買ってしまって損をする。結局、穴場へ行くことができないように身体を縄でスタンドの椅子にしばりつけてしまう。そうまでしているが、ふと作者が眼を向けると、女は縄抜けをしたようにして穴場へ駈けつけてしまっているのである。

こういう迫力というものはギャンブル場独特のもので、馬券師重蔵にも切迫したその表情がチラチラとうかがえる。私にしても、競馬や競輪のような群衆ギャンブルを素材にした小説を発想しないこともないが、これ等の鋭どい作品がいつも念頭にあるため、ここを凌駕する造型ができるまでは手をつけられないという気がする。

馬券師重蔵といい、賭け碁打ちの逢坂といい、勝負師としてまことにすぐれた才質を持っているが、同時に、ふと弱々しげな部分をあらわしている。重蔵のはったりの中には本来の仕組み以上に自分で自分に精をつけるような要素を含んでいるし、また逢坂の仕事をする表情にもどこか沈痛な、哀しげなものがうかがわれる。そこがこれらの勝負師たちの実在感を感じさせるところなのであろう。

総じてこの『雀鬼』という小説群は、服部八郎というアマチュアの眼で見たプロの世界を描いて、プロとアマとの差異を描いたものといえようが、ただ単純に天才的に強いというプロは一人も登場していないということに眼をとめていただきたい。

ある意味では当然のことかもしれないが、プロとアマと本当の差は、強弱ではないのである。それはプロは稽古充分であるし、技術もあるから弱くはないだろうが、もし天才が居るとしたら、かえってアマチュアの方に天才は居るのではないか。

プロというのは、それよりも、段どりの世界なのである。負けない方式をいかにつけ、いかに実行していくか、これがプロの急所なので、彼等はその部分を重点的に鍛練し、工夫する。

私が見るところ、種目が何であろうとプロには原則的なセオリーがある。このセオリーが守り切れない者はプロとして脱落していくだけである。

その一は、一一三の法則といわれる。たとえば丁半のような単純なばくちに例をとるとわかりやすいが、千円張って、当らずにとられてしまう。又千円張ってとられる。三度目に三千円張ってもし当るとすると、三度に一度しか当らないのに、集計はプラス千円とバランスがとれていることになる。

丁半は二つのうちの一つを当てるのだから、十回やって五勝五敗が普通の状態であろう。アマチュアは七勝三敗、八勝二敗と、たくさん当てることによって勝とうとする。プロは二勝八敗でも、一勝九敗でも、バランスがとれるように張っていく。勘がよくて当て勝つのではなく、張り方の問題なのである。

たとえば競馬では、毎鞍やらないから、見た眼には、少しわかりにくいが、たくさんの鞍数から選択したレースだけで考えると、一一三の法則はここでも生きてくるはずである。

セオリーのその二は、大敗する態勢だけを防ぐということ。プロだって、勝ったり負けたりなのである。ただし、彼等がいつも注意ぶかく警戒しているのは、底なし沼にズブズブ沈んでいくような、バランスを崩す負け方をしないということである。

しつこいところに張れ、という手ホンビキの世界の鉄則がある。これをわかりやすくいうと、死に目を追いかけない、ということになろうか。もう出る時分だと思って、死に目を追うと、その目が出るまで、何度でも負けることになる。そういういい方でいえば、出ている目の方で考える。もし死に目が出たら、そのとき一度だけだまされる。これはかまわない。一度だけの負けはいいのである。

プロだから常時勝つわけではない。また天才的に強いわけでもない。そういう強さを信用しないところからプロの道がはじまる。プロは段どりの世界でもあり、フォームの世界でもある。彼等が問題にするのは常に年間打率であり、ウルトラCではないのである。

そうでなければ長い人生をそれで喰ってはいけない。アマチュア的強さでは、勝ちしのげるのは花のさかりのうちだけなのである。

本書に登場するプロたちも、ここのところは痛いほど知っているはずである。そのうえに、手品まがいのトリックや、鮮やかに見える手さばきが加わっているのである。

三千綱さんの男の匂い

「高橋三千綱という作家が居ますね。私、あの人のものをよく読むんですよ」

新幹線の中で、同行の知人がそういいだした。そのとき私たちはお互いに仕事と無関係の小旅行に出るときで上機嫌だった。その人は三千綱さんとおっつかっつぐらいの年齢の若い事業家だが、外国生活が長くて今も一年の半分ほどは国外に居り、日本の小説を読み漁っている気配はない。

「競馬場でなけなしの金をすってしまって、おけら街道を黙々と歩いて帰る場面があるんですよ。競馬を少しやった人ならよく経験することなんだけれども、高橋三千綱がそういう場面を書くと、なんだか感動させるんですね。あ、この人は、なんというか、真摯に遊んでいるな、と思わせる」

その知人は仕事が切れることで業界では名のある人だったが、自分は高橋三千綱のように強い印象を他人に与えるような仕事の仕方をしていない、といった。

私は笑ってきいていたが、内心でなんとなく頷いていた。多分、その知人は、三千綱さんの持っているある種の男っぽさ、侠気（おとこ気）のようなものに魅力を感じているのだろうと思う。侠気、といってしまうと少し言葉が強いかもしれない。大上段に振りかぶったようなものではなくて、何気ないところで一瞬見せる優しみのようなものに近い。それゆえとてもヴィヴィッドだ。

これも記しながら不適切で雑ないい方だという気がするが、彼は身体のどこかに〝貧しい青年〟という感触を残している。一見、どこにでも居そうな青年である。しかも、彼ほどそれを感じさせる青年はめったに居ない。

三千綱さんと私は年齢は離れているが同期生である。彼が芥川賞を、私が直木賞を、同じ夜に貰った。親子で賞を貰ったようだね、と彼と笑った記憶がある。その夜、記者会見の席上に彼は下駄をはいて現われた。彼の下駄ばき姿は大方の眼に不評であった。

しかしそれから旬日を出でずして、内閣総理大臣から文化の日のパーティの招待状が届いた。私は行かなかったが、彼は出かけたという。しかも下駄ばきで。

そういうところが、抱きしめたいほどに魅力的だ。どうもこのいい方も適当でないのかもしれないが、三千綱さんの真摯さ、男っぽさは、そういう形で現われる。

近頃、私は彼の病気全快のパーティに出かけていった。三千綱さんはもう押しも押されもせぬ著名人で、ピカピカした空気に包まれていた。ところが、私には何故か、競馬場のそばのおけら街道を歩いている彼と寸分変らぬ感触を感じた。その夜、彼の夢を見た。

紅茶の中にペパーミントを混ぜて凍らしたとても美味なシャーベットがあるが、彼はひらひらとスプーンで掬ってその氷菓を無造作に喰べているのである。しかも、下駄ばきで。

トンマなピュリタンの物語　樋口修吉『ジェームス山の李蘭』

樋口修吉と偶会したのは、編集者たちの溜り場にもなっている新宿の酒場だった。

阿佐田さん――、と少し離れた席から、不意に彼が声をかけてきた。

「『麻雀放浪記』の坊や哲は貴方自身ですか」

「――いや、あれは小説ですよ」

「それは知ってますが、本当にあんなに強かったんですか」

「若い頃の一時期はね。誰だってそうだろう」

「ぼくは知ってますよ。根津で、負けたでしょう」

「根津――?」

「その人にきいたんだ。それほど強くなかったたって」

三四人の頭越しなので、彼はかなり大声になっていたが、それほど酔っているとも思えなかった。

「根津、あの辺で、そんなことがあったかな」

「はっきりした町名は知らないが、根津、駒込、あの辺ですよ」

「あそこらだと、一軒の麻雀屋をのぞいてあまり歩いたことはないね。一時期いりびたっていたその店でも勝ち組だったはずだがな。俺は基本が文無しだから、負けてたら続かないよ」

「忘れてないはずですがね」

「麻雀クラブかい」

「いえ、店じゃない」

「賭場のような所――?　種目は麻雀?」

「隠すなんてセコイよ」

「隠しちゃいないよ。麻雀なんて全勝は不可能だろう」

「ひと晩じゅうやってですよ」

「いつ頃の話――?」

「――昭和三十年代でしょう」

「それじゃ別人だな。俺がゴロついてたのは昭和二十年代前半の四五年だから」

「いや、貴方ですよ」

彼は確信ありげにそういい、話は平行線だった。なんとなくからまれたような気分になったが、そばの編集者が、小説現代新人賞をとった樋口修吉氏だと紹介してくれ、彼は関心のある人物には、あんなふうにして近づこうとするんですよ、といった。

まァそんなことはとるにたらぬことで、その後まもなく偶会が重なり、私の所にも遊びに来るようになった。私の方もすぐにうちとけた。一つには、新人賞をとった彼の第一作『ジェームス山の李蘭《りらん》』が直木賞候補になり、その折りに一読したせいもある。

端的にいって、これは傑作だと思った。私はその種の言葉を使うことに慎重な方だが、彼のこの後の作品次第では、長く残るに足る娯楽小説かも知れぬと思った。二の矢、三の矢、或いは年月がたってからでもいいが、再び傑作を書くと、前の作品が生き返ってきて再評価されるものだ。

直木賞にははずれたが、それは直木賞の性格の問題もあり、銓衡《せんこう》基準がおのずから違う点もあるので、この賞にはずれる傑作が往々にしてあるものだ。

この作品は、かりに十人の読者が居るとして、十人全部がいい点をいれるということにならないだろう。しかし、そのうちの何人かは、最高点をいれる人が居る。点をいれる人は、必ず最高に近いいい点をいれるだろう。

傑作とは、そういうものではないのか、と私は思う。作品の価値は、万人向きというような巾の広がりの問題ではなくて、その作品世界に完全に巻きこまれて、惚れこんでくれる読者をどれだけ持つか、ということにあるように思う。

『ジェームス山の李蘭』を、嫌う人はハナから嫌うだろう、面白がる人はこの作者の名をなかなか忘れないだろう、そんな小説だ。

どうしてかというと、これはナルシストの小説だから。小説家にしろ、芸能人にしろ、人前に個人技を示す者は、例外なしにナルシズムの度合が濃いのだが、ナルシズムというものを小説にするのは、存外にむずかしい。というのは、読者の中にもある自己愛の部分に訴えなければならないが、こうした自己愛は、嫉妬ぶかいものでもあって、他人の手放しの自己愛とその偶像を、なかなか受けいれようとしないからだ。したがって、この種の小説は、周到な配慮と抑制、偏狭な読者を巻きこむためのトリックや偽装が必要となってくる。

谷崎潤一郎や深沢七郎や、或いは田中小実昌がそれぞれのメイキャップを作中でしているように、健全な市民からするとマイナス面にあたるような部分を、まず誇張気味に示して読者の優越感を誘い、その落差の中で自己愛を軸にした物語をする、という具合に用心深い。『ジェームス山の李蘭』の作者も、そのセオリーに則って、まず主人公にはずれ者を自認させる。しかもこのナルシズム小説、なかなか陣立てに凝っていて、主人公は非常にパセティックで、特定の他人に対して忠実極まる存在でもあるのだ。

あたかも、敗戦後の日本のように（実際また敗戦時の風俗がしたたかな筆力で描かれても居るが）あくまで勝利者に従属し、同時にナルシズムにも徹して行く。それからまた中国を具現したような巨きな女性が出てくる。読みようによっては、人間模様としての正確な敗戦史にもなっている。

大仰にいえば日本人全体がナルシスト的でトンマなピュリタンといえないこともない。――一つの信念を持っていて、それを生き抜いてきたが、あくまで君がつくりあげた信念だった。道徳と良心とはなんの関係もないものだった。いいところを持っていたから、いい人間にはちがいなかったが、まともな人間やゴロツキとも同じようにつきあっていた。――チャンドラーの文章に託して作者も述べているが、ナルシストというものは、自分の中のバランスがとれているかぎり（自分に忠実でありえている限り）何物をも恐れない。ある意味で神よりも強い。但し、唯一の大敵は、自分のバランスが崩れるとき、崩れるような目に会うときで、したがって、この点を回避するためならば何物を犠牲にしても惜しまない。

樋口修吉は、心にもないことを、絶対に書かないだろう。そのためなら餓死もいとわぬだろう。

だから、好みの問題はともかく、記すことが信用できる。彼の血液がフィクションと化されて記されているのである。娯楽小説だとか純文学だとか、範疇《はんちゅう》はどうでもよろしい。小説の存在感は、まずこのあたりから生ずるはずだ。

この本と関係があるような、ないような事柄であるが、冒頭の初対面のときの会話について、その後しばらくして、私はひょっこりあることを思い出した。

昭和三十年代、も後半だったか、もう阿佐田哲也の名前で『麻雀放浪記』を週刊誌に連載していた頃だったかもしれない。画家の秋野卓美さんに誘われて、彼の友人の麻雀好きの家に行った。家庭麻雀だったが、その夜私はツキがなくて、ずうっと、ひと晩じゅう沈んでいた。

それが、田端か日暮里か、あの辺の国電の内側だったと思う。まだ後楽園競輪がやっている頃で、その翌日が最終日、徹夜になると競輪に行けないなァ、と思っていたのだから、私が延長させたわけではないが、ずるずると長くなって、朝も終らず、午後の二時頃まで続いた。あと二回で泣いても笑っても終了というところで連勝し、辛うじて、沈みをなくしたはずだ。けれども勝ったともいえない。その頃、持病が進行していたせいもあって、麻雀ももう地力が落ちていたが、苦戦してフラフラで、その足でまた後楽園競輪の最終レース近くに駈けつけた記憶がある。

樋口君、そういうことでありまして、私はゴロツキ時代のことを思い出そうとして、中年時分が記憶の盲点に入ってしまったが、たしかにそういうことがありました。あのとき何人もの男たちが出入りしたから、ひょっとすると貴君もその中の一人だったのかもしれません。たしかに貴君が出入りしそうな、モダン遊び人のたたずまいのある家庭でありましたな。

酒場で偶然

〝一本刀土俵入〟という芝居をちゃんと見たことはないけれど、私も成人する前から街なかをうろうろしてばかりいた不良少年の出だから、一宿一飯の恩がいたるところにあって、その大半が心ならずもそのままになっている。

数年前の冬の夜、新宿の行きつけの酒場に寄ってカウンターの前に腰をおろした。隣に先客の女性が居て、やがてマダムが紹介してくれた。

「――こちら、武田百合子さん」

あッ、と思い、それから、夢の中に居るような心地がした。私がここに記すまでもなく百合子さんは武田泰淳氏の未亡人である。

武田泰淳さんは、二十年ほど前、私が中央公論新人賞をいただいて、はじめてこの世界に一歩足を踏み入れさせて貰ったときの選考委員の一人であるから、一宿一飯どころの恩ではない。

あのときは武田さんと、伊藤整、三島由紀夫の三氏が委員で、新人賞の選考委員としては大変に重量感があった。なかでも私は、自分の作品の性格のうえからも武田さんにはこっぴどくやっつけられるだろうと思っていた。そうして、武田さんをすごい作家だと思っていた。武田さんはそのまた以前、現代の会という研究会を持っておられ、私とほぼ同年配の開高健氏あたりが加わっているのをきいて、文学青年の一人としてうらやましく眺めていたのだ。

そのときの選評では、新人に対する励ましをこめて、三氏とも優しい言葉を連ねてくださった。特に私には、武田泰淳氏の、天空海闊でいい、という一言が意外でもあり、嬉しかった。私は武田さんのお作の魅力の一要素としてそういうものを感じていたから。

けれども私は、そのときの三氏にとうとうお礼にも伺わなかった。火事場の力のような記し方で、本当の実力から発した物でないことは私自身がよく承知している。はずかしくて顔が向けられない。そうして、以後、十年近く、その意識がとれず、本名で物を書く勇気が出なかった。

何も書けなかった時期に、一度だけ、武田さんにぶつかったことがある。私は当時、新潮社の裏手に住んでいたが、浴衣がけで銭湯に行く途中で、眼の前の車から武田さんがおりてこられた。不意のことで、私は何かうわずったことをいって逃げるように背を向けた。武田さんはただ黙って、深々とおじぎをされた。

近年、百合子さんに伺うと、武田さんは何故か、何も書かない私のことを非常に気にされていたそうである。色川くんはどうしてるのかな、日常でもよくそういわれていたそうで、そうきくたびに私は一言もない。

武田さんが亡くなって、百合子さんが雑誌にお書きになる「ロシア旅行（犬が星見た）」「富士日記」が、雑誌を読む大事な魅力になった。これらの文章にこめられた無垢の視線というものは、もちろん百合子さんの資質だけれども、彼女をいちはやく評価し、資質を消さずに温存した武田さんも豪《えら》い亭主だったと思う。

この夜から百合子さんと度を重ねて会うようになった。私には依然として武田泰淳夫人であって、友人と呼ぶほど軽くはないが、にもかかわらず実質としては、もっとも敬愛する友人で、稀れに見る女性という思いが深くなっている。

昨年、百合子さんの受賞の夜、二次会のあとの深夜、はじめて赤坂のお宅にお邪魔して武田さんの仏前にお線香をあげた。

武田さんは不意に車からおりてこられた時のように無言で、しかし笑顔で、壁の写真になって私を見おろしておられた。おそくなりましたが、私も、百合子さんに負けずにがんばります、と私はいった。

楷書の人　江國滋『落語美学』

江國滋とはじめて出会ったのは、かれこれ二十年前、いやもう少し前になるかもしれない。今、調べてみると、この『落語美学』の初刊行が昭和四十年、彼の処女刊行物である『落語手帖』が昭和三十六年とある。（この『落語手帖』は処女文集であるせいか、作者の気持、姿勢が張りつめており、秀抜新鮮なエッセイ集である。三部作の後衛をなす『落語無学』とともにいずれもこの旺文社文庫で揃うので、併読をおすすめしたい）

とすると、はじめて出会ったときは、まだ『落語手帖』を世に出す前だったようだ。そうして彼はまだ三十前だったことになる。ところが、彼より四つ五つは年上の私から見て、どう見ても私とちょぼちょぼの年齢、ひょっとしたらいくらか上かな、というふうに見えたものである。こう記すと江國ちゃんは怒るかもしれないが、私ばかりでなく、周辺の人たちはいずれも彼の年齢を当てなかった。

「あの江國さんという人、見事なくらい折り目が正しくて、熟成してるわねえ。すごい人ねえ」

ある小説家の妻君が当時そういっていたのを憶えている。

「端正な男だねえ——」

という評言もあった。

つまり、年上に見られるというのは、いうところの老《ふ》けこんでいるというのではなくて、若い人にありがちな軽薄さがなく、配慮、眼くばり、加えて自分の姿勢ができているという、その結果の印象なのである。

その頃、彼は新潮社にお勤めで、俗にいう週刊誌記者であったが、少しもそんなふうに見えなかった。我々はいずれも、彼の仕事の肩書よりも、まず江國滋という個人名をおぼえてつきあった。

勤めのかたわら、落語エッセイを書いているのを知って、彼のいくらか古典的な熟成の味と、落語愛好の線がいかにもぴったりで、なるほどと思ったものだ。

その頃、神楽坂の著名な古い洋食店で昼飯を喰ったらしい江國滋が店を出たところでばったり鉢合わせをした。昼飯ひとつでもいい加減なところに入らない彼の日常ペースと、若い週刊誌記者という職業生活がいかにもちぐはぐで面白く、私は冗談半分、半分讃嘆のおもいで、

「いかにも貴方が出てきそうなところから出てくるなァ」

と笑ったが、彼はちょっといやな顔をしたように思う。おそらく、当時、落語評論家などという蓮っぱな分類をされることが多かったかして、そういうキメつけを不愉快に思ったのだろう。

その後二十年余、肩のこらない交際を続けてきて、私なりに江國滋に関するイメージをふくらませたけれども、今でも、もし彼を一言であらわす必要が生じたならば、私はこんなふうに記したい。

江國滋は、当今珍らしくなった、楷書の人である。

楷書、行書、草書、などという、あの楷書である。もっとも彼は、かたくるしいわけじゃない。しちめんどうくさくもない。また融通の利かない朴念仁でもない。

前述したとおり、配慮、眼くばりが（良家の育ちのわりに）細かく行きとどくし、穏和で遊び好きで、あるときには軽腰でのめったりもする。ところが同時に、なにごとにつけ、一点一画をおろそかにせず、自分の姿勢というものをいつも持っている。けっして泥臭く押しつけがましい形では表面に出さないが、どんなときにも自分の姿勢で事に当たろうとする決意が内包され、微妙な気配となってこちらに伝わってくる。そこのところが年月とともに洗練され、ユニークな肌合いになっている。

だから江國滋と会うといつも楽しい。また彼の文章を読んでも、いつも彼への信を裏切られたことがない。友人としての間柄でも、著者と読者としての間柄でも、好ましい関係というものは二つのポイントがある。一つは相手の姿勢を限りなく認め、尊重することができるかどうか。また一つは、同時にその相手と時空を超越して限りなく自由に飛翔できるかどうか。私にとって江國滋は、この二つを同時に満たしてくれる貴重な存在である。

さて、落語に関する本を著すということは、一種の風流事であって、その作者を楷書的人物と記すと、お若い読者の中には案外な表情をなさる方があるかもしれない。しかし、敢えてもうひとつ押していうと、この本は、楷書的人物が、楷書的視線をもって、落語の世界に取り組んだ本なのである。そこが類書とちがう。

落語に関するエッセイの著者というと、すぐに念頭に浮かぶのは正岡容《いるる》と安藤鶴夫であろう。その以前にも古典的有名著者が何人も居るけれど、大体において寄席芸の批評家乃至は落語研究者であって、結局のところ一般向著作として自立しえなかった。正岡、安藤のご両人は、寄席芸を語りながら、寄席芸に託しておのれを語り、人間を語っている。特殊な芸の世界である高座に、おのれを含めた普遍を見据えている。江國滋の記す落語エッセイもまたそのゆえに、この分野での数すくない収穫となったのであろう。

そうして正岡、安藤両氏がもともと芸の世界に通暁し、下町庶民の感性が濃いのに対し、江國滋は法律家の子息であり、山の手エリートインテリの感性が濃い。由来、山の手人種にとって寄席芸は、たとえ魅力を感じて眺めるにしても、他者の世界であり、エキゾチックな路傍の花にすぎなかった。その路傍の花に、江國滋はおのれを託し、普遍を見ようとしたのである。

山の手、下町、というわけかたはすでに往年のもので、現在は全国ほぼ共通の中流意識が定着し、落語を愛好する人々も、江國滋のように、寄席芸の世界から見れば総じて外部の人なのである。江國滋のユニークな立場は生まれるべくして生まれたものであり、路傍の花におのれを託することのできる人々が、即ち江國滋の読者なのであろう。そうして彼の著作がかくのごとく再刊増刷されるということは、そういう読者が年々増え育っているのであろう。

もっとも、この国では笑いというものが常に軽くあつかわれてきたけれども、古典落語の笑いは、長い年月、人々の眼にさらされてなお生き残ってきたもので、さながら川の流れの中の岩のごとく、コツンと固い、重たい塊りになっているのである。そういうものへ、楷書的な江國滋がコツンと固い内心を託して記しているのであるから、この取り合わせは堂々たる四つ相撲にならざるをえない。

江國滋の著作は、この『美学』『手帖』『無学』の他にも落語に関する物があるが、徐々に落語に関する事柄から離れたがっているように見え、ご当人の口からも、現在以上に落語の世界と深まりたくない、というような趣旨の言葉を何度かきいた。それはまず第一に世間が〝落語評論家〟などというレッテルを張りつけてくることへの嫌悪感から発していると思う。江國滋は、愛する落語の世界におのれを仮託して文章を記しただけで、だから落語でなく、他の何であっても、××評論家などといわれるのを嫌ったであろう。

江國滋は、ただ彼自身の文章を売っているだけなのである。そうして彼は落語ばかりでなく、世間のさまざまな事物、現象に眼をとめ、その中からおのれを託するに足りる、或いはおのれとの落差に賭けるに足りるものを引き寄せて物語る筆法を次第に洗練させ、今日の江國滋に成長してきた。

この本に先がけて刊行された『落語手帖』の一番うしろに、「落語結縁《けちえん》」と題して少年時代のことを記している。

なぜ、落語との縁ができたか。このエッセイによると、幼稚園の頃にラジオに出て、

「ねえ、汽車はどうして動くの」

「石炭をたくから走るのさ」

「それなら、なぜウチのお風呂は動かないの」

といったふうな〝笑いばなし〟を語った、とある。

そうして小学校の二年生の時に、落語、講談、浪曲、俗曲、を要領よくまとめてアルバムにした〝何とか名人会〟というレコードを父上にねだって買ってもらい、毎日学校から帰るとそれを聴いていた。ついには丸暗記し、金馬の落語をもとに紙芝居を造ったり、教室で大島伯鶴の講談を一席やって大喝采を浴びたりする。

そこでなおとどまらず、学芸会で名乗りをあげ、広沢虎造の浪曲をやると申し出た。ここいらがまことに只者でないところで、一読笑いがこみあげてくるが、さすがにご当人も申し出て

しまってからそわそわとおちつかず、武者震いしながら出番を待っているうちに学芸会が終ってしまったという。担任教師のお計らいで、番組からはずされていたのである。

長じて現在に至った江國滋も、楷書風人物ではあるけれど、けっして四角ばってなどおらず、酒を愛し、俳句をひねり、麻雀で時を忘れ、絵の個展まで開く。とにかく多芸の持ち主で、ひとつひとつに凝りかたまる。

蛇は寸にして、というけれど、裁判官の父上を持ち、物固い家庭に育って、立派な風貌と体格に恵まれた彼が、どうして芸事に関心を持つようになったのか、そのあたりに飛躍があって面白い。

けれども、ごく浅いところで考えて、拍手をとるということは格別のもので、彼は年少にしてその味を知ってしまったのであろう。その環境から、舞台に立つコースにはいかないで、ネクタイをしめ、背広に身を装おう暮し方になったけれども、あの拍手の前には、しかつめらしい栄達など色あせて見えてしまう。江國滋の持つ楷書的味わいは、その葛藤が根底にあるから、厚みを帯びてくるのである。

今から何年前だっただろうか。もう七八年になるかもしれない。大阪に住むカード手品の大天才と、ふとしたことから知り合って、彼はその人の芸に魅了されてしまった。

まったくその天才は、日本に唯一人といえるくらいすごい腕の持ち主で、アマチュアだが、プロなど足もとにも及ばない。

もともと手品というものは、トリックネタを主にするものと、手練を主にするものと二つにわかれている。広い舞台で大勢に見せるプロ芸は、トリックネタを使って仰々しく演出する。それに対して、カード手品は、咫石《しせき》の間で数人の客を相手に見せるための芸で、プロ芸とは別筋の手練を要する。そのキメの細かさが江國滋を揺さぶったのであろう。

その大天才と親しくなり、彼はまもなくカード手品の門弟となった。

まず最初に、指先きを鍛えるための基本的練磨をしなければならぬ。カードを両手に持ってシャッフルしたり、トリックカットをマスターしたりするのであるが、何事でも基本フォームを身につけるプロセスは面白いというわけにはいかない。

おどろいたことに、彼は何ヶ月かかかってその基本フォームを身につけてしまったのである。その間、何組のカードをぼろぼろにしてしまったことか。

朝に晩に練習に明け暮れるためには、すぐ手に触れるところにカードをおいておかなくてはならないのだそうである。

「思いたったときにね、立って別の部屋までカードを取りに行くというのでは駄目なんだ。もう面倒くさくなっちゃう。だからね、拙宅では、どの部屋にもカードが一組ずつおいてありますよ」

仕事の合い間であれ、酒を呑みながらであれ、絶えずカードをいじくっている。寝室にも、便所にも、カードをおいたそうだ。

彼はそのカードを次から次へとぼろぼろになるまで使ったのである。

私も彼の紹介でやはり魅了され、おくれて弟弟子になったが、ネタに関する能書をいうだけで、少しも練習しない。かかるうちに、彼はひとつひとつ、天才のネタをマスターしていき、もちろん師匠の境地に追いつくとまではいかないが、今では、応用の新ネタを自分で創作するほどの腕前になっている。

先年、ドイツに旅して、言語をそれほど要しないこの芸を彼地で披露し、おおいに受けたというその話は、別のところで彼自身がくわしく記している。

けれども、四角い立派な風貌で、ちょっと見ると大学教師か、はたまた耳鼻咽喉科の泰斗かとも見える江國滋が、人前でカードを取りだしてこの芸をやってみせるときの嬉しそうな顔つきといったらないのである。

私は、練磨を怠った者として、この点では彼の下風に坐ることは当然のことであるから、一緒に居ると率先して才蔵役を買って出て、彼に太夫になってもらう。

彼は自分からはけっしていいださないが、水を向けるといつどのような外出先にも、バッグの中にちゃんと新物のカードを用意してきていて、嬉しそうにやりはじめる。

大天才のお仕込みであるから、芸はセコではない。拍手喝采。彼はなによりもその拍手を満喫して、世にも幸せそうな顔になる。

酒、俳句、麻雀、絵、手品、落語、そうして独特の話術。どれをとっても余技の段階でなく、無限に幅がありそうに見える。けれども、江國滋は江國滋。そこのところがちゃんとしていて、一点一画も揺るがない。そういう味わいのある人物が、もはやとみにすくなくなった。

唐十郎さま　まいる

唐十郎『戯曲　ねじの回転』

唐十郎は、まず、こだわる人だ。ある種のこだわりから彼の芝居はいつも出発する。何にこだわるか、といっても、それは一言で説明できない。なにしろ彼は、彼がこれまで生きてきたことのすべて、肌に染みた日常の微細な一粒一粒に至る何もかもを、忘れようとしない。多くの人たちが便利に生きるためにいろいろのことを忘れながら日をすごしているのに。一度有ったことは永久に無くならないし、まとまりもつかない、ということを、何度でも私たちに叫びかけてくる。

たとえば、竹早町だ。或いは、万年町だ。単なる東京の地名にすぎないこれらの名詞が唐十郎の口にのせられるとき、そのたびに、ドキッとするのはなぜだろう。今、その町名が残っているかどうか知らないが、竹早町は、いやでたまらぬ中学に通っていた頃の、通学路の一点だった。万年町も、私にとっては、グレていた時分に縁浅からぬ町だ。けれども、私の私的体験に重ねて感応しているわけではないし、唐十郎の体験的情緒に尺度を合わせているわけでもない。私と唐十郎は、ほぼ一廻りほど年齢もちがうはずだ。

私をドキッとさせるのは、それらの町からいつか遠のいてしまった私自身に気付くからだ。町名にかぎらない。唐十郎がまなじりをけっしてこだわり続けているのに、こちらはきわめて便利に過去のいろいろな物を無意識の領分の方に追いやってしまっている。そうして彼の芝居に触発されて、こちらも自分の過去に、胸の中の故郷へのこだわりをとり戻そうと思う。そういう彼我の関係の中で、竹早町や万年町や、唐の私的体験が、普遍的な意味合いをおびてくるという具合なのだ。

世間にはいつまでたっても成人しきらない人間も居ることだから、そういう幼児性と混同されがちだが、唐のはまるでちがう。無数の過去にこだわりを持続し続けるのは大変なエネルギーが要る。

それで、唐の芝居は、まず、沈む。こだわりの壺の中に限りなく深く。多分もう今は、作物がそれ自体の論理で人を説得することは不可能になっているだろう。作物にできることは、人それぞれの胸の中のこだわりにひき戻すきっかけになることだと思う。その意味でこれだけでも彼は一つの正当な仕事をしたことになるが、無限の底に沈んで行くと同時に、彼の芝居は、無限の上空に浮上しようとしはじめるのだ。

たとえば、歓喜と絶望。或いは、命題と運命。そういった背反するものが、それぞれ無限の幅を持って同居し、ある場合には支離滅裂なほどに張り合っている。何事によらず事物というものは二律背反で成り立っているものだから、この背反が濃くなるほどに、現実味を帯びてくるという仕かけになっている。過去へのこだわりにのみ発揮されているかに思えたエネルギーが、いつのまにか未来への飛翔に要するエネルギーにとってかわっている。これほど運動量の烈しい劇を作る人を、私は他に知らない。

唐十郎はまた、ロマンチストだし、彼の芝居は常に、質のいいリリシズムで飾られている。たとえば、〝二都物語〟で、朝鮮海峡を渡ってくる李礼仙の、存在それ自体が光芒の尾を曳くような深い詩情だ。彼の詩情は、いつも風景でなく、人間そのものの、哀しくて誇り高い姿となって現われる。いいかえれば、過去へのこだわりをあくまで捨てず、同時に未来へ飛翔していくものとして捕えられる。そのときに彼は酔う。彼は熱血漢だから、核心をつかんだときに大酔する。劇の中でのその姿勢もまた快よい。但し、それは背反が濃くなる方向に向かって発揮されるので、論理の網にすくいとれない。彼はその意味でのロマンチストだ。美しいものと、正反対の不浄なものを混在させて、深く沈みこみ、深く飛翔する。

唐十郎はまた、非常に好ましいことに、情念の人だ。それゆえ、存在劇が書ける、といいきると大胆にすぎるかもしれないが、すくなくとも私は、自分の仕事の理想として、情念を主題にして存在小説を記していこうと思っているので、どうも彼の仕事ぶりは、うらやましく、ねたましい。

いずれにしろ、彼は言葉というものを、全的には信頼していないようだ。そこで、そのために結局百万の言葉を使わざるをえない、といった恰好で彼の芝居は成り立っている。背反を濃くすることが認識の要点であるからには、当然の帰結といえよう。情念は、さまざまの矛盾を内包して成り立っているから、矛盾が理解のさまたげにならない。唐十郎の資質は、あの美しい眼そのものにあるともいえよう。同じく酷薄そうで意志的な唇、小じんまりとふくよかな体形、それらがすべて資質になっていよう。

すでに世間が周知のとおり、唐十郎は喧嘩好きだ。彼を成立させてきたエネルギーがそれであるかのように、一直線にたぎりたって荒れる。

私はそれを、いつもうらやましく眺めている。私はなかなか喧嘩ができない。唐はいつも勃起しているようだし、私はインポテンツだ。自分は自分の持ち物しか武器にできないと思いつつ、一度、唐十郎になれたら、と私は夢想する。そうしてそれは私の劣等感になっていて、それればかりでなく、この一廻り年下の友人の存在それ自体にひけ目を感じていて、私は彼に出会っても、一度も、唐十郎論を披瀝したことがない。それどころか芝居の話もあまりしない。

唐に対する親愛の情で、うっかりこの原稿をひきうけたが、拙速でまとめるには難題すぎるし、記し出せば、いくら記しても記しきれない思いもする。そうしてまた、むずかしさだけのことでなく、なんともうまく説明がつかないが、唐十郎に関して、今しばらく、じっと口をつぐんで、身体の中でかみしめていたい気持が切にするのだ。今しばらく、いや、彼と拮抗する力が私に湧いてくるまで、半端に口外したくなかった。

が、とにかく、この五六十年の日本で、唐十郎が、もっとも烈しい才能の持主であることを私は確信している。

拝啓・つかこうへい様

ニューカレドニア発

カレドニア、ニューカレドニアに黒鉄ヒロシさんと遊びに来てしまった。しかし、実に天気が悪くて、毎晩カジノで頑張らざるを得ない。黒鉄ヒロシさんは負けに負けてもはや鼻血も出ない程だ。ニューカレドニアは日本から飛ぶと、一週間に一度しか便がないので、ぴったり一週間滞在しなければ日本には帰れない変な島だ。

ぼくはニューカレドニアに着いた翌朝からミソ汁が飲みたくて、どうしてミソ汁が急に飲みたくなったのかわからないけれど、とにかく蜆《しじみ》のミソ汁が欲しくなって弱った。冬の間はそんなでもないが、春になると蜆は一晩中鳴くのだ。どんぶりに蜆を放り込んで、たっぷり水をやって置くと、夜中にザワザワと鳴き始める。酔っぱらって真夜中に帰ってくると、そのぼくを待ってたようにザワッと鳴き始めて、まるで雑音のようなぐあいだ。つかさんは蜆の鳴く声を聴いたことがおありですかね。鳴くのですよ。雑音のような、なにかざわざわした鳴き方でしきりに鳴くのですね。それはなつかしいものです。

少し古いコマーシャルだけど、お味噌ならハナマルキというのがあったのを、いやこれは今でもあるのかな、あれ憶えていますかね、田舎の風景が映って、一言、お母ああさあああんと女の子が可愛らしく、そしてどこか切なくいう。ぼくはそのコマーシャルをテレビでつくねんと眺めるたびに、韓国に帰ってしまったつかさんのお母さんを思い出しますね。あなたのお母さんは、元気で時々周囲の人へ気を遣い過ぎ、時として受けようとしたりなんかして、とてもトンチンカンなことをいったりしますが、とにかくお味噌ならハナマルキ、お母ああさあああん、という感じだな。

小林多喜二のような息子を持った母、キリストのような息子を持った母、ニイチェのような息子を持った母、そしてぼくのような息子を持った母、であなたのような息子を持った母、つまり母親というものは大変なものだ。どこの国の母親も、結局お味噌なら、お母ああさあああん、という感じだ。なつかしくて、どこか切なくて哀しい。松尾芭蕉というような人も、ちちははのしきりに恋し雉子《きじ》の声、というような俳句を残している。芭蕉のお母さんはどんな女性だったのだろうかね。芭蕉のような息子を持ったら大変だったろうと思うよ。まして西行師のような息子を持った母親は非常に大変だったのじゃないかね。

つかさんのお母さんは韓国で元気に暮しているのかな。鬼のような男たちを描くのもいいけど、鬼をひっくり返して、ボサツのような世界、そういう道が必要だ。天気の悪い異境の空を眺めながら、ぼくはつかさんのお母さんを懐かしく思い出す。ニューカレドニアに着いた翌日、不意に味噌汁が欲しくなった理由かも知れない。大事なのは女でもあるが、母親だね。母のために〝熱海殺人事件〟を韓国公演したのは、やっぱり偉いよ。それがあなたの創造の源だ。ぼくは今ニューカレドニアで、お母ああさああんと叫んでる。

〝麻雀放浪記〟という映画

映画〝麻雀放浪記〟の試写会のあと、ある酒場で、吉行淳之介さんから、

「いいなァ、君は。評判のいい映画の原作者になれて——」

といわれた。吉行さんの自説では、自分の原作が映画になった場合、あまり世評がよくないのだそうである。もっとも吉行さんの小説を、ちゃんと映像化するのは至難の技だろうと思う。『麻雀放浪記』という小説も映像化しにくい点が多々あるけれど、吉行さんの場合のような高度な意味合いではない。

第一は、麻雀というものが、ゲーム内容、形、ともに絵になりにくいし、人物の動きがないうえにドラマが小さい。

第二に、物語の背景である敗戦後の東京の風景が今日の東京とあまりにちがいすぎ、オープ

ンセットで再現しようとすると金がかかりすぎる。

以上二点のごく単純な理由による。早い話が、今日の東京には焼け跡のカケラもないし、都電も走っていない。しかも、まだつい四十年前のことだから、実景を見知っている人がたくさん居て、チャチなごまかしでは通用しない。

それで、今まで何度も映画化の話がおきては流れた。もうひとつ、ばくち打ちの話などにどれほどの観客が集まるか、前例がない。既成の映画会社は、自社映画の封切番線を確保するために、映画館（特に地方の）の館主の意見をありがたがる。館主は年齢層も上だし、経験主義者が多いので、新企画がとおりにくい。そこで日本映画はいつまでたっても忠臣蔵だの金色夜叉式の安全（？）企画が多い、という話を誰かからきいたことがある。

それで若い一部の製作者たちが、意気ごんでやってきて、ぜひ映画化したい、といっても、いつのまにか会社の上層部でもみ消されたり、悪条件の枠がついたりということになってしまう。

もっとも、私がこの小説を週刊誌に連載しはじめた昭和四十年前後は、視聴覚ものや劇画に押されて、大衆娯楽小説が衰微しはじめた頃だった。ほとんどの娯楽小説は、映画やテレビや劇画の原作としてあつかわれる傾向があった。

私はどうもそれが気に入らない。映画にもテレビにも劇画にもなりにくい、小話という形で読むよりほか仕方がない、という小説を作らないと、本当に読者がついてくれないぞ、と思った。

麻雀小説という発想は、ひとつはそのことがあって浮かんだのである。牌活字をたくさん使い、麻雀の場面を多くし、一種のマニア小説の形にした。もっともこれは、私のような怠け者の発想で、なるべくたくさん書かないで、一つの小説でできるだけたくさんの人に読んで貰いたい。映画やテレビなどと収入を分け合いたくない、というわけだ。で、映画化の話がこわれても、私は平気だった。むしろ、本代を払って、本を読んでくれる読者だけでいいと思っていたのだ。

和田誠さんが、プライベイトに、ときおり、あの小説は、俺、シナリオ化したいなァ、などという。彼もむろんそう思ってるというだけだったし、私も、そうかなァ、でも、あれ映像になるかい、などといって笑っていた。

それが、冗談から駒が出るみたいに、角川春樹さんと誠ちゃんとの間で、実現の話が進み出した。しかも、途中から、監督まで引き受けたという。

「シナリオ書いても、どうせ監督に直されるだろ。それなら思いきって、自分で監督しちまえ、と思って」

そのときには絵コンテ入りのシナリオ第一稿ができあがっていた。誠ちゃんは本業の絵の仕事、軽文章の連載と寧日なく働き、夜のアフタータイムを使ってコツコツやっていたのだ。

私は今回は何も註文をつけなかった。映画と原作はちがう。材料にしてどう料理してもらっても結構、と誠ちゃんにいっていた。

和田誠さんとは長年の友人で、日頃よく映画の話もしている。多才かつピュアーな一種の天才で、その点の信頼もあったが、本業でもない人が、作りたくて作る映画だから、すくなくとも粗製だけはしないだろうと思った。その点の見極めがついているので、彼流の映画にしてくれればいいと思っていた。

むしろ、これまでいろいろな分野に手を伸ばして、一度も失敗経験のない誠ちゃんが、これでもし失敗したら相当なダメージになるだろうから、彼のために成功してくれればいいと思うようになった。

誠ちゃんの親友の篠山紀信さんは、

「大丈夫だよ。あの男はね、軽はずみはしないよ。長いこと練って、自信がつかなけりゃやらない。すくなくとも第一回作品は傑作ができますよ。調子に乗って二度目三度目となるとわからないけどね」

という。おシノの眼の性も日頃私は信頼しているから、そうだな、とは思うけれども、なにしろ映画は初体験だし、巨額な金もかかっている。

ある晩、私はやや案じ顔で、アメリカの賭博師の映画〝ハスラー〟のノーカット版を、誠ちゃんの家に持っていき、深夜、二人で観た。〝ハスラー〟は物語構成としては疵《きず》もあるけれども、玉突き場の背景に居るハスラーたちの動かし方など、まことに心にくい演出が随所にある。

観終って、

「どうだい、この程度に仕上げるとなると、なかなか骨だろう」

といったら、彼は平然として、

「いや、自分は自分なりに自信はあるよ」

といった。童顔で、いつもニコニコしている誠ちゃんが、とてもはっきりとそういった。

ある人は、誠ちゃんは押しつけがましくしないから、現場で大声で指揮がとれるだろうか、と心配し、またある人は、ゲスト監督の下では現場のスタッフが全力を出さないのではないか、と心配した。

撮影現場に行ってみると、その二点とも、誠ちゃん独特の人柄で、スムーズに運ばせていた。

加賀まりこが、

「ひょっとしたら、これ、いい映画になるわよ。そんな気がする」

といった。私は彼女の直感力も、日頃から信頼している。

仕上った映画を見て、誠ちゃんというのはすごい男だな、と改めて思った。あんなにアクの強い、映像になりにくい材料を映画にして、まったく誠ちゃんのペースの作品にしていたからだ。

もちろん、私と和田誠の個性の相違はある。年齢も肌合いもちがう。それは当然のことで、映画の肌合いが原作と等しくないのも当然だ。むしろ誠ちゃんが自分の肌合いの映画にしてい

たということが嬉しい。私がそういって握手したら、

「原作者としては妙なことをいうね。普通はそれと逆のことをいうんじゃないの」

と彼はいった。そうしてすぐにちょっと照れながらいった。

「いや、原作者からそういってもらって嬉しいよ」

私たちの第二の関心は、はたして客がどのくらい入るかということだった。映画が、かりに、女子供の見世物だとしたら、この映画など、ばくちというだけで女性は当てにできない。子供は戦後の風俗など知らないだろうと、完全に浮動票のみを当てにするしかない。

「この映画がどのくらい客を呼べるか、見物だな」

と吉行さんもいった。ところが封切第一日目、撮影所長から祝電が来て、大ヒットおめでとう、とある。活動屋らしい派手なやりかただなァ、と思ったが、まるきり当らなければ電報などよこさないだろう。カミさんが、テレビが映画館の前の人の列を写していた、といった。なんとかいうけれども角川春樹の勝負勘もたいしたものだ。彼でなければ、この原作、この監督に、投資しないだろう。

初日の午後、早くも製作スタッフが集まって祝賀会を開いた。私は壇上で、

「ただ、和田誠監督に拍手します」

と一言だけいったが、すぐにもう一言つけくわえるべきことがあると気がついた。

ゲスト監督を支えてくれたスタッフの皆さんに、誠ちゃんに代ってお礼を申し上げます。

はるみさんのこと

はるみさんは神秘的なひとである。

たとえば人魚姫とか、妖精キキモラとか、シンデレラとか、私たちの心の中にいつまでも年齢をとらないで姫のままでいる女性があるが、そういう稀有な存在の一人かもしれない。

あるとき、酒場で連れと話していて、談たまたま、はるみさんのことに触れた。

「面白いんですよ、この前、原宿を歩いていたらね――」

とその人は真実愉快そうに語った。

「山口はるみさんを見かけましてね。彼女、なんと八百屋に立ち寄って大根とキャベツを買ってたですよ。あのはるみさんが――」

「ウーン、なるほど」

と私も唸った。

「いつもの細身のズボンに、きらきらした銀ラメのセーターでさ。あの人はパーティでは銀ラメなんか着ないで、ふだん着着ているんだ」

そういえば、はるみさんは、男のずさんな眼にはいつも同じような印象を呈する恰好をしている。はるみスタイルというものが厳としてある。好みに厳しいのは職業柄当然であろう。しかし、着るものや身につけるものばかりでなく、選択が厳しいひとのようである。

はるみさんは生活者風な姿を人前にさらそうとしない。洗濯をしている彼女や、テレビに笑いこけている彼女は我々の想像の中にない。不謹慎で意地悪ないいかたであるが、はるみさんがウンコをしているところなど想像できないのみならず、トイレに行くなんて信じられない。

もう二年ほど前になるが、一度、はるみ家に参上する折があった。私の連作小説にイラストをつきあってもらっていたときで、原稿が毎月おくれて〆切ぎりぎりになるものだから、そのしわよせが彼女の方にいって、時間的余裕のない仕事をいつも強いられる。その謝罪かたがた、私のところから彼女の家に直行する編集嬢にくっついていったのである。それもあったが、気楽によもやま話ができてしかも内容の濃い時間をすごせる女友達として、私ははるみさんに憧れていたのである。

原宿のマンションの一室は、やはり彼女流に統一されていて、少しもすきがなかった。モダンでサイケデリックな家具とその配置、流れている現代風の音楽。そこにあるのは彼女の理念や意識であり、生身の身体は隅に押しこめているように見えた。

その夜、私ははるみさんの笑顔と接待に充分満足したが、気楽というわけにはいかなかったように思う。帰る道々、ああ、女っぽいひとだな、と思った。それからまた、強いひとだな、とも思った。

多分、彼女はいろいろのものを必死で拒否しつつ、女性の立場からその存在を（乃至は美を）間断なく主張しているのであろう。そこが趣味の段階を超えて神秘的にすら見えるゆえんなのであろう。


しかしまた、はるみさんは笑顔のひとでもある。

彼女はいつも笑顔を絶やさない。それで最初にうっかりと、気楽によもやま話ができそうだ、というふうに感じてしまったのだが、考えてみると私は非常に人見知りをする男で、好感を持つほどに気楽にはならなくなってしまうのである。

これまで、尊敬し、信じ、親密になっている人たちと、そういう人であればあるほど、私は深く話しこめなくなってしまう。本来無口な私が饒舌になるのは、誤解をおそれて、或はなんとかコミュニケーションをとろうとして大童《おおわらわ》になる相手の場合で、そうでなければしゃべる必要などない。かえって、言葉を発することで、説明すればするほど本来のイメージとどこか喰いちがってくるおそれがある。だから黙っている方がいい。

はるみさんは誰にでも笑顔を向けるが、気のせいか私を見ると笑顔だけでなく、いつも眼を和ませてくれる。私にとってはそれで充分なので、ほとんど深い話をしたことはない。なにかの会で、ふと姿を見かけると、親戚のような、幼馴染がそこに居たような気分になる。

麻雀をするときだけは、丁々発止とわたりあうこともあるが、しかし、はるみさんはいつも恥じらっている。

たいがいの人は大きな手ができると、意気ごんであがるが、はるみさんは、自分があがるときに高声など発したことがない。

「ああ、それなんですけれど——」

両手でゆっくり牌を倒して、すまなそうに、しかし嬉しそうに、あがる。他人と同じように大根やキャベツを買っているのであるが、しかしそれを買うのは本意ではないのである。できれば、いやむしろ、大根やキャベツを買わずにすごしたい。

にもかかわらず、はるみさんはゲームにも熱心だし、仕事にも、多分八百屋や魚屋でも、慎重に誠実に対しているだろう。パーティではるみさんがマイクの前で唄うのをきいたが、依然恥じらいの気配を含みながら、堂々と、熱っぽい歌唱であった。

強いひとだが、恥じらう。このうえなく優しいが、がんばり屋である。

そういう二律背反は、むしろ人間らしい当然のことで、いわば奥行である。

最後に一言、ひょっとすると意地悪にとられかねないいいかたであるが、はるみさんはナルシストだと思う。私もナルシストである。フリーで仕事をしている者は大なり小なりナルシストなのであって、彼女の二律背反をひとつの形に統一しているものはナルシズムだと思うのだが、このタイプの特長は、バランス人間であることだ。

いかなることにも乱れない。乱れることを必死で防ぐ。そのためならいかなる努力でもする。笑顔がその表看板である。

私はナルシストとしてのはるみさんを、すばらしいひとだと思う。私は自分がナルシストだから、ナルシズムをこの世で最上のものとは考えていない。そういう生き方は疲れるし、苦しい。はるみさんはがんばり屋だが、彼女に向ける私の笑顔の内訳は、そのがんばりに対する労りがこめられている。

正体不明の大入道

篠原勝之『嵐の中をアカ犬が走る』

はじめて会ったのは、たしか、敬愛する深沢七郎先輩のラブミー牧場の忘年会だったと思う。十人足らずの集まりだったが、主催者が深沢さんだから、まことに怪人物の集まりで、誰ひとり、彼の本業はこうだと明瞭にわかる人物は居なかった。人間はただ本名というレッテルをはられた綜合的生き物であるべきなのであって、私にしたって、このところ小説書きという恰好でメシを喰っているが、いつなんどき別の恰好に移り変るかもしれない。またその余地を残すために、小説書き一色でかたまらないように、平素から馬鹿げたことや、そう馬鹿げてもいないことを、しゃべったり行動したりしている。

職業などは、食事の折りに使う箸のように便宜上の小道具であればいい。そうではあるけれど、やっぱり誰しも日常にたえず左右されるから、なにがしかの職業的特長ができてしまう。

クマさんこと篠原勝之は、怪人たちの中にあってなお見事に、正体不明だった。

絵描きだ、という人が居る。いや、文章も書いていて、近頃は絵の方はあまり描いてないんじゃないか、という人も居る。

唐十郎のところの役者たちとよく群れて歩いてるから、舞台にも出てるのかもしれん、とか、坊主の出じゃないか、という人も居る。

唐手の世界の人で、あれと喧嘩しちゃいかん、とか、ヒッピーのボスだ、という人も居る。で、結局、そもそもは何だかわからない。そういう人物が、今、すくなくなった。職業という枠の中で、皆、身動きがとれない。

深沢家にそのとき集まった人々は、たとえ身幅《みはば》の中であっても、なんとか少しばかりの隙間をみつけだして、ごそごそ身動きをしようとしている感じだった。大火鉢に赤々と炭火が起き、卓にドカンとおかれた生肉の大塊りをてんでにナイフで切って、炭火にあぶって喰う。それで肉汁のよだれを流しながら、べとべとに化粧し女になって踊り狂う。

水滸伝でもそうだし、真田十勇士のような豪傑譚では必らず、陽気で豪快な大坊主が出てくるけれども、まるであつらえたように篠原勝之がそうだった。

それから東京で、深夜酔っぱらっていると彼とチョイチョイ顔を合わせる。いつも四五人の集団の中に居て、花和尚魯智深《かおしょうろちしん》か三好清海入道のような役どころをきっちりと演じ、笑いの渦の中心になっている。けれども、どこでどうやって暮しているのか、あいかわらず生活の臭みをほとんど現わさない。

あんまり金持ちでないことだけはわかるけれど、よく見ると、彼らしい贅沢をやっているようだ。

バス・クラリネットのケースを愛《いと》しそうに撫でながら、クタクタの浴衣で酒を呑んでいるのを見かけたことがある。あのバスクラは本書を読むと七十万もしたそうだが、CM出演で得たキャッシュを握って、やむにやまれぬ表情で楽器店に入っていく彼を想像するとほほえましくなる。

シャリと同じ厚さのまぐろの寿司を註文したり、ふっと白黒コンビの靴を手にいれたくなったり、インヴァネスが欲しくなったり、そういう贅沢がヴィヴィッドに感じられるのは、その背景に相当に禁欲的な、というか、卑俗な出銭をみずから切り捨てる日常があるからであろう。

私なども以前はこうであった。そのうち年齢を喰ってきたせいもあって、人並みなところにばかり金を使う。その結果、生活のがらくたが殻のように溜り、しまりのないたれながしのような日常になってしまう。

蒸し暑い日に、猫の額ほどの庭にゴザを敷き、麦茶の水筒と煙草をおき、腹這いになって、地面を間近に見てボーッとしている。

いいなァ、と思う。

うまく焼けたレバーステーキを、切り出しナイフを使って夕飯を喰う。と書いてあると、あのクマさんが三度三度そんなことをやるわけはないから、一日一度の食事を腹一杯喰ったあとの、一人暮しの静寂さを思い浮かべてしまう。

シティーストーリィといっても、全体が木綿の手ざわりで、ひとり者の気散じ的傾向の小さな話が並んでいるにすぎないのだが、それがなんだか愛しげに、哀しげに、じっとりとした存在感をともなって迫ってくる。

私どものたれながしの日常とはどうもちがう。今、こういうものが書ける作者は、類いまれな健康と、存外に強靭な意志と、打たれ強い楽天性と、そうしたものをたっぷり駆使して自分を守っていけるからであろう。


そういえば昨年、ある人のお招きで私の遊び仲間が大阪のホテルのロビーに集合したことがある。黒鉄ヒロシ、井上陽水、長友啓典、矢野誠一、三田純市、ｅｔｃ。その中に篠原クマさんも居た。

あの巨体を埃色の単衣《ひとえ》に包み、駒下駄を突っかけて、荷物らしい荷物も持っていなかったが、バリ島にふらりと行って、そこから大阪に直行してきたのだという。

バスクラを買うときのように、やむにやまれぬ表情でバリ島に行ってきちゃったのであろうが、着流しで海外に出かけてしまうところが彼らしい。その夜、天神祭りに招待されていたのだが祭りを見るどころか、ものすごい豪雨で、その雨の中を濡れねずみになって徘徊した。クマさんの着衣が、べっとり身体に巻きついている。

「なァに、戦争中のことを思えば、焼夷弾が降らないだけ、まだましさ――」

というようなことをいいながら、巷を歩き続け、やっとみつけたソバ屋に飛びこんで、全員、裸になって身体を乾かした。わざわざ大阪に濡れねずみになりにきたような仕末で、肝煎りはさかんに恐縮したが、クマさんの笑い声は、そういう屈託を吹き飛ばしてくれるに充分だった。

そうして繁華街で呑みまくったが、明け方近く、やっとホテルに戻ってうとうとしていると、別のホテルから電話があり、クマさんの声で、

「これからそっちの部屋に遊びに行きますから――」

朝の七時頃、クマさんと井上陽水がべろべろになって現われ、私のシングルルームの冷蔵庫のビールを呑んだ。大入道がクタクタの単衣に駒下駄という恰好で、朝のホテルを出入りしても、フロントは沈黙して眺めていたらしい。

だけれども、彼は只の豪傑ではないのである。親友の小林薫の結婚披露パーティでは、みずから司会者を買って出て、不器用きわまる、しかも誠実さのみなぎった司会をした。最後の手締めのとき、音頭取りははじめてだとかで、誰彼にやりかたをききながら、それでも大過なくこなした。たとえ失敗しても誰も笑わなかったろう。そういうときに木綿の手ざわりのような独特の人格が出る。

その夜、二次会で、いしだあゆみさんと差し向かいで、彼は長いことしゃべっていた。それでおそまきながら気づいたのだが、存外に、クマさんは美女と並んでよく似合う。

吉永小百合でも、山口百恵でも、エリザベス・テーラーでも、どんな美女でも、少しも位負けしない。そういう彼が、実にうらやましい。

異能の画家

有馬忠士《ただし》さんのことは、弟さんからたびたび話にきいていた。ある夜は、弟さんの家にあった作品数点を見せて貰い、その異様に結晶した迫力に打たれ、ご当人の生甲斐のためにも作品を世間に発表する手だてを考えることをすすめたことがある。私は自分が神経病に類する持病があるので、その閉ざされた苦しみをある程度知っている。それで忠士さんのこともいつも頭に残っていて、ときどき私の方からも弟さんに近況を訊ねたりしていた。そのうち、よい配偶者を得て病院を出たときき、ああ、よかったな、と思っていた。今度会わせますよ、会ってやってください、と弟さんがいったのはまだ昨年のことだ。その頃はもちろん、遠からず折があったら会えるものと思っていて、私自身、私たちの会見を軽く考えていた。

突然、訃報をきいて、まことに悔しい。私が画家でないため、彼の存在をうっすらと知りながら、直接何も力を貸せなかったのが今さらながら残念だ。もっとテキパキと、知人の画家なり、その世界の専門家にひきあわせていたら、忠士さんの生甲斐もあるいはふくらんで、生きる力が倍加していたかもしれない。作品の生命のみならず、この場合は作者の生命も閉ざされすぎてしまっていて、そのことに結果的に私も一役買ってしまった。ごめんなさい、忠士君。

亡くなったあと、弟さんの家に集合された彼のおおむねの作品を見せて貰った。それから、彼についての深い話をいろいろと弟さんからきいた。作品の評価は専門家の方にゆだねるが、私は私なりに、ひとつひとつの絵を眺めながら、生きている頃の忠士さんに会えたような気がしていた。けれども、こちらは語りかけることができるが、彼の方はもう沈黙したままで、身動きもしない。

その晩、異能ということについて、あれこれ考えた。いったいどんなふうにしてこの結晶が生まれてきたのだろうか。奇妙に静かで、図案的なところは、飾職という仕事に有能で熱中していたというから、その仕事の奥で身につけた技術乃至感性であったのかもしれない。けれどもそんなことはこの絵に関してごくごくうわっつらで卑小な受けとり方なのであろう。能力（だけでなく個性というようなものまで含めて）というものは、人間の積極的な力によって造られるだけでなく、不幸や不充足の条件が土台になって、少しでも意に沿う生き方をしたいというようなことが結集して力になってくる場合がある。人はそれを異能というけれども、実際はそうなるより他なくて、そうなっていくだけなのだ。

忠士さんの作品はまがうかたなく知の力でまとめられているけれど、その底に、やっぱり

（こういういい方はどうも概念で計るようないい方とまぎらわしくなって嫌だが）もろもろの不充足に支えられた異能を感じる。

私の場合、そこに喚起される。静かだけれど、その静けさが、忘れられない。忠士さんの不充足が（そこにはそれなりの喜悦に類した感情が混ざっていたとしても）どれほどうず高く積もっていたか、この結晶がその証拠のように思う。

私もほぼ同じで、これまで直接間接に自分の劣等意識にこだわることで仕事の原動力としてきた。忠士さんと友人になっていればよかったと思う。年齢もちがうし、彼が私を気に入るかどうかも疑わしいが、彼には一人でも友人が多い方がよかった。彼の絵がこれほど結晶するよりも、できたら、もういくらかでも、彼の不充足が解消する方が望ましかったとさえ思う。

忠士さんの絵をたくさん見せてもらった夜、はじめて彼の写真を何枚か見た。昔、若い頃にたくさん知っていた友人の誰彼を思い出した。私も彼等も、銭や健康の有無にかかわらず、なんだか寒々しく、世の中からハミ出しているようで、しかし、結局はつましく生きていた。

本物中の本物芸人

滝大作『パン猪狩の裏街道中膝栗毛』

今度、パン猪狩の聞書きが本になるよ、と聞いて、へぇえ、とぼくは唸った。今、このセチ辛すぎる時代に、パンさんのことを書く人がおり、出す出版社があるというだけで、なんともウレしい気分になる。

ねえ、ちょっと何か書いてよ、とパンさんに言われて、よォし、じゃァ隅っこにでもパン猪狩論を書くよ、と言ったものだが、やがてゲラが送られてきて、本文を一読し、部屋で一人で、滝大作さんに乾盃をした。実にどうも、奇優パン猪狩の全貌が見事に捕えられていて、これではぼくなどがつけ加えるべきことなど何もないのである。

で、パン猪狩論はやめます。本文の方を御味読ください。〝本物の〟市井のヴォードヴィリアンの風貌が浮かびあがるはずである。そこでぼくのこの小文の方は、なんということもない雑文でお茶をにごすことにする。いけないと言ったって、もうきめちゃった。

昔、どこで観たのかもう記憶がさだかでないが、あれは、敗戦直後のムーランルージュだったろうか。

舞台は小市民の家庭、登場人物たちが寝静まったあと、パンさんが泥棒の役で頬かむりして袖から出てくる。前後左右をうかがいつつ、抜き足差し足、それはそうなのだが、その泥棒が間断なく一人言を呟やいているのだ。本来だんまりをきめこまねばならないはずの泥棒が、出から引込みまでべちゃくちゃしゃべり続けで、ときには一人でげたげた笑い出したりするおかしさ、そして泥棒の自意識過剰からくる呟やきであると同時に、パンさん自身の呟やきにもなってしまうのがさらにおかしく、そのうえこちらまで、ああ、俺も内心じゃいつもああいうふうに呟やきながら行動しているな、と思わせるものがあって、ドッ、ドッ、と客席をわかせながら、哀しみもあり、実にどうも、独特の泥棒であった。むろん芝居の大筋とは無関係で、台本にも書いてないことなのだろう。アンサンブルの点ではどうかと思われるが、パン猪狩という名前をそのとき強く覚えた。戦争があまり烈しくならない頃に、金竜館のガマグチショーに出ていて顔は見覚えていたのだが、たしかそれが、七八年ぶりぐらいに見たパンさんだったと思う。

そのとき、これは怪優だけれども、劇団の中では御しにくいだろうな、と思った。金竜館の頃も、子供心に覚えているが、主役が中央でセリフをしゃべっているのに、ワキで勝手な捨てゼリフを言ったりしていた。役者というより、ヴォードヴィリアンであって、それだけに、日本の演劇機構の中では生かし方がむずかしいだろうな、と思った。

脇にいてはアンサンブルを乱す、といって大向うに見栄を切るような座長芸でもない。では個人芸かというと、それも少しちがう。後年もよく見せるパンさん独特のフラ（おかしみ）は、何かがあって、それに対応する（或いは対応できない）一人言だからだ。

モノローグの芸人というのは、日本では実に珍らしいので、客の側にもそれを理解する習慣がないから、なかなか成立がむずかしい。

外国の方だと、たとえば、ジャック・ベニー、彼は本質的にモノローグの芸人で、捨てゼリフが軸になっている。その類型がわりにいるはずだ。

そうだ、日本にも、寄席の方に、昔、扇遊がいた。彼は尺八を持って出てきて、尺八は吹かずに一人でぶつぶつ呟やいている。そういえばジャック・ベニーもヴァイオリンを持っていた。彼等は自分の内心以外のすべての物を楽器に象徴させ、楽器を相手役に見立てていたのだろうか。

パンさんが、次第に、パントマイムの方向に行ったのも、わかるような気がする。表の形でなく、自分の内心を絵にすることをやりはじめた。大衆芸は、最大公約数を絵にすることで、そのためにきっちりと基本もあるわけだが、内心というような個人的な、千差万別なものは表現しにくい。

だから、わかりにくいところが出てくる。

パンさんは、一人言は絶えまなく言うが、けっして説明しようとしない。たとえ客席が湧かなくても、そこだけは頑としてゆずらない。

「やっぱり、わかるってことが前提だがなァ――」

「わかったって、どうだってんだ。面白くなきゃしょうがねえや」

「わからなきゃ、面白くないな」

「全部わからなくていいの。ときどき、ひょいと感じて、共感してくれりゃいい」

いろいろご意見はあろう。けれどパンさんは、誰でもが持っている常識からこぼれおちる、常識のはざまみたいなところを絵にしたいのだ。

昔、面白いけど、いささか行儀のわるかったパンさんが、年令とともに、実に行儀のいい芸になった。パンさんの一人言は、今、何物の邪魔もしないで、風に舞うように客席にたゆたっている。滝さんも記しているが、パンさんの顔も、立派になった。本物の顔になってきた。だから、威厳がある。その威厳は、銭や肩書でできたものじゃない。無官の威厳だ。不思議な人だと思う。ぼくは往年のパンさんがこうなるとは予想しなかった。

近頃、ぼくはパンさんの蠟治療というのをやって貰っている。蠟の湿布はサウナに入ったように汗が出て気持がいい。けれど、それよりも、パンさんと一緒にいる一刻が楽しいのだ。

パンさんとしゃべっていると、ぼくの身体から力がどんどん抜けおちていって、自然体というか、風にさまよってふらふらしているような軽い気分になってしまうのだ。けれども、軽いといってもけっして軽薄なものじゃない。パンさんは、人生の責任を回避するようなギャグは言わない。意外に思う人もいるかもしれないが、根が本当に真摯な人で、七十になっても平気な顔で、なやみや苦しみを打ち明けてくる。

もともとパンさんの舞台での一人言も、なやみや淋しさに発したおかしみなのだ。値打もない自分という前提のもとに出てくる哀しみだ。

本文にもある切腹というパントマイム。

事情あって切腹した人物が、その最中に、事情も苦痛もいつのまにか乗り超えてしまって、自分の内臓を焼とりにして喰っちまう。

結局のところ、すべてが食欲というものになってしまうそのヴァイタリティ。今、若いコメディアンで、このネタを近代的にして演《や》る人がいるが、新らしくしたというだけで、パンさんの表白に及びもつかない。

ぼくはパンさんが大好きだ。

彼は本物の芸人だし、

それ以上に、いい人なんだ。

心が滲む歌　マーサ三宅『リメンバー』

初めてマーサ三宅の歌に接した時、彼女はゲイ・セプテットのバンド・シンガーだったが、今年で歌手生活三十周年と聞くから、丁度あの頃デビューして間もない頃だったろうか。丁度私も小雑誌の編集者をやめて、小説一本でなんとか喰い繋ぎ出した頃だった。すると彼女と私は、道こそ違え、ほぼ同期生ということになるが、私は下積みが長く、彼女は忽ち一家を成したから、今でもマーサと会うと、なんだか彼女が大先輩のような気がして私はいつも怖ず怖ずしてしまう。

約三十年前のあの頃はモダンの最盛期で、私はアメリカのレコードを聴くのに懸命だった。その所為《せい》もあって少しの間日本のバンドをあまり聴かなかった。所謂《いわゆる》軽音楽大会というものも横目で見送っていたが、ゲイ・セプテットには、私が子供の頃、詰まり戦時中から馴れ親しんだメンバーが多くいて、何かの折に懐かしくて聴きに行ったのだと思う。

マーサ三宅（当時は三宅光子だった）の名前は一遍で覚えた。一言で言えば日本にも根っ子のあるジャズ歌手が出てきたと思った。今よりももっと張った歌い方で、ビリー・ホリデイをもう少し白っぽくしたような感じだったが、決してコピーには思えなかった。何というか、他の歌手にない堂々としたものがあって、自分の歌唱力もだが、ジャズそのものを堅く信じているように見えた。

それから随分長いことマーサの歌を聴いている。彼女のフィーリングはかなり変わった。最初の十年程でも、どんどん変わっていったように思える。けれども器用に変えていくという感じは全くしない。変わるのは、その折々の彼女の信念というか歌への姿勢に由ってなので、詰まり軀全体で方向を変えて行くという感じである。だから、マーサは何時もマーサでこの位変わらない歌手も珍らしいという言い方もできよう。何処かの店でレコードが鳴っていても、彼女の歌は直ぐに分かる。

マーサの歌は楷書だと良く言われる。確かに落語の桂文楽が無器用だと言われるのと似た意味で、器用な歌手ではない。たぶん、勉強家、努力家なのであろう。一時、そういう気配が表面に現われていた頃があった。しかしその点も含めて、そこが彼女の歌の説得力にもなっている。

彼女の人格、彼女の心、彼女の気質、そうしたものがマーサの歌には何時も一杯滲み出ている。そこがマーサの歌の大きな聴き所だ。だから、仮に彼女が迷ったとして、その迷い方が面白い。変貌するとすればその変貌の軌跡も面白い。

日本という国は規範が乏しいかわりに、皆が自分の心に沿って生きているような所がある。そうして一人一人の微妙にバラバラな心を捕捉し合ってコミュニケーションをとっている。マーサの歌は、即ち彼女の微妙な心の表現なのでその点でとても日本的だし日本人に解り易いのだと思う。彼女の歌が広範囲の人々にアピールするのも当然であろう。

今日、日本で生まれ育ち、日本独特のプレイヤーが輩出してきて、日本のジャズもようやく主体性が出てきたと言われるけれど、マーサ三宅という歌手を見ていると、もうずっと以前から、ここにも日本独特のジャズが育っているのだな、と私は改めて思うのである。

このレコードについては大滝（譲司）さんの解説に任せるが、テープを聴いた感想を一言だけ。エラ・フィッツジェラルドに、バラードをストレートに歌い綴ったLPがあって、なかなかの名盤だが、それを思い出した。円熟したマーサが、ストレートにバラードを歌っている感じがとてもいい。マーサの数多いレコードの中でも私の好きな一枚になると思う。

ドン・アブニーはバラードの歌伴をやらせたら天下一品の人。レッド・ミッチェルは私の最も好きなベース。独特の重ったるい音が懐かしい。こういう何でもない、軽々としたプレイで、アメリカのヴェテランは何ともいい味を出す。

マーサ、三十周年に相応しいとてもいいレコードが出来て、良かったね。

ハピーなピアニスト　菅野邦彦

スガちんは妙な男である。妙な、というのは、妙《たえ》なる、ということと、奇妙なということが重なっている。ジャズピアニストとしては天才的で、ひと頃、大きなホールでコンサートをして客を呼べるピアニストは、彼か山下洋輔だった。

華麗でよく唄うピアノで、ノルとすごい。空気がグラグラ揺れるほどスイングする。しかし神経質だからほんの少しの気分的動揺で演奏にムラがある。だからスガちんを聴くのは、リラックスしたときのクラブ演奏がいい。

今度、六本木に自分の店を開いた。彼自身がアメリカに行ってボールドウィンのピアノを買い求め、ＰＡ（音響装置）を使わず、完全にアコースティックな音を聴かせている。なんとかこの店を成功させたい。

スガちんのピアノはハピーなところが生命である。人柄もすごくハピーで、日本の霊柩車をニューヨークに持っていって、自家用車に使おうとしたり、南米の山奥に金を発掘しに行こうといったり、ハピーすぎてついていきにくい。たぶん彼は、彼の中のイメージを現実生活でも出したくてしようがないのだろう。

陽水の唄

命から二番目に大事な歌（番外篇）

ごめんなさい。今、我が家は引越しの最中なのです。本も、レコードも、ヴィデオも、全部箱づめになっております。本は千冊ほど、涙を呑んで捨てましたが、まだダンボールに五十箱以上あります。

小説書きは、学者や研究家とちがって、いつどんなことで何が必要になるかわからないので、雑本の類もなかなか捨てられない。それでダンボールでごった返して、移った先でも荷ほどきや整理が大変です。そのうえ、私は、家を追い出されてホテルで各社の原稿を書いているのです。

いつも、他の原稿の間に入れて、なんとかまにあわせているのですが、前の原稿の頭が残ってしまって、すっとジャズの頭になりません。そこで、なんでもよろしい、手当り次第にジャズやヴォーカルのレコードをかけて、その気分をとり戻すのですが、今、そういうわけにいきません。

この原稿（「レコード・コレクターズ」の連載）は、なるべく調べたりしないで記憶のままに記そうとしているのですが、近頃はもう度忘れがひどくなって、調べるもなにも、人名や曲名が、すっと出てこない。まわりにレコードも本も何もないのでは（そのうえ一日で仕上げなければ時間がありません）、いつものような調子にいきません。

そこで、申しわけありませんが、今回は番外篇として、自然に頭に浮かびあがってきたことだけを、わがままに記します。以上、せっぱつまったところをご諒解ください。

井上陽水の人気が、ふたたび浮上してきたようである。

陽水とは、もう親戚づきあいのような友人だが、私はまだ一度も彼のコンサートに行ったことがない。稀に、テレビで中継することもあったようだが、これもかけちがって見ていない。どうせ来てくれないんでしょう、と彼は笑いながら、律義に切符をくれる。こちらは、毎度、行ってみようと思っている。ただ、宿命のように、仕事の手が放せなかったり、重要な用事ができてしまったりするのである。

この前、大阪で彼のコンサートがある日に、私も用事で大阪に居た。その用事というのが、なんと彼のコンサートの時間とまったくダブっているのである。私は、開幕前の楽屋に寄って、こういうとき、出演者の気持を乱してはいけないことを知りながら、楽屋のビールを呑んで気焔をあげ、開幕のベルが鳴ると同時にホールを出て、自分の用事に走った。そうして、用事の終った私と、コンサートを終えた陽水夫妻とで、その夜また会って、深更まで呑んだ。

そのかわり（というのは変だが）麻雀をしたり、酒を呑んだり、朝までしゃべりあったり、ということの頻度では誰にも劣らない。

以前は、私、8ビート、16ビートの良さというものがわからなかった。エレキ・ギターがうるさくてかなわない。ロック・ドラムのボトン、ボトン、という音も、どうも面白くない。

内田裕也が、私と陽水が連れ立って呑んでいるのを見て怒ったことがある。

「阿佐田さん（私の別名）、フォークは聴くのに、ロックは聴かないのか」

毎年大晦日に、裕也がプロデュースするロック大会が徹夜で開かれる。彼はいつも、来い来いというが、これもまだ一度も行ってない。大晦日の夜半というのは、どうしても他の遊びに誘われてしまう。

裕也はひがむが、私はロックのみならず、フォークだって聴きに行ったことがない。

ところが、最近になって、すこゥし、ロックのよさを感じるようになってきた。ま、要するに私の喰わず嫌いであって、いい物は何だっていいのだろうけれども。

エルヴィス・プレスリー、これの初期の頃のを聴いて、やはりよかった。説得力がある。今頃こんなことを記して、笑うお方が多いと思うが、事実なんだからしようがない。

ええと、それで井上陽水だけれども、コンサートで聴いたことはないが、ＬＰでは聴いているし、酒を呑む場所で、ときおり興に乗って歌う彼を眺めていることもある。

陽水とはじめて会ったのは、たしか箱根で、私は小沢昭一たちといつも行く旅館で麻雀をやっていた。その晩、箱根の別の旅館で五木寛之と陽水が雑誌の対談をやっており、私たちが溜っているのを知っている五木が、陽水を連れてやってきたのだと思う。

そんなことで麻雀友だちになったが、当初の頃の印象を一言で記すと、折り目正しい青年という感じだった。わりに寡黙で、にこにこしていて、私たち年長者をたてているように見える。しかし、普通の青年ではなくて、私など手の届かない収入と人気を持つフォークの星なのだから、折り目正しさというものにも威力がある。

当時の彼はまだ三十になっていなかったと思うけれど、だんだん接する機会も重なり、レコードで彼の唄をきいたりしているうちに、私は彼にとても興味を持つようになった。

井上陽水は、もちろん折り目正しさだけの青年ではなかった。彼は自分の五感を軸にしてとても感度のいいアンテナを張っていて、外の万象のわずかな揺れまでもキャッチしようとしているかのようだった。そうして同時に、そのアンテナは自分の内心の方にも張りめぐらされていて、彼の中でいろいろ内向しているものを捕え逃がすまいとしているようでもあった。にこにこしながら、いつも眼や耳を澄ましている。

どうかした拍子に童心をあらわにし、中学生のような顔つきになる。それからまた、物事（たとえば勝負事など）が自分の思うように運ばなくても、苦役を堪えている表情でまたそのことを楽しんでいるような顔つきもする。けれどもそれ等は適当に抑制されていて、折り目正しいペースにもなっている。

内外に向かったアンテナを駆使して（であろう）ヴィヴィッドな詞を作り、曲を作る。

しかし、なかんずく私が興味を持ったのは、彼の音楽的能力だった。非常に端的にいうと、高いキーでよく伸びる、あの声だ。

彼独特の、というか、常人には真似のできない天与の才能で、しかもそれは、固形物のように非常にはっきりしている。

普通、才能というものは、もっとあいまいなものなのだ。たとえば私など、小説書きの末席を汚しているが、才能があるのやらないのやら、自分でついぞたしかめられない。だから努力したり、じたばたしたりして、才能ふうのものを造成しようと務めるのだ。

世の中の人の大多数は、天才ではなくて、努力したり運に助けられたりして、小説家ふうになったり、サラリーマンふうになったりするのだ。

ところが、井上陽水は、掌をそこに伸ばせばコトリとつかめるような才能を、たしかに持っている。そのことはもちろん自分でもよく知っているだろう。

彼はあるとき、無駄話の中でこんなことをいったことがある。

「俺ね、十日間ぐらい、うんうんいって詞や曲をつくってね、それでLP一枚つくると、一年喰えちゃうんだよ」

「なるほど――」

「だから困っちゃうんだよねぇ。あと三百五十日くらい、なんにもやることがなくて」

誤解しないでください。陽水はけっして、奢《おご》りでこんなことをいっているのではない。十日ぐらい、というのは言葉の勢いで、実際はもう少し長くかかるだろうし、新曲がＬＰにおさまると、全国縦断コンサートなどしているから、一年を十日ですごすいい男、でもないけれど、すくなくとも私が知ってからの陽水は、一年に新作ＬＰ一枚、というのが仕事のペースである。

それで、あいかわらず私などのおよばない高額所得があるのだ。

だから困っちゃうんだよねぇ、という苦笑まじりのいいかたが、存外、彼の実感なのではあるまいか。

井上陽水の父親は北九州で歯科医院を開業しており、陽水もその方向の大学をめざしたのだが、望みを達しなかったのだという。それ以前、年少の頃の陽水は、どちらかといえばぱっとしない部類の少年だったのではあるまいか。今でも、彼の表情や行動の端々になんとなく劣等感の影のようなものが残っている。第一、感度がいいということは、スーパーマンの体質ではない証拠だ。

けれども、陽水が一転して、自分の突出した高いキーのところで勝負すると、たちまち成功してしまう。

普通人では、一年に十日ほど働いて、彼の収入などはとても得られない。

しかも、彼は感度がいいから、高いキーという一点をのぞくと、普通の人間にすぎないということを知っている。

私が、もし、陽水のようなはっきりとした才能の持ち主だとしたら、やっぱりとまどうだろうなァ。

彼の高いキーは孫悟空の如意棒みたいなもので、欲しいものは手に入るし、なやみごとも解消させるような力がある。もちろん、全能の高笑いも洩らしただろうが、それとともに一種のひけ目のようなものも感じてしまうところが陽水の好もしさである。

普通人なら、世の中で一人前になるまでにいろいろの難所を通らなければならないのに、自分は如意棒をふるって一気に突破してしまった。そのために、普通人が身につけているものが、自分には欠けているのではないか。もちろん私の想像だけれども、そういう〝ひけ目〟である。

それで、歌を唄っていないときの陽水は、なんだかおずおずしている。誰にということでなく、自分におずおずしている。べつのいいかたでいうと、常に一歩身をひいて、普通人のありかたを眺めているようなところがある。勉強しているといってもいい。

それが、私たちには、折り目正しさに見える。或いはまた、いろんなものを内向させているように見える。

事実、彼は九州っぽらしく折り目正しいし、内向型でもあるが。

映画監督の長谷川和彦が酔っぱらって、巡査にからもうとした。陽水が伴《っ》れで、彼は非常に渋い表情をしながらも、その場を去らなかったそうだ。陽水ならば、鬱屈したら例の如意棒をふるえばいい。巡査に鬱屈はぶつけるまい。けれども陽水は、自分のそういうところを恥じるところがある。

陽水は、天与の能力に恵まれている自分を意識すればするほど、天才の生き方に没入できない。一方また、普通人の生き方とも喰いちがってしまう自分を意識してとまどってしまう。心情的に、鳥にもなれない、獣にもなれない。そこのところでヒリヒリしている陽水が実にいい。

彼は十代の頃、試みに酒を呑んでみて、悪酔いをし、それ以来自分は酒を呑めないと規定してしまったらしい。

ところが三十歳をすぎて、ある夜、黒鉄ヒロシや私などと呑んでみたら、実に気分よく酔えたのである。

それで翌日も呑んでみた。その翌日も呑んだ。呆れたことに、ウィスキーでござれ、ジンでござれ、ウォッカでござれ、なんでもガボガボいけたのである。

その頃、タモリと対談をして、その席上で陽水は酒が呑めぬからとことわり、ジュース専一にやっていた。

それから一週間後、酒を呑み出した陽水がべろべろになっているときに、タモリと出っ喰わして、タモリをひどく驚かせた。

いっとき、夜になると陽水は黒鉄ヒロシと誘い合わせて仲よく呑んでいたものだ。また黒鉄ヒロシという男が、小悪魔のように呑んで楽しい男で、陽水をあちこちひっぱりまわす。

改めて気がついたが、酒を呑めないと思っていた陽水は、ついぞ夜の街に遊びに出かけたことのない男だったらしい。ほとんど未成年者が新しい歓楽を知ったように、楽しげだった。

もっともこのときも、やっぱり一歩ひいて酒呑みたちを眺めているというか、勉強しているようなところがあった。

大勢で酒場に行く。度胸のいい誰彼が、陽水の前で臆面もなく唄う。折り目正しくしていた陽水がおしまいにかつぎ出されて、ギターを持たされ、一曲唄うと、店じゅうがしいんとなって、感動の拍手がまきおこる。そういう場面を何度も見た。

もっともその拍手は、まだ軽い。人々は、曖昧な能力ふうのものは存外に尊ぶが、唄のようなわかりやすいものは、誰でも練磨次第で唄えると思っている。唄は、本物と贋物《にせもの》のちがいが白と黒のようにはっきり現われるジャンルの一つで、おそろしいばかりだ。そうして、この管理社会の中では特に、天与の能力に恵まれた者は、恵まれなさすぎる者と対照的な生きにくさを味わうはずだ。

大阪では面白かった。行きずりに六七人で入った店のマダムは、歌謡曲にはくわしかったが、井上陽水について（名は知っていたが）あまりくわしくなかった。

私たちの懇請で、夫人の石川セリが唄い、陽水も一曲唄った。

「もっと明かるい曲やってよ――」

と酔ったマダムが叫んだ。

「ねえ、手拍子で唄えるようなレパートリィないの？」

陽水はニヤニヤしながら立ち往生した。

あとで誰かに、こういったという。

「俺、呑み屋で受けるような曲がないから、駄目だな」

そういうことをまんざら冗談でなくいう陽水が面白い。

私は、交際したての頃、彼のヴィヴィッドな感性と、内向している眼に見えない重さのようなものを感じて、

「一度、散文（小説も含めて）を書いてみたら」

と軽く水を向けたことがある。陽水もその気がまったく無いのでもなさそうで、

「いずれ、勉強してみます。急がずにね」

といった。

けれどもその後、彼の表現は、今のところ、やっぱり作詞や作曲に向いているのではないかと思うようになった。

彼はあらゆるものを確かに感じ受けとめながら、鳥でも獣でもないような自分にとどまってもおり、で、彼流のポーズや美学でひねったり練り固めたりしなければならない。

彼の詞も曲も、とまどいと、逆の気負いとが混ざり合い、屈折した自己主張になって、ヴィヴィッドな緊張感をうんでいる。

陽水は、ステージでは実に颯爽としているという。如意棒をふるっているのだから当然だが、その背後の深いとまどいが、これが貴重で、ただの天才歌手にとどまらない厚みをうんでいると思う。

V

映画病

子供の頃から、自分の家に映画会社のように映画のフィルムがあればいいな、と夢見ていた。そうすれば、自分が好きなときに見られるだけでなく、番組を作って他人にも見せてあげられる。土曜の夜に毎週映画パーティをやる。そのつもりでノートに架空の番組を記しつけたりした。

街の映画館は必ずしも魅力的な番組とは限らない。私がやれば（すくなくとも私自身に）魅力的な番組を作りたい。しかし現実に番組を作るとなるといろいろな事情があって百%楽しんで貰える番組になるかどうかわからない。そのかねあいが、なかなかにコクがある。

私が街の娯楽に興味を持ちだしたのは小学校の二年生の頃で、その頃学校で、大人になったら何になるか、と教師に問われて、寄席の席亭、と答え、叱られた。しかしその発想も映画館と同質で、不特定多数の観客の楽しみに自分が参与したいというものだった。

けれども、もちろん、本気でその実現を目ざしていたわけではない。寄席はともかく、好きなフィルムをたくさん自分の家におくなどということは、現実に考えられなかった。

成人して、十六ミリや八ミリのあることを知った。私の友人でも十六ミリの映写機やフィルムを集めだした人があったが、たくさんのフィルムを抱えるとなると、まだ夢の範疇だった。それがヴィデオテープというものができて、まんざら夢でもなくなった。

カミさんは映画に人並み以上の好奇心を抱いてないし、私の大望を知らないから、頭から反対するけれど、その油断をみすまして、まずハードを購入した。そうして（当時は日本映画はほとんど発売されていなかったから）まずアメリカのヴィデオ屋さんのソフトのカタログをとり寄せた。私の子供の頃の夢どおりに、新旧のソフトが、たくさん揃っている。むろんノースーパーなので、手はじめに筋のわかりやすいミュージカルと喜劇を集めた。それからジャズやショーのソフトも。

そのコレクションがいくらか恰好になった頃、日本国内でもスーパー入りのソフトがたくさん発売されだした。すると、ノースーパーで持っている作品も、スーパー入りで買い直したくなる。ヴィデオテープは（特に湿気の多い日本では）永久保存がきかないので、ディスクでまた買い直す。そのうえに種類をたくさん揃えたいから、いくら金があっても足りない。

カミさんが苦い顔をする。こんなものでお金を使わなければ、立派な家が一軒買えたのに。

しかし世の中には宝石集めが趣味の人も居る。同じ映画でも十六ミリとなると一本何十万もするのもある。貧乏人の道楽の範囲でよかったじゃないか。

それでときどき、知人を集めて映画パーティを開く。子供のときの夢が実現したわけだが、番組は自分で作らない。来客の希望に従う。映画のパーティはむずかしいもので、好みの似た人たちを集めなければならないし、それはもう観た、という人があると、一方でリクエストがあってもやめなければならない。小人数の方がいいのだが、そうすると毎夜のように開くことになってしまうから、つい一度にまとめてしまう。

私はふだんは雑仕事があって、ほとんど観る機会がない。来客のときに一緒に観ようとするが、リクエストが片寄るから、同じ映画を十回以上見ていたりする。それでもいいので、いろいろな人たちがさまざまな反応をするのを眺めていて嬉しい。

近頃は、病膏肓《こうこう》に入《い》って、市販されていないものを、コレクターに頼みこんでダビングして貰うことに精を出している。コレクターに二種類あり、他人に見せたがる人と、自分だけで持っていたい人とあるが、近頃、ダビングが簡単にできるようになってから、ほとんどのコレクターが隠すようになった。一度ダビングを許すと、たちまちそれが広まって市場に出てしまう。だから他人のコレクションはくわしく知っているが、自分のところには無いという人が多い。それを三拝九拝して、商売には使わない、ダビングも二度としない、と誓ってなんとか貰い受けるのである。

不思議なもので、市場には無いとされている作品が、コレクターの間ではまだかなりある。

めったに見かけない作品が手に入ると、嬉しく安らかな気持でなかなか寐つかれない。そのくせ、なんだかもったいないような気持で軽々とは観られない。客が来たときに、希望があれば一緒に観ようと思う。そういう作品が山積みしている。私はもう、自分が観ることなんかどうでもよくなってしまっている。ただ、集めたい。買いとってしまえば、それでもう安心する。これがコレクターの気持だろうか。

私の家に来て、棚のものを眺めて、B級作品まで混じってるのが嬉しいね、という人が居る。趣味が分裂していて目茶苦茶だね、という人も居る。私としては、大望をおこして、歴史上の全映画を集めたい、と思っているのだから、病気もここまでくると救いがない。

ヴィデオ狂い

近頃はヴィデオテープ、レーザーディスクといったようなものができて、映画でもなんでも個人の家庭でコレクションができるようになった。私のような者にとってはまさに夢のようなことである。

子供のとき、たくさんの映画を自分の家において、好きなときに眺め、友人たちに見せることができたらなァ、とよく夢想したものだが、それが現実にできるようになったのである。私の子供の頃は、映画が娯楽の代表だった。したがって私も、周囲の眼を盗んではたくさんの映画を観た。

映画ファンにも二つのタイプがあって、自分が映画を観るのが好きという者と、そのうえに、他人にその映画を見せて面白さをわかちあいたいという者とがあるようだ。後者が結局は製作する側に廻るのであろうが、なかには製作側に廻らずに、しかし人を楽しませたくてしかたがないという人が居る。

Y君がそうだった。二十代の頃の上京したばかりのY君は、職業も定着していなかったが、心から人を楽しませたいと思っていて、そのくせ自分にその力がないことを哀しんでいた。

面白そうな映画や芝居があると、自分はもうちゃんと観ていて、人を誘ってはまた行くのである。彼と並んで観ていると、ときどきこちらをチラリと見て私がどのくらい楽しんでいるかを探ろうとする。スクリーンよりも彼の関心は、私の楽しみ方を探ることにあって、面白かったよ、というと心から嬉しそうな顔をした。Y君が今生きていればなァ、と思う。

私もどちらかといえばY君のタイプに近くて、人に観てもらうことが好きだ。なけなしの金をはたいて、昔の映画を集めてきては棚に飾っておく。病膏肓に入って、市場に出廻っていない作品をさんざん苦労して集めるという本格的コレクターの真似もしはじめた。

それでなかなか観るひまがない。来客のリクエストに応じて一緒に観たりするが、リクエストというものはどうしても片寄るから、何度でも同じ映画ばかり観ることになる。しかしそれもY君ふうに苦にならない。

映画の棚を見て、

「おや、封を切ってないものがたくさんありますね」

「ええ、集めるのが精一杯で、とても観るまでの余裕がありません」

というと人は笑うが、実際そんなふうな気持ちなのである。

私は、戦時中のさまざまな制約の中で育ってきたので、その時代に生きながら、どこかにあるはずの自由な空気を吸いそこなってすごした。またひとつ前の、平和な頃に花を咲かせた文化の匂いに憧れてもいた。中学生の頃、古本屋で古い雑誌を買い求めては、そうした匂いをためつすがめつ眺めていたことがある。

その頃、禁断の木の実に見えて、ただ匂いを嗅ぐだけだった古い映画のコピーが、自分の物になって手元にある。それだけでもう、あだやおろそかにできない気分になる。閑がすくないせいもあるが、それ以上に、無造作に観てしまうことなどできかねる。

仕事の合間に、ヴィデオ類が積みあげてある部屋に入って、眺めわたす。それだけで充分なので、自分が生きることが叶わなかった時代が、掌の中にあるような気分になる。

したがって私の関心は、当今の映画にはあまり向けられない。古ければ古いものほどよろしい。そうしていうところの名画でなくてもいっこうにかまわない。

私の棚を見廻して、

「君は、趣味が分裂してるね」

といった友人があるけれど、そういわれたって平気である。むろん叶わぬ夢だけれども、これまで発表された全映画を集めてみたいと思う。

最近は実にたくさんの本数が市販されていて、購入がまにあわないようになった。カミさんはヴィデオの棚を見るとイヤな顔をする。そうして来客の誰彼に、私が死んだらコレクションをいくらでひきとってくれるかと訊いてまわる。

しかし残念ながらフィルムとちがって、ヴィデオテープは値が出ないだろう。廃盤にならない限りいくらでも市場にあるし、第一、湿気の強い日本では特に保存がきかない。そういう点では実にはかない物だ。

私自身もときどき、空虚な思いに駆られることがある。年をとって仕事ができなくなったら、毎日この古い時代の花を手にとって端から一本ずつ、丹念に眺めて暮らそう、などと考えたりするが、私はすでに年をとっていて、余生いくばくもないはずなのである。

それでも、たとえば〝制服の処女〟を、〝グランド・ホテル〟を、〝たそがれの維納《ウィーン》〟を、〝丹下左膳〟を手にして愛《め》でている。すると、映画〝シャイニング〟のラストに現れた古い写真の中のお化けのように自分がなっているのを感じる。

ヴォードヴィル映画とジャズ

ジャズとの出会い

べつに自慢で記すわけではないが、私は学校に馴染まなかったので、そのぶん、他のものとの馴染みが早い。

小学校の四五年生の頃すでに私は大人の映画ファンそこのけで、欧米の脇役までほとんど知っていたし、スタッフの方にもくわしかった。二本立三本立で、手当り次第に見てしまう。昭和十年代（一九四〇年前後）の話である。

それでも子供だから、一番好きだったのが喜劇、それからミュージカル、ギャング物、という順だった。当時はヴォードヴィル映画がさかんで、楽天的な芸人たちにまじってミュージシャンも出てくる。

だからジャズとの出会いといっても、ヴォードヴィルと一緒くたにして眺めていたわけである。当時タップがさかんで、ビル・ロビンスンやバディ・イブセン、軽業タップのニコラス・

ブラザース。それから奇優ウォルター・カットレットやマーサ・レイ。彼等は皆ジャズのイデオムを持っていた。

ミルス・ブラザースやインクスポッツもよく出てきた。大体において黒人が好きで、キャブ・キャロウェイ、テッド・ルイスなどの楽団もヴォードヴィル風で、喧騒の中に哀れがあった。キャブ・キャロウェイは、なんとまだ健在だ。

ファッツ・ウォーラーは大のごひいきだった。彼の唄う、「ひとり者のラヴレター」をおぼえて銭湯に行っては唄った。もちろん英語がわからないからメロディだけである。サッチモの「ミス・ニューオリンズ」やキャブ・キャロウェイで聴いた「聖ジェイムズ病院」なんてのも。

しかし、ファッツ・ウォーラーは何という映画で見たのか覚えがない。当時、ニュース映画専門館でアメリカ製短篇ショー映画をほとんど毎週上映していた。多分、そういう映画でだったと思う。

ところが日米開戦になって、映画はもちろん、敵性音楽追放でジャズは街でも聴けなくなった。そうなるとこちらも意地で、レコード屋の隅に山と積まれたジャズ・レコードを一枚十銭ぐらいの捨値でたくさん買ってくる。そうして近所にきこえないように小さい音でかける。その頃は私も中学生だった。

けれども、映画で実景に近い物に馴染んでいて、プレイヤーの個性もわかっていたから楽しめたので、最初からレコードだったらはたしてどのくらい好きになれたろうか。

一方、日本のジャズ・ミュージシャンたちが転向して、表側だけ戦時色風な色を出してやっていたのを、映画館のアトラクションなどでよく見た。田中和男、南里《なんり》文雄、R・コンデ、渡辺弘、などが集まっていた松竹軽音楽団などなつかしい。

そして空襲期。私たちもご多分に洩れず焼夷弾に追われてひどい目に会ったが、頭上の爆撃機B29に、私が愛したファッツ・ウォーラーやキャブ・キャロウェイが乗っているかもしれないと思ったりした。どうしてか、ひどい目に会うことと、彼等を愛していることは私の場合そう矛盾に思わなかった。これが戦争なのだと思っていた。

ずっと後年、ジャズの集りのプログラムにそのことを記したら、ちょうどそのとき来日していて飛入りで出演してくれたMJQのベース、パーシー・ヒースが、少年兵でB29に乗って東京爆撃に参加していたんだ、と当夜の司会のいソノてルヲ氏にしゅんとして告白したそうである。

モダンよりも……　好きな音盤

私が今やっていることは、仕事も遊びも含めて、ほとんど幼少時にスタートしたものであり、成人してからはあまり新規開拓をしていない。つまりほとんど発展変貌していない男で、山椒魚のようにただ身体が大きくなっただけだ。

私の場合、レコードというと主としてジャズだが、これは珍らしく子供のときに手を出していない。小遣いが足りなくてとてもそこまで手が廻らなかったから。子供の身分で大の大人以上に遊ぶのだから、盗んでも盗んでも小遣いが足りない。で、ジャズというと、外国の音楽長短篇映画か、小劇場レヴューかで、もっぱら親しんで居た。戦争中に敵性音楽禁止で、ほとんど無料に近く捨売りされていた古レコードを求めたのが最初だ。

戦後もしばらくは住所不定だったから、もっぱらラジオ組。当時レコードはものによってはひどく高価だったが、それよりなにより荷になるものは移動するに不便だった。ぽつりぽつりと集めだしたのは中年になってからで、そのせいか、レコードではじめてジャズを知った人のように荒々しい感激がすくない。それに近頃は、ジャズに限らず、この一枚に溺れるということが減ってきた。

音楽を聴いて、いいとかわるいとかいうのも面倒くさい。そのときの自分の状態に合ったものを、ただなんとなく聴いているのがいい。だから一枚のレコードといわれると本当に困る。

それでとにかく、近頃わりによく手にするレコードを並べてみる。

◇コンプリート・マッキニイズ・コットン・ピッカーズ。二〇年代の黒人ジャズ、それも夜の気分に満ちたものに魅かれる。しかしそれ以上に、モノラルでPAなども不備な音がいい。近頃の高級ステレオで繊細に捕まえられた音を聴くと、俺はべつにこれほどの音は必要ないんだ、という気になる。私の持っているのはフランス盤だが日本でも出ているだろうか。

◇ベイシイ・イン・ロンドン。よく行く小さなジャズ酒場でよくかけているが、いつも快よい。但しスイングは音量をあげる必要があるので、仕事場ではめったにかけない。

◇ブラウン・エンド・ローチ。

唄物では、**◇ウェスト・オブ・ザ・ムーン**（リー・ワイリィ）と、**◇ナイト・オブ・バラード**（キャロル・スローン）ということになる。

こうしてみると、つくづく私も年をとった。モダンよりもそれ以前のタレントの方によく手が伸びる。一番好きなのはセロニアス・モンクだし、五〇年代を頂点とした無数の才能を今でも愛しているのだが。

そうだ、一九六一年の正月に来たジャズメッセンジャーズは、私にとってひとつの事件だったが、そのときのヴィデオを入手して以来くりかえし見ている。その翌年のモンク・カルテットのヴィデオも。

それからキース・ジャレットのスタンダード、ソロなどのレーザーディスクも楽しめる。

これからはヴィデオ時代だろうが、これまでのタレントはやはりレコードによって古びないのがありがたい。

キャロル・スローンをまた聴こう

一枚のレコードについて記せという。無理な註文である。ジャズ乃至ジャズ的なものに関心を持ちはじめたのは一九四〇年代の小学生の頃からで、長いし、多岐にわたっている。一枚に集約されるわけがない。では、好きなレコードについて記せという。これも無理で、好きなものは好きなりに、嫌いなものは嫌いなりに執着がある。その次第を書き連ねていけばこんな短文ではとてもすまない。

しかし折角のお申越しだから、とにかくそれに近い寸法で考えてみる。

友人のジャズ狂大滝譲司と二人で、ときおりお気に入りのタレントをフィーチュアしたジャズパーティをやっている。一回目が、七七年秋のキャロル・スローン。二回目が昨年のハロルド・クローマー（アメリカン・ダンス・マシーンと一緒に来日した黒人ヴォードヴィリアン）だった。多少の赤字は出るけれども、二度とも、お誘いした知友に喜んでいただけた。

キャロル・スローンは、ジョニー・ハートマンやローランド・ハナ、ジョージ・ムラーツなどと一緒にニューヨーク・ジャズ・カルテットの歌手として来日していたのを、招聘元のオール・アート石塚さんの好意で一夜貸して貰った。実に洗練された感度のいい歌手であるが、アメリカではシャウトするタイプでないこういう小味な人はあまり一般受けしないらしい。もう四十才を越えて芸歴も古いのに、アメリカで、『アウト・オブ・ザ・ブルー』『ライヴ・アット・30th・ストリート』という二枚しかLPが発売されていない。日本では近年、その後者が発売されているきりだったので、ちょっと心配したが、当夜現われた客の一人、和田誠チャンなどは彼女のアメリカ盤の二枚を抱えてきてサインをねだったのにはおどろいた。具眼の士はどこにだって居るのである。

当夜、キャロルのできはすばらしく、というより乗りに乗ってしまって、三時間近く、打ち合せなしに唄いまくってくれた。この来日のときに二枚のLPを吹込んでいる。そのことも含めて、日本で彼女のファンが居るということが、意外かつ嬉しかったのであろう。

日本で吹込んだ二枚のうちの一枚は、彼女が長いこと念願だったというエリントン・メロディで編んだもので、『ソフィスティケイテッド・レディ』と題して発売されているが、これは彼女ばかりでなく、バックのハナやムラーツがすばらしい。のさばるでなく、しかもちゃんと彼等の鋭さも出していて、唄バンとして最良のものであろう。

それで、ハナが、アメリカで自分のレコードとして発売させてくれ、と申しこんだという。

キャロルは本来が自分の唄のレコードなのだから当然難色を示す。両者の意見がまとまらず、そのせいか後で吹込んだもう一枚は仕上がりがややよくない。

我々が呼んだ当夜は、その吹込みの帰りで、おまけに右腕がしびれているとかで、沈んだ表情だった。それが途中で乗りだした。そのくらいよい客だった。客の半分くらいはプロのジャズマンだったが、皆ごきげんで飛入りしてきた。この夜、無伴奏で唄った「カム・サンディ」を、出発の朝七時にスタジオに行って吹込みを足したという。

そうして彼女は私たちがさしだしたギャラを受けとらなかった。不幸な子供の施設に寄附してくれという。

「あたしは日本ではまだ無名だろうから、皆さんが呼んでくれただけで充分だわ。でも、この次は、ちゃんとギャラを貰うわよ」

唄っているときだけでなく、オフステージでも気さくで暖かいいいおばさんだった。当夜の客の一人一人とその後会うたびに、キャロルをまた聴こう、が合言葉のようになっている。オール・アートでも今度は彼女をフィーチュアした企画があるらしい。

キャロルからもその後手紙が来て、

「――日本で一番すばらしかったあの晩のことが忘れられない。ミスター石塚がまた呼んでくれるようだが、そのときは、無条件で貴方たちのための一夜をつくって貰う」

と記してあった。

ところで最近、キャロルが若い頃、カナダで出したLPが手に入った。『サブウェイ・トークンズ』というもので、ノースカロライナのローリーという町の地下鉄のマークがジャケットになっている。ライナーで見るとこの町には二つのジャズ・ライヴハウスがあり、彼女は毎夜、地下鉄を利用して二つの店をかけ持ちで唄っていたという。いかにも彼女らしいムードに満ちたLPである。誠チャン、いかな君でも、これは持っていないだろう——？

〔編集部註〕ここでいう地下鉄は、いわゆる地下鉄道ではなく、ショッピングセンターの地下スペース〝ヴィレッジ・サブウェイ〟を指す（現在は閉鎖）。降り口がニューヨークの地下鉄に似ていて、列車の壁画があったことが、その名の所以。複数のライヴハウスが軒を並べ、そこをかけ持ちで出演していたことから、サブウェイ・トークンズ（地下鉄の乗車用コイン）をモチーフにしたジャケットとなった。

アメリカ版ご当地ソングの情景

弱っちゃったネ。〝街の情景をうたった歌〟というテーマで何か書けというんだが、私はジャズの専門家でもないし、久保田二郎さんのように英語が達者なわけでもないからね。ただ唄が好きなだけで、それもたいがい聞き流しているんだよ。

多くの日本の人たちと同じく、メロディはすぐわかるけれど、歌詞なんてそれほど注意してないし、歌の本だって俺ん家にはねえや。だから、ほんのその場の記憶だけで書くよ。要するにトウシロの雑文だよ。

アメリカの古い歌ってやつは、たいがいラヴソングだからね。あんまり街の情景なんて出てこないよ。曲名にはずいぶんなっているけどね。

「オン・グリーン・ドルフィン・ストリート」という曲があるが、グリーン・ドルフィン街はかつての恋の舞台だったというだけのことで、その恋を思い出すたびに、あそこの地面にくちづけしたくなる、という。いかにもさわやかなアメリカの住宅地のようだが、和田誠の文章を読んでいたら、これはイギリスの町の名前だそうだ。

大体、アメリカの都市ってやつは、妙に人工的で、長距離バスに乗って窓外を眺めていると、平野のド真ン中に、うわッと突然ビルがそびえたっている一塊りがあって、それだけ。徐々に家が密集していくとかって段階がないのさ。だから街の大通りに立って向こうを見ると、どこからかずっと野ッ原になって、遠くの山脈が裾の方まで見えたりするんだ。国土の広さを実感させるけれど、日本人の感覚からすると、変なんだよな。

ニューヨークだってそうだよ。ハドソン河の向こうに、針鼠のようにビルで満員になった島が見える。河のこちらがわは、郊外というよりは、すぐに農村部になっちまうんだな。右と左でガラリと変っちゃうのが、不気味な気がする。

それで街に入っていくと、なるほど高層ビルの林立だが、その間に歯が抜けたようなところがあって、それから裏道に入ると、ものすごく汚ねえボロアパートが多い。二階か三階建てくらいのね。

そういうボロアパートの住人はたいがい老人ばっかりで、廊下にたった一つ、ペン型の電熱器があり、コーヒーカップに水をいれてその中にペン型をいれ、長いことかかってやっと湯にする。それでコーヒーが呑めるという大時代さだね。

それでそういうアパートの窓から、隣りのホテルの美しく飾ったレストランが見えて、タキシードのボーイたちが恭々《うやうや》しく客にサービスしている。

老人たちにも息子や娘なんか居るんだけど、西海岸に居たり、遠い州だったりして、とてもそんな遠いところへ会いに行く旅費なんてありゃしない。

極端から極端が同居しているんだね、アメリカってところは。

気候だってそうだ。ニューヨークってところは、夏は灼熱地獄、冬はまた酷寒零下で凍りつく。それじゃ春秋はどうだというと、春は、〽四月の雨《エイプリル・シャワーズ》は花の蕾を撒き散らす、という唄のとおりに、ドカドカ雨が降る。秋だって、これまた、〽九月の雨《セプテンバー・イン・ザ・レイン》、といって、シャワーほど烈しくはないが、シトシト秋雨。日本に居てチラチラ新聞を散見するだけでも、やれ水枯れ、それ大寒波、そのうえビルばかりなものだから、風がぐるぐる渦を巻くんだからな。

その人工風がマンハッタンじゅうを吹き荒れる。夕刊を見たかったら、窓の外を見ればいい。なぜなら、風であおられた新聞紙が窓に張りついている、って小話があるくらい。

アメリカ人自身がニューヨークの気候については讃美しないからね。〝真夜中のカーボーイ〟って映画は、ニューヨークをはずれて南のマイアミで住むことを夢見る男たちの話だったな。

それで、〝秋になったらニューヨークへ帰ろう《ゲット・バック・トゥ・ニューヨーク・イン・オータム》〟って言葉があるらしい。九月の終りから十月のはじめ、ほんの何日かってところだけれど、上天気が続く頃があるという。湿気も消えて、その頃に合わせて人も帰ってくるし、街も活気づくんだそうだ。

「ニューヨークの秋《オータム・イン・ニューヨーク》」なんて、ニューヨークッ子にとって、秋は特別の季節なんだな。

それから多いのは四月の唄。「四月の雨」「パリの四月《エイプリル・イン・パリス》」とかね。三月の風、四月の雨、五月の花、六月の花嫁、というふうなのがアメリカ式季語なんだな。

来年日本にも来るらしいレヴュー、〝四十二番街《フォーティセカンド・ストリート》〟は、私のような初老にはなつかしいトーキー初期の映画が原典だが、ルビー・キーラーだのウォーナー・バクスター、ビーブ・ダニエルス、バズビー・バークレー演出の真上から撮るダンシング、といってももうその名を知る人もすくないだろうなァ。

四十二番街というのはブロードウェイの劇場街で、一九二〇年代は、ここが全米子女の金ピカピカの夢を実らせるところだった。同名の主題歌も、べつに街の模様を唄ってるわけじゃないが、

〽行きましょうよ、四十二番街へ
　あたしが連れていくから
　　ビートをきいてよ
モダンなレヴューガールの呼びかけではじまる唄で、
〽これが私の大好きな
　四十二番街のメロディ
というリフレーンで終る。当時のシャレ男なら、四十二番街ときいただけでワクワクしたのだろう。

レヴューというものは、世界じゅうどこでも廃れつつある。映画も大スクリーンで天然色になり、テレビは家庭で見られる。ゴージャスな見世物に事欠かなくなったせいでもあるが、もう一つの問題は人件費の高騰であろう。なにしろレヴューは人海戦術のロケットガールズが売り物になる。

昔は、レヴューガールのギャラが安くて、日劇ダンシングチームに居た踊り子さんにきいてみると、どの時代も、中堅級の踊り子のギャラが、サラリーマンの初任給に遠くおよばないんだからなァ。浅草あたりの踊り子のギャラなんて、ほんの小遣銭程度だったろうよ。だからへんな不良がすぐにくっついちまうんだなァ。

今はやっぱりそんな安いギャラじゃ、誰も集まってこない。で、儲からないからやめちまう。そういう興行師の体質もちょっと問題なんだがね。惜しみなく銭を使って、高い入場料で見るに値いするものを作りゃァいいんじゃないか。とにかくレヴューなんてものは、ゴージャスなところが生命。ゴージャスとは何かというと、人間を惜しみなく使う。経費を惜しみなくかける。無駄だと思ったって、無駄銭をかける。その無駄が、ゴージャスに通ずるんだからね。

話がそれたけれど、ニューヨークを唄った歌はいっぱいある。「サイド・ウォークス・オブ・ニューヨーク」（ニューヨークの舗道）なんてのは、ニューヨークの市歌になってるくらいだけれど、元はニグロのバンドなんかもよくやっていた。下町っぽい唄だ。

「ララバイ・オブ・バードランド」

「ララバイ・オブ・ブロードウェイ」
なんてのも有名だな。
「プッティン・オン・ザ・リッツ」
フレッド・アステアの唄と踊りがなつかしい。豪華ホテルのリッツへ行って景気よくやろうじゃないか、という唄。一九二〇年代は金融恐慌の頃で、失業者だらけだから、こういう唄が流行《はや》ったんだろうな。アーヴィング・バーリンの曲だ。
ええと、それから、「マンハッタン」なんていう、ロジャース&ハートのいい曲もあるな。「ザ・ブルックリン・ブリッジ」なんてのもそうだ。
さっきあげた「ニューヨークの秋」の歌詞は、ざっとこういうんだが、これなんか、まァ街の感じが出てるかな。
〽ニューヨークの秋は
　どうしてこう魅惑的なんだろう
はじめての夜をすごす心のときめき
ビルの谷間のきらびやかな群衆と
淡く光る雲が
わが家のような気分にさせる

ニューヨークの秋は
あらたな恋を約束してくれるけど
胸の痛みもいりまじる
むくわれない人々は溜息をもらすが
秋のニューヨークは
再び生きる喜びを与えてくれるし
スラム街も高級住宅に変える

ニューヨークの秋
セントラルパークの暗やみのベンチの
恋人たちにはスペインの城はいらない
ニューヨークの秋
帰ってこられてとても幸せ

「ゼアーズ・ア・ブロークンハート・フォアア・エヴリライト・オン・ブロードウェイ」という長ったらしい題名だが、日本語では「嘆きのブロードウェイ」というやつ、スターの影になってスポットライトが当らない者たちの哀歓を唄った曲。この頃はあんまりきかないな。

最近、メル・トーメが、ニューヨークにちなんだ曲のLPを出したが、これには今まであげたもののほかに、「サンデイ・イン・ニューヨーク」とか「レッツミイ・オフ・アップタウン」、それから映画〝踊る大紐育《オン・ザ・タウン》〟でおなじみの「ニューヨーク・ニューヨーク」（ライザ・ミネリの唄った同名曲とはちがう）なんてのが入っている。

あと何だろうな。

「ヴァーモントの月《ムーンライト・イン・ヴァーモント》」なんてのは、風景が出てくるね。ヴァーモントってのは、カナダに近いスキーの名所らしい。

〽すずかけの葉がおちて
小川に銅貨を敷きつめる
ヴァーモントの月あかり
こごえる指をかざしながら
山肌をすべるスキーヤーの群
ヴァーモントの月あかり

曲りくねった道を走る電線が風に唄う
ロマンティックな雰囲気の中で
人々はその美しさに魅せられる

夏の夕暮れのそよ風
牧場のひばりのさえずり
ヴァーモントの月あかり
貴方と私と
ヴァーモントの月あかり

和田誠が、ブリッジのところで、電線を風景の中に入れるのがアメリカ式だな、といっておった。しかしなかなか好ましいバラードだ。

それから、「シカゴ」。

〽シカゴ、シカゴ、ザット　タドリング　タウン

なんとなく安酒呑んで合唱したくなるような唄だ。それも若くて元気いっぱいの頃じゃない。私ぐらいの年令で、もうそれほど人生にも執着がなくなり、腹もへってるし、なんとなく苦笑いしながら、ヨボヨボ歩くのである。大体、街の唄というものは、特別たいした幸運にもぶつからないうちに、年ばかりとってしまったが、それでも元気を出して歩こうじゃないか、という趣旨でありたい。

〽アイ・レフト・マイ・ハート

イン・サンフランシスコ……

というのも流行歌じみて流行った曲だが、「チャイナタウン・マイ・チャイナタウン」これもサンフランシスコの唄か。ミュージシャンの間では、中華街という意味よりも、スリク（薬）の街という意味の方が強いらしい。そういえば、「上海リル」という曲も、あれは麻薬宿《アヘンヤド》のことだと思う。

リルを探して上海の街をうろつくが、どこだかわからなくて、どうしても会えなかった、という曲。〝フットライト・パレード〟という映画で、ジェームス・キャグニイとルビー・キーラーが唄い踊った。ルビー・キーラーはアル・ジョルスンのカミさんだ。

南部の方に行くと、「ベイズン・ストリート・ブルース」とか、「ビール・ストリート・ブルース」など、歓楽街の名を題名にした曲が多い。私は行ったことがないからよくわからないが、酒と脂粉とジャズでごったがえしていたんだろう。黒人ミュージシャンの働き場は、脂粉街だったのだから、彼等の思いがこうした通りの隅々にしみこんでいるんだな。カンサスシティの方にも、そういう曲がたくさんある。

「ミス・ニューオリンズ」は、ニューオリンズを美女にたとえた故郷讃歌。ルイ・アームストロングの唄声を思い出す。

ジャック・ティーガーデンとくると、街というより州の名だが、「アラバマに星降る夜《スターズ・フェル・オン・アラバマ》」か。州の名前がついている曲もたくさんある。「インディアナ」とか「テネシー・ワルツ」とか。

どこの街というわけではないけれども、「イン・ナ・シャンティ・イン・オールド・シャンティ・タウン」これなんか戦前はよく唄われていた曲だ。それから笈田敏夫が今でもよく唄う「イッツ・ザ・トーク・オブ・ザ・タウン」（街のうわさ）なんてのもある。

ええと、もうひとつ、アル・デュビン、ハリー・ウォーレンの作った唄で、「ブルーヴァード・オブ・ブロークン・ドリームス」（夢破れ並木道）これも街の唄だな。昔は日本の歌手も唄っていたが。

〽哀しみの街をそぞろ歩く
夢破れし並木道
ジゴロやプレイガールが気軽に遊び
そして彼等は破れた夢を忘れる
今夜は笑い　明日は泣く
夢で粉々になったとき
みんな哀しみの涙で眼をさます
心はどこかにおいてきて
今はここに居るしかない
ここでの喜びは借り物にすぎず
けっして長くは続かない

でも　彼も彼女も
夢破れし並木道で
見せかけの人生を踊る……。
（訳詞は大滝譲司氏の意訳による）

Ⅵ

戦争育ちの放埒病

わが青春記

わが青春、といっても、はたしていつ頃をその名で呼ぶべきか、どうもはっきりしない。そんな時期はなかったような気もするし、もし放逸さが青春の特長だとすれば、幼い時から現在まで終始一貫、だらだらと続いているようでもある。

九歳の時に日支事変がはじまり十三歳のときに太平洋戦争になったので、いわば戦争育ちの子であろう。特にその後期の空襲時代には、ニッポンも、肉親も、すべて眼中になく、ただ本能的に自分の命だけを守って生きてきた、その癖が抜けきらない。死ぬか生きるかというただそれだけの毎日は、それ自体ひどく放縦なもので、〝義〟という奴が欠落している。

いったいに私は、やることとやらぬことがはっきりしていて、たとえば、朝、顔を洗ったりトイレで手を洗ったりする癖はまったく無いし、学校とか会社勤めとかいうものも、本来は好きなのだが、時間という奴が守りきれないので長続きしない。私が出勤して机に坐り、茶を一服してさて仕事にかかろうと、ふと窓の外を見るともう日が暮れているという案配になる。家庭というものも苦手で、当年四十になるが定住の場所も家族もない。

逆に性に合うことは案外すくない。すくないから、何かを見つけると、妙に愛しいような気分が昂じて、ぞっこん深入りをしてしまう。くわいという食物を見染めてずっと喰い続けたことがある。喰い続けてみると少しも美味なものではないが、どうにもやめられない。唐辛子の時もそうで、とうとう私は二時間に一袋ずつ口の中に流しこまなければならなくなり、七転八倒した。しかし、一度思いこんだものを変えるというのは大変なことである。

いつだったか、全国に五十数ヵ所ある競輪場をひとわたり歩いてみようと思い立ち（何故そう思い立ったかはよくわからぬが）、着々実行に移していた。四国高松の競輪場に行ってきたあとで、ある先輩に会うと、謹直をもって鳴る別の某先輩が、自分も遊冶郎《ゆうやろう》に堕したもので先日は四国の南端にまで釣りをしに行ってしまった、と自嘲されたという話をきいた。これをもってすれば、私などは放縦の横綱のようでつくづく情けない。私にしても我が身を律する存在を欲していることでは人後におちないつもりでいる。ただ、其奴《そいつ》がどうしてもみつからないのである。

私の父親は職業軍人で、私が物心ついたときにもう退役していた。父としてはいろいろのことがあったろうが、私の眼には、有閑生活だった。日がな一日、しかつめらしい顔をしている。

おまけに世間が、軍人ときいただけでピリッとするような時代だった。父はさまざまな自分を綜合し、尊大さや潔癖さに代表させて暮していたが、一緒に暮していれば偉くも怖くもない別の面があるのが幼い私にもわかる。したがって同じくしかつめらしい学校の先生などもこの伝だろうと思っていた。新聞では強く勇ましい日本軍も、又チャンコロなどといわれて失策ばかり演じているかの如き敵の将兵も、決してそれだけではなかろうと思っていた。

要するに、黒一色、白一色などというものはこの世にはないのだと、漠然と思っていたのだ。門前に母親とたたずんでいると、町会長という肩書の老人が通りかかって、近隣の喰べ物屋のこきおろしをはじめた。どの店の裏口がいかに汚ならしいか、どの店ではいかに乱雑に煮炊きされているか、一軒たりとも及第する店がなく、自分はこれらの店は一切使わない、あんな不潔なところで喰べたら大変なことになると老人は力説した。それから一ヵ月たたぬうちに老人が死んでしまったのだ。この話は今思い出しても笑いがこみあげてくる。おかしいばかりでなく、なんとなく怖い。

ある日父親のお伴で墓参に行った帰り、浅草の観音様に寄った。そうして六区の映画館街を歩いた。

そこの印象が私には強烈だった。大分戦時色が濃くなっていた映画の看板にはおどろかなかった。

私の眼をひいたのは、レヴュー小屋の方だった。あれは小学校の四年生時分の頃だと思う。

それまで大人という奴はしかつめらしい偽善者だとばかり思いこんでいたが、ここに、恥部を売り物にしている人たちがいたのだ。

その日はニュース映画か何かを見て帰ってきたのだと思う。次の日曜日に、私は一人で浅草へ行った。子供料金を払って常盤座に入った。芝居そのものは、実にいいかげん極まるしかつめらしさがあって興味索然としたが役者たちや踊り子たちは、私が期待したとおり、充分にズボラであった。セリフを忘れると舞台上をスベったり殴り合ったりして、観客と関係なくふざけ合う。絶えずクスクス笑っている。観客もそんな彼等をざわざわしながらただだらしなく見守っている。

一度、舞台上の俳優たちがいっせいに吹き出して、いつまでたっても芝居が進行しないことがあった。人が笑いをこらえている姿ほど楽しげなものはない。客もただなんとなくニヤついてみていた。ややあって、座長格の役者がかぶっていた帽子を一人の役者に投げつけた。そしてこういった。

「臭え奴を、やりやがったんだ！」

私の浅草がよいは戦争が終るまで続いたが、なにしろ子供だから金がなかった。私は電車賃を節約するために、牛込の親の家から浅草まで走って往復した。

当時マイクが悪くて、舞台の袖にある拡声器からは絶えず、ひゅうひゅうという雑音が響いていた。それが私の耳には、風の音のようにきこえる。劇場の外に、突然大嵐が襲っており、交通も途絶え、牛込の家も押し流され、帰る術とてない。そんな恐怖がひしひしと湧いて来、芝居などにまるで身が入らない。

私の持ち物のうち、しかつめらしい物はすべて失われ、残っているのはふしだらな部分ばかりになる。こうしてはいられない。すぐにここを飛び出して帰らねばならない。

そう思っているのだが、結局席を立たないのである。私は鳥肌を立て、不安に胸を轟かせながら、客席にじっとしている。毎日がそんな状態だった。私の青春前期の特長は、〝火宅〟という言葉と〝放埓〟という言葉を幼いなりに実感したことにあったかもしれない。

浅草

子供のときに浅草をふらふらしていたので、今でも浅草というと、私にとっては特別な響きがある。けれども、ただ浅草という土地柄にひかれているというのとも少しちがうらしい。今、たまに浅草に行って、それなりになつかしいけれども、子供のときに感じた何にも替えがたい浅草という深い愛着が湧いてこない。

もっとも、私は、他人がいうほど、昔と今の浅草が変ってしまったとは思わない。浅草の一番の魅力は、体制の一番尻っぽの方におくれてつき従がい、損な役割ばかり荷《にな》って気息奄奄《えんえん》として歩いている。そのくせ妙に楽天的で頑丈であり、なりふりかまわずでたらめをしてもケロリとしているところがある。

いうならば体制の内と外との境界のあたりに蝟集《いしゅう》した難民の集まりのような地域で、私のような少年難民が、その臭いを本能的にかぎとって、ここへくるとホッとしていたのであろう。

そうして今の浅草は、外形が変って情緒的でなくなっただけで、依然として体制の尻っぽの方に落伍しかけたままつき従がっている。ただ、そういう要素がこの土地に固まらず、国じゅうに散逸しているから、特に浅草に誘われることがなくなっただけである。

観音さまもただの観光要素と化し、公園六区の興行場もすたれた。何よりもまず、客を失なった。隅田川をはさんで集結していた中小企業が衰頽して、そこに集まっていた人々も散った。彼等はもっと大組織の中側に吸われていき、にもかかわらず大半は未組織乃至はそれに近い存在で、方々で体制の尻っぽに位置しながら、どこといってまとまらずにうごめいているはずだ。けれども昔の私が必要としていた難民パーティみたいなものは、どこにあるのだろう。ほっとひと息つきたくなったとき、今の人たちはどこに出かけていくのだろう。

昨年、船橋のオートレース場に取材で行ったとき、管理の小役人がいった。

「不景気で、出稼ぎの人たちが減りましてね、ここもあがったりです。客の五六割がその人たちだったんですが」

なるほど、と思って私はきいていた。しかし、こういう場所が難民パーティの会場のひとつだったとしても、遊びがすべて管理下にあって、刑務所の運動場のように見える。

昔の浅草は、無警察地帯ではなかったけれど、難民が主体で盛りあげた空気があった。だから外形の迷路以外に、人々の心の中にも迷路が復活した。しかも、難民パーティではあるけれど、外部から見ると、まったくの落伍者の集まりで、介入する必要もない無力な存在に見えた。

そこがすばらしい。

戦争前、つまり四十年も五十年も前に浅草でメシを喰っていた芸人の生き残りが、もういい老人になって、やはり客と同じく方々に散逸して暮している。彼等のほとんどはとっくに舞台を捨てているが、彼等と折り折りに会っていると、私は浅草に出かけていくよりもずっと、私の浅草に戻った気分になる。

この芸人たちの多くは、昭和初期の治安維持法から国家総動員法に至る時期に、浅草にながれこんで新らしい職域であるナンセンスレヴューに居ついた人たちである。思想弾圧のための逃亡韜晦《とうかい》型も相当数居て、アナーキストが多かったときくが、マルキストも居たという。もちろん、ほとんどは若者で、今でいうアングラ演劇青年的な恰好であったのだろう。

けれども、私が子供の頃、浅草でもアチャラカ、ドタバタ派の代表的存在だと思っていたサトーロクローがマルキストで、同じくヘソを出してポンポン叩きながらふざけまわる鈴木桂介や、古典派歌手の大友純が、戦前戦中戦後を通して、ずうっと共産党員だったときくと、意外と同時に、なんとなく会心の笑みが湧いてくるのである。

あの弾圧の烈しい時代に、彼等の下宿の本棚には、『共産党宣言』などがほうりだすように投げこまれていて、役者たちがおおっぴらにまわし読みをしていたという。なにしろ官憲も、まさか彼等が、と思っていたろうし、たとえ何にかぶれようと、さしたる力もあるまいと思っていたろう。

実際またそうでもあって、役者子供であり、放縦で、とるに足らぬ力しかない。彼等にとっては『共産党宣言』はちょっとモダンな外套に似たものだったかもしれない。たとえそうであっても、このことはどこかに記しつけておきたい。

エノケン榎本健一が、丸山定夫を通じて、新築地の新劇役者と歓を通じ、影でいろいろと経済的な助力をしていたことは、今日、わりに知られている。また、出ッ歯と大眼玉のナンセンス役者の関時男が、自宅にトロツキストを二人かくまっていたという話もある。これだけを棒のように受けとられると、また不正確になるように思えるのであるが。

彼等は一面で、オッチョコチョイの親切者なのである。また見栄坊で拗《す》ね者で、反体制的なことを心情的に喜こんだりもするのである。思想ではなくて、難民パーティのごたくさにまぎれた親愛の情なのでもある。そこのところをわかったうえで、私は、彼等や、昔の浅草がなつかしいのである。

彼等の大部分は、もう死んでしまっていない。私は毎年、ひんぱんに、もう今は無名でただの貧しい老人になった彼等の死亡を知らされる。

けれども生き残っている人たちも、ぽつりぽつりと居て、それがおかしいことに、方々に散逸していながら、昔と同じような無軌道で楽天的な生き方をしているのである。もちろん老人だから小じんまりとしているし、他人に影響を与えるようなものでもないが。

彼等のほとんどは、若い頃の役者時代に無軌道をしてきたために、家族たちから尊敬されていない。やっぱり孤立した難民である。そのくせ、難民以外のものになろうともしないし、おとなしく家族のお荷物になっているわけでもない。

いいかわるいかはべつにして、一般市民の年老いた姿とははっきりちがう。でたらめで、不細工で、しぶとくて、明かるい。私は折りがあったら、彼等の散逸した老後をうつしとった小説を記してみたいと思っている。

戦時下の浅草

大ざっぱにわけて、エノケン、ロッパが次々と東宝に引き抜かれて、浅草から姿を消した頃までを、浅草軽演劇の第一期としてみようか。

第二期は、戦時体制の時期である。昭和十二年、日支事変がはじまり、これが延々と長びいて、街頭に愛国婦人会のオバサンたちが立ち並び、パーマネントはやめましょう、ぜいたくは敵だ、などと道行く人に呼びかけだした頃、そして太平洋戦争、敗戦、ここまでが第二期。

たしかにエノケン、ロッパを失なったのも大きかったが、それ以上に戦時色が濃くなってきて、度はずれたナンセンスやエロチシズムに規制がかかった。それがヴォードヴィルの自由奔放な発展をさまたげる。にもかかわらず、実演劇場はすこしも減らないどころか、逆に増えて、一見、わが世の春を謳歌しているようだった。

というのは、生フィルムの輸入が杜絶して、国産フィルムだけになり、映画会社が統制され、封切本数が制限される。それによって番線からハミ出した映画館が、これまた手のすいた映画俳優を使って、アトラクションに活路を求める。そこで粗製濫造の小劇団が離合集散する。

もともと浅草の小劇場は、寄席と同じく十日替りで番組が変り、芝居三本ショー一本の四本立てというところが多かった。ただささえすくない文芸部の作者たちがそのため酷使される。アメリカの例を見るまでもなく、ちゃんとした喜劇、ユニークなギャグの生産はかなりむずかしい仕事なのである。それがこうした事情で時間をかけた舞台が見せられない。外国の喜劇やミュージカル映画にヒントを得ていた当初の頃は新鮮だったが、それが一応出つくすと、イージーなパターンにはまりだした。

浅草喜劇が本当にブロークンな楽しさを維持していたのは、第一期から、せいぜい昭和十二三年頃までかと思う。私はちょうどその頃から見出したのである。

ここでそのあたりの劇場分布を思い出すままに記してみよう。

田原町から近い方から、国際通りに、

松竹座——SSK(松竹少女歌劇)の本拠を国際劇場にゆずり、エノケン一座を東宝に奪われて、中堅歌舞伎や籠寅興行系の女剣劇不二洋子一座、大江美智子一座などを暫定的に。

その隣りの往年安来《やすぎ》節で当てた帝京座は一時小レヴューがかかったりしたが、この頃は洋画の映画館だったと思う。

六区の通りは、一番田原町寄りに、大正オペラの日本館、これも映画館。

大東京――日本館の前の四つ角。小さな小屋でマキノ映画の封切館だったが、昭和十年代は、剣劇、曾我廼家《そがのや》喜劇、軽演劇の小劇団の溜り場。

金竜館（現ロキシー改め浅草松竹）――オペラ時代に栄えたが、以後パッとせず、松竹系の万才大会、剣劇、高屋朗《ほがら》のガマグチショー、ヤジロー・キタハチの万才劇。昭和十七年清水金一たちの新生喜劇座で定着。

常盤座――松竹座とともに浅草では舞台機構の整ったいい小屋で、笑《わらい》の王国の定打《じょう》ち。

東京クラブ――終始、西部劇やギャング映画、猛獣映画などの三本立て。いかにも浅草らしい映画館。便所で小便しながらスクリーンが見えるのもここぐらいのものだった。

大東京の隣りが、松竹館改め松竹演芸場――映画館から昭和十七八年頃、色物寄席に転向。

その向うの一区画は、帝国館、富士館、電気館、千代田館、三友館、と古い歴史のある映画館が続き、三友館の裏隣りが音羽座――色物、浪曲、小レヴュー、古物映画などと出し物がおちつかなかった。

国際通りに出る角に、観音劇場――大正期は曾我廼家五九郎劇団の定打ち。昭和に入ってエノケンも新カジノでちょっと出たが、その後は何をやってもパッとしなかった。昭和十年代は遠山満などの剣劇も出たし、新宿ムーランの分裂派が浅草ムーランという名でたてこもったりしていた。

その向うが橘館――独特な色物小屋で、三浦奈美子、大津お万、朝日比出丸、旭天華、吉原大坊・小坊など、マイナーだが面白かった。
六区の通りに戻って、中央の五叉路の三角形の角のところが、オペラ館——ヤパン・モカル（日本《ヤパン》儲かる）という名のショー劇団の定打ち。田谷力三、河合澄子、羽衣歌子など大正オペラの生き残りを上おきにして、シミキン、堺駿二なども若手に居たことがある。入口がせまく奥行きの拡がった三角形の小屋で、歌手の顔が見えなくなるくらい大きなマイクが紐にぶらさがって天井からズルズルとおりてきたりした。
その対面の角が大勝館——新装後は立派になって松竹洋画系の封切館。戦争末期は軽演劇に転向して、ターキーやシミキンなど出ていた。
万成座——古くは万成庵というソバ屋だった。戦時中は五九郎の残党で、五一郎、泉虎、橘花枝などの曾我廼家喜劇と万才。
東京館改め浅草花月——吉本ショーの定打ち。あきれたぼういず、永田キングとミス・エロ子、ミミー宮島、ミス・ヴァージニア、大竹タモツ、ミス花月（益田喜頓《きいとん》夫人）など。
それから金竜館の裏側に、
公園劇場——笑の王国の前身の喜劇爆笑隊がここで旗あげしたが、その後はほとんど剣劇。金井修《しゅう》や梅沢昇などの一座の本拠地。
ここからオペラ館裏にかけて、寄席が多く、落語の江戸館、講談の金車亭、漫才や小芝居の義太夫座。その前の玉木座（プペ・ダンサント）は私が行きだした頃、もうなかったように思う。

その向う、瓢箪《ひょうたん》池の奥の方に、カジノ・フォーリーで有名な水族館、昆虫館の跡に、木馬館があり、安来節と色物で独特の客を集めていた。

この地図が大きく変ったのは、太平洋戦争になってから、木造の劇場がすべて強制疎開としてとりはらわれたときで、大東京、音羽座、公園劇場、観音劇場、橘館、万成座、昭和座、楽天地劇場、義太夫座など、いっぺんになくなってしまった。

したがって、浅草には小劇団の拠点が失なわれてしまった。彼等は神田劇場とか新宿大劇、滝野川万才館、渋谷聚楽《じゅらく》、多摩川園劇場など都内の小劇場に分散していく。赤羽や蒲田にもあった。

これらの小屋を渡り歩いていたのは、和田君示《きみじ》と笑の楽苑、鈴木桂介一座、小林千代子一座、あかつき楽劇団（木戸新太郎、桜むつ子など）、大宮楽劇団（大宮太洋という興行師の一党でデン助大宮敏光も居た）、中根竜太郎一座などの喜劇、曾我廼家劇の五一郎一座、〆太郎一座、上田五万楽一座、十文字八重子一座などの喜劇。青柳竜太郎一座、遠山満一座、筑波澄子一座、月の江富士子一座などの剣劇である。

これにオペラ館の解散で幹部の佐藤久雄、杉平助、佐山俊二がそれぞれ独立したり、益田喜頓や二村定一《ふたむら》なども一時的に小一座を持ったことがある。

それから吉本系で、浅草花月のほかに、池袋、新宿、渋谷、神田、横浜などに花月劇場を作り演芸を軸に小劇団を併演していた。吉本専属に丘寵児《ちょうじ》と世紀の爆笑隊、有馬是馬《これま》たちの新喜劇、三井章正（宮坂将嘉）、三崎千恵子などの協立座、カワベキミオ一座、伴淳や谷崎歳子（江利チエミの母）などのグループなどが居た。

あとは新宿のムーランルージュ、帝劇の松竹楽劇団、起田志郎《おきた》たちの東宝喜劇、江東劇場の女エノケン武智豊子一座、邦楽座（現ピカデリー）から浅草に逆進出していった水の江滝子の劇団たんぽぽ、そのあと邦楽座に拠った明朗新劇、ざっとこんなところであろう。

この第二期の最大の傑作は、清水金一で、その明るい舞台が大変な人気だった。彼はオペラ館から東宝映画にひき抜かれたが、フィルム統制であまりパッとせず、二三本の主演作をとったのみで、また吉本の手で浅草花月に戻ったが、ひと月ほどで劇団ごと松竹に抜かれ、金竜館に拠る。その新生喜劇座は、脇役に堺駿二、田中実（田崎潤）、藤山竜一、南竜美（南進一郎）、黒木憲三、高清子、三鈴栄子（三鈴恵以子）などを揃え、師匠の柳田貞一あたりも応援するなど骨組もしっかりしていたし、なによりシミキンの底抜けに明かるい個性とアチャラカがエノケンの再来を思わせた。

もっとも彼は現在の萩本欽一をもうすこしオッチョコチョイ英雄《ヒーロー》にしたような突っこみタイプで、だから弟分のボケ役が必要だ。それが堺駿二で、昔日のエノケン・二村定一に匹敵するいいコンビだった。

一年後、人気に応じてシミキン中心になりすぎる興行体制に不満を抱いた堺駿二、田崎潤、それに作者の有吉光也、淀橋太郎などが脱退したが、シミキンの人気は依然おとろえず、戦時下を通じて大入りを続けた。堺の抜けた穴はなかなか埋まらなかったけれど、中井弘、石井敏あたりがチビの弟分として育ってきたところで、中井の戦災死、稲葉正一（村田正雄）、織田重夫などの出征、座組がかなり弱体化したが、シミキンさえ舞台に出ていれば文句なしに喜こんだ。〝ミッターナクテシャーネェ〟（見っともなくてしょうがねェ）とか、〝ハッタオスゾ〟（張っ倒すぞ）なんという流行語が子供の間にまで流行ったのもこの頃だ。

一方、脱退組の堺、田崎、有吉は、銀座全線座の新喜劇を経由して水の江の劇団たんぽぽに加入する。この劇団たんぽぽは、当初は松竹歌劇団から水の江と行をともにした女性陣だけで、それに適当に男の役者や踊り手が臨時参加する恰好であったが、穂積純太郎作〝おしゃべり村〟（ゴーゴリの検察官をオペレッタ化したもので、男装不許可で窮した水の江の村の嘘つき娘が好評で以後パースナリティをきめた）のヒットで、本格的劇団の姿勢を整える。男性陣も、堺、田崎の他に有島一郎、菅富士男（須賀不二夫）が加わり、後で左卜全《ぼくぜん》、大友壮之介（獅子重六）、沢村い紀雄、山吹徳二郎、サトウイチローなどヴェテランも加わった。女性陣は戦争の激化とともに廃業が続出したが、初期は武蔵麗子、四条公子、山村邦子、宮川孝子、松風ちどりと少女歌劇出身の美女が揃っていて楽しかった。

劇団たんぽぽは戦争激化の頃もずっと東京でがんばって、シミキンとは異質の客を集めたが、本来の歌劇団は国際劇場が大劇場休止ということで、三四班にわかれて工場慰問などしていた。

老舗《しにせ》の笑の王国はロッパが抜け、渡辺篤やサトーロクローも抜けてしまうと、生駒雷遊、関時男、横尾泥海男《でかお》、泉天嶺、小宮凡人あたりが看板ではなんだか古臭く泥臭く、メンバー若返り大刷新で、ムーランの二枚目山口正太郎、日活のデブの珍優松本秀太郎、川田晴久の弟の岡村竜雄、それに左卜全、木下華声、磯野秋雄、佐海直人など、女優は旧来の里見くに代、秩父照子、松宮乙女、波多美喜子、高清子あたり。王国という座名がいかんとその筋からいわれて、まもなく青春座と改めた。岡村竜雄は唄もうまく、明るいコメディアンで将来の大器だったが、山口とともに応召戦死、支柱を失なって解散した。

一方の珍優関時男は王国の古手とともに江川劇場に移って国民喜劇座を組織した。小軀異相でアチャラカも烈しかったが、戦争末期に急死した。

吉本ショーも新興演芸にあきれたぼういずなどを引抜かれ、中川三郎は帝劇に移り、ミルクブラザースはリーダー川田義雄（晴久）が病気で解散、当初の玩具箱的面白さを失なったが、ここも改組して吉本演劇隊となり、町田金嶺、有木三太、河野英太郎、谷崎歳子、露原千草、荒川おとめなどの顔ぶれだったが、沈滞気味で、柳家金語楼劇団（須田村桃太郎、乃木年雄、谷崎歳子など）、病いが好転した川田義雄一座（小倉繁、小笠原章二郎、泉和助など）などに替られた。

シミキンの対抗馬は、国際劇場末期に関西から上京した〝モッチャン〟森川信の新青年座であろう。森川はアチャラカもシリアスも両方できる才人で、やや線が細いきらいはあったが、産業戦士の客ばかりでなく女性層にも受けた。座組もしっかりしていて、山茶花究《さざんか》が副座長格、佐藤純一、正邦乙彦、井上真八、水島一郎、谷村昌彦、木田三千雄、夏目初子、滝那保代《なおよ》、柏正子、安芸《あき》秀子と新旧そろっていた。作者も淀橋太郎、竹田新太郎と肌合いのちがった二人がフル廻転で、〝高千穂の子供たち〟というシリアス劇を前進座と競演したり、かと思うと森川が女形になって佐渡情話など怪演したりする。戦争末期に東劇に出たとき森川に召集令状が来たが一日で帰ってきた。そういえば当時もっとも憲兵隊ににらまれたシミキンは不思議に召集を受けていない。あんなのは戦争に出しても駄目だ、とサジを投げられていたのか。もっともシミキン以上にボケ役だった高屋朗は長期間シンガポールに持っていかれている。

その他では末期に浅草大都でがんばった小林千代子一座。彼女はオペラ志望の流行歌手で、もう姥桜だったが、田谷力三、二村定一、青木繁、柳寿美夫など古手を集めて、のんびりと和風オペレッタのようなものをやっており、客席はガラガラでも、出演者が楽しんでいる感があった。池田弘作の小林がおふなという女中になるシリーズなどやっていたが年増で肥満の小林が女中になるのが実に噴飯物だった。

一方、剣劇は隆盛で、梅沢昇、金井修、不二洋子、大江美智子の各一座がレギュラー。梅沢も金井も北九州のドサ廻り出身で、炭鉱町の荒い気風を受けて立ち廻りが烈しく、浅草では新国劇などより受けた。下関が本拠の籠寅興行部が浅草に抜擢したのだと思う。

不二洋子は男性的で、当時忍従していた庶民の女性の憧れるタイプ、大江美智子は少女歌劇の男役を剣劇にしたような女っぽさがあり、雪之丞変化《へんげ》などの早変りを得意にしていた。いずれの座にも往年の剣劇スター田中介二、金井龍之介、河部五郎、市川百々《もも》之助などのヴェテランが補佐役に廻っていた。

この他にも映画から転向組の、沢村国太郎、尾上菊太郎、沢村貞子などの新伎座、浅香新八郎、森静子などのグループ、本郷秀雄、杉山昌三九、近衛十四郎、鈴木澄子などもそれぞれ一座を持って、単独で出たり合同で出たりしていた。浅草にはあまり出なかったが嵐寛寿郎や高田浩吉、杉狂児なども末期には一座を持って地方を廻っていたし、宮城千賀子も唄う狸御殿を売物になでしこ座を作っていた。それから松竹歌劇でターキーの対抗馬だったオリエ津阪のオリエ座。

浅草以外で特筆すべきは昭和十年代中盤の帝国劇場を根城にした松竹楽劇団だろう。日劇ダンシングチームと並んで、日本では珍らしいショー劇団だったと思う。長門実千代、石上都、天草みどり、春野八重子たちの歌劇ＯＢに、中川三郎、稲葉実、荒木陽、木戸新太郎の男性の踊り子たち、大阪松竹歌劇からの笠置シヅ子、荒川おとめ、波多美喜子たちのヤンチャガールズ、それに歌手や奇術などのゲストが加わる。紙恭輔がバンドリーダーで、服部良一が編曲していた。そうして服部・笠置のスイングコンビがここで生まれた。戦争の激化がなかったら面白く伸びたグループだったと思う。

さて、そうしているうちに太平洋戦争も敗色濃厚で、浅草の役者も召集で戦地に行く者が多く、堺駿二、田崎潤、稲葉正一（村田正雄）、織田重夫、山口正太郎（戦死）、岡村竜雄（戦死）、鯉口潤一、芝利英《りえ》（戦死）、森八郎、岸田一夫など貴重な中堅若手が姿を消し、井上正夫張りのクセのある老優大友壮之介、森野鍛冶哉《かじや》、関時男、依田光、三国周三《こう》などが病死。間野玉三郎や中井弘、立川政子など戦災死、戦災死は下積みの芸人でまだたくさん居たのだろう。

堺駿二が横須賀海兵団から帰還したとき、劇団たんぽぽがその月に出演していた大勝館の舞台に、水平姿でちょこちょこと出てきたことがある。有島一郎が堺が帰還したことを告げて上手《かみて》の方に手をさし招くと、堺が反対側の下手《しもて》から走り出てきた。そのとき、浅草のかつての舞台では考えられないほどの大拍手で、

「サッカイ、サッカイ——」

という声が飛んだ。

私はその頃、不良中学生だったが、浅草で知った芸人たちがこの戦時下をどうすごしているか、なんだか気がかりで、地方の新聞を工夫して手に入れたり（興行の広告を眼を皿のようにして眺めた）、上野駅界隈にたくさんあった芸能社をのぞきこんでチラシを眺めたりした。知っている役者が地方廻りでもとにかく健在だと知ると安心する。

その結果、松竹歌劇団の残存や、左卜全、有馬是馬あたりが移動演劇隊で農村を廻っていたり、鈴木桂介や土屋伍一たちの一座が仙台座で定打ちしていたり、ムーランルージュ（末期に作文館と改名）も二派ぐらいに別れて地方を打って廻っていたりすることを知った。

わりに末期まで焼け残っていた静岡歌舞伎座の定打ちのメンバーの中に、永田キングの相棒だったミス・エロ子が、エロ子という名前のままで出ているのを知って、芸人のしたたかさに、溜息が出るほど感心したことを憶えている。(鬼才の永田キングはその頃精神病院に入院という噂だったが)この静岡歌舞伎座は三崎千恵子や楠トシエも歌手で出ていたはずだ。

上野界隈の興行社では、十文字八重子(高屋朗夫人)や、入江将(小型シミキンタイプだった)、滝譲二(サーカスのピエロ出身で小笠原章二郎ふうのバカ殿役が売り物だった)、雪丘純(笑の王国出身の二枚目)などの小一座のビラをみかけたが、多分臨時編成だったろう。

敗色濃くなってから、その筋の規制もすこしゆるんで、むしろ士気鼓舞のために明かるい出し物を奨励するようになり、大劇場も開放された。けれども大劇団は疎開で東京にほとんど居ない。で、軽演劇のシミキンや森川信、水の江滝子が東劇などに出演していたのもこの頃だ。

それも東の間、昭和二十年に入って劇場が次々と焼かれ、浅草も三月十日の下町空襲で劇場の外郭だけ残す形になり、軽演劇の一座は大宮や浦和、八王子などの松竹座を転々としていたことがあった。

それがまもなく浅草の劇場が応急修理され、再開という運びになる。いずれも客席の椅子などなく、ただ舞台や照明が辛うじてあるという式だったが、それでも娯楽に餓えた観客が黒山のようにつめかけて立って観ていた。私の記憶では、敗戦までのこの短かい期間、シミキンも森川信も欠場していて、劇団たんぽぽ、それに急編成の山茶花究一座(江川劇場)が残っていたように思う。山茶花究はエノケン一座の文芸部出身ということだが、この一座では作者も兼ね、焼土をよそに、白野弁十郎（鼻のシラノを更に脚色したもの）などマジに演じていた。もう検閲もクソもなかったのであろう。彼がその頃パビナールを注射しているのをチラリと見て、子供心に、実に偉い男だと感心したことがある。

劇団不足の間隙をついて、あかつき楽劇団の木戸新太郎がマイナーから浮上してきた。彼は中川三郎の弟子のタップダンサーで、この時期、喜劇に変身し（坊屋太郎や若い日の茶川一郎が一座に居た）泥臭いアチャラカだったが人気急上昇した。しかし専属の藤リエ子改め桜むつ子やタッパーの太田ハルミはこの時期退座していたと思う。

敗戦の八月、新宿松竹という映画館を急改造し、小林千代子一座が出ていたが、一座の柳寿美夫が漫談ふうの一景で、

「――敵の名前はみんなよくないですよ、ルーズヴェルト、ルーズは英語でたるんだということです。たるんだベルト、これじゃァ戦争に勝てるわけはねえ――」

といっているうちに八月十五日。敗戦を迎えてもそのまま興行を続けているので、例のところはどうなっているんだろう、と興味をおこしてまた再見に出かけた。

その一景で、敗戦前と同じく、ルーズヴェルトのことをしゃべって、

「――と、昨日まではいっていたんですが」

それで客席がドッと笑ったことを今でも憶えている。

巷の天才たち

〽トウちゃん　酒呑んで
　酔っぱらって　死んじゃった
〽カアちゃん　それ見て
　おったまげて　死んじゃった

というのは、昭和十三四年頃のエノケン映画〝ざんぎり金太〟（〝ちゃっきり金太〟の続篇）のテーマ曲に使われていて、エノケン扮する金太さんはこの曲が流れると、両親を偲んで、いついかなるときでも大泣きになる。

実にどうも、乱暴で、明快で、ヤケッぱちで、楽天的で、今思い出しても感心する歌詞だ。

けれども私ども子供は、この映画の前から知っていて、よく唄っていた曲だった。

どこの誰が作って流行させたのか、誰も知らない。映画にとりいれられた以上、作詞者の名前があったかもしれないが（曲は古い外国物であろう）、プロの職人芸にしては発想がズバ抜けていすぎる。特に、カアちゃん　それ見て、というくだりなど、異様にユーモラスな文字使いだと思う。

私の子供の時分には、NHKのラジオだけで、民放もテレビもない。NHKがこんな唄を放送するわけはないから、子供の間に流行するのは口コミでしかないだろう。それが全国的にいきわたるのは、どういう具合になっているのか。私も子供心に、ぜひこうしたものの隠れた作者になってみたい、と思いつめていた頃があった。

〽ミッちゃん　ミチミチ（道々）
　ウンコたれて
紙がないから　手でふいて
もったいないからなめちゃった

実に天才的である。これはいろいろの名前のヴァリエーションがあった。当時の大人にきくと、古く明治大正の頃からあった俚謡だというが、作者はわからない。

〽左カーブ　右カーブ
まん中とおって　ストライク
応援団が　チャッチャッチャッチャッ

これは唄というより、往来に白墨で絵を描くときの囃し言葉である。これも作者不詳だが全国的に誰でも知っている。しかも、言葉から察するに、野球、それも六大学野球が盛んになりだした昭和前期の作品であろう。私が子供の頃のほんの少し上の世代に、こういうものを作る天才児が居たのである。そう考えるとそらおそろしい。ウカウカしてはいられないという気分に、その頃なったものだ。

〽松竹でんぐりかえして大騒ぎ——とか、〽金鵄《きんし》輝やく十五銭　栄えある光二十銭、——とか、替え唄の類は地口が主で、大感心するほどのことはないけれど、それでもあの時代に人々の口から口へどうやってひろがっていったかと思う。やっぱり全国的になるだけのツボのはまり方があったのだろう。

そういうものの作者になって、隠れていたい。子供ながら、毎日そう思った。もっとも当人がどこかで披露して、受けて、それが流行しはじめた頃は、あれは俺が作ったんだよ、といっても誰も信用してくれないかもしれない。そのくらいなら、黙って内心でニヤニヤしていた方がいい、ということになるのであろう。

唄でなくて、ひょいとした仕草なんかが流行ることがあった。

たとえば、ポカン——、という奴。

「おい、君——」

「え——?」

「——ポカン」

とこれだけなんだけれど、これは発想がスマートで、ちょっとプロの作品らしい臭いがする。似たようなもので、人差指を一本伸ばして、相手の頰のそばにおいて、

「ねえ、君――」

相手が振り向くと、頰が指に当るという趣向。なんでもないけれど、誰かが発案しなければ、伝染しない。

ガッサイ――、というのもあったな。

誰かがなにか話しかけてくると、耳のうしろから掌で振り払うようにして、

「ガッサイ――！　ガッサイ――！」

うるさい、という言葉が変化したのかな。とにかく、お前のいうことなんか聞かん、という恰好なのである。

これをやられると、腹が立つけれども、うるさい、じゃ面白くない。ガッサイ――！　とくるので真似して自分もやりたくなるのであろう。振り払うようにする仕草と、ガッサイの組合せが、やはり巷の隠れた才人の凄みを感じる。

エンガチョ、というのは全国的だったろうか。汚ない物に手が触れたときに、エンガチョ、というのであるが、こういう言葉は大人が作るわけはない。子供の天才が、居たのであろう。

替え唄を、私もひそかにいろいろ作ってみたが、私は唄がまずいので、説得力たっぷりに友人に披露することができない。たまに、思いきって、呟やくように唄ってみても、誰も注意す

ら向けてこない。

唄で一世を風靡《ふうび》することは、あきらめざるをえなかった。その頃の作品で、今思ってみても、わりに発想が飛躍していて、ナンセンスで、捨てがたいものも二三あるけれど、五十歳をすぎてそういうものを披露しても愛嬌にならない。

それで、ポカン——流の小遊びを、なんとか流行させたいと思った。勉強机の中に、そういうアイディアをメモしたのを溜めて、ときどき小出しに実演してみる。やっぱり反応がほとんど無い。全国に流行らせるどころか、級の中でも一顧だにされない。

この道の深く遠いことを思い知った。しかしどうしてもあきらめられずに、いろいろ考えた。まず作者が、誰からも好かれるような愛嬌を備えているか、或いは友人たちの憧れの的の存在であるか、皆が注目し、何をやってもすぐに受け入れられる存在である必要があるのかな。

転々と居を変える一家の子供か、すごい劣等生、ガキ大将。

しかし長じて、ギャグや諷刺を業にしている人も居るのだから、要するに才能であろう。流行歌、流行語もずいぶんあるけれど、私にとって作者不詳のこれらの唄や言葉が、身体に一番根をおろしている。ポピュラーという点でも他を圧するのではなかろうか。作者がもしわかったら、文化ナニナニ賞のようなものは彼等にあげたいような気がする。

往時の風情今はなし

わが馴染みの横町

神楽坂は、震災で下町の盛り場が焼失したために賑やかになり、ターミナルの西方移動で新宿が勃興するまでの短期間、盛り場としてスポットライトが当ったらしい。私は昭和四年、牛込矢来町の生まれだから、盛りの頃の神楽坂を眺めて育ったことになる。

その頃は、建物は小ぶりだが、白木屋、髙島屋、デパートが二つもストア風の出店を出しており、毎晩夜店が並び、車馬は通行止めだった。雑踏で道が埋まっていたといっても今の人は誰も信用しない。本当に、昭和に入ってからは街の変転が烈しくて、その変転の中で育った私自身、往時が夢のようだ。

カーブして津久戸《つくど》の方に抜ける現大久保通りも、ストレートな大通りではなくて、市電がぎしぎしいいながら人家の中にわけ入っていったような記憶がある。いったいに道幅を拡げていた時期で、江戸風な小道が整理され、改正道路と称する舗装道路になっていった。改正される前のたたずまいがなつかしいのだけれど、私などの年齢では具体的な記憶がすくない。

北町と肴町の間にある坂のあたりは、両側が崖のようになっていて、袋町の方面に昇る蛇段々という曲りくねった段々があった。ここは蝉とりの名所で、ひときわなつかしいが、今は何の風情もない舗装の坂道だ。往時のあの泥道というものは、ぬかるむと始末がわるいが、下駄に適合していた。舗装になって、下駄では頭に響いて歩きにくい。私は下駄が好きだから、泥道の柔らかさがなつかしい。

夏の夜は、浴衣を着て親に手をひかれ、矢来の方から出て、夜店を眺めながら坂下まで散歩し、外濠のほとりで涼んだり、ボート遊びをしたりして、また同じ道を戻ってくる。なんということはないが、当時、恰好のリクリエーションだった。花火屋のおばさん、玉蜀黍《とうもろこし》売りの婆さん、古本の店、詰将棋、バナナ売り、盆栽屋、皆はっきりと顔が浮かんでくる。坂上の熊公焼きは特に有名だったが、単なるあんこ巻きだ。

それ以上に名物的存在は、肴町電停前にいつも居る初老の人物で、古びた学帽をかぶり書生姿に高下駄。一定時間になるとカランコロン下駄の音を響かせ、通りを往復する。乞食ともちがうし浮浪者でもない。人々は親しみの眼でこの人物を眺めていた。世の中がのんびりしていてあの頃はこういう風物詩的な人物がよく居たものだ。

戦災で残らず焼け、復興もおそく、長いこと、都心部の見捨てられた街と化していたが、最近歩いてみると、ここもビルラッシュ。至るところで建築の音がきこえてくる。古くからの老舗も、この変革の嵐の前にひとたまりもないのかどうか。

　裏通りの花柳界は、道筋だけは変らないが、内容は大きくさま変りしているらしく、三味線の音など絶滅し、カラオケと麻雀の音ばかり空疎にきこえてくる。

青春の記憶

先日、ＮＨＫ教育テレビの若者番組〝ＹＯＵ〟の中の〝青春プレイバック〟という一景に狩り出された。若い頃にもっとも思い出の残っている場所に行って、そこで当時を回顧してみてくれという。

私はたえずふらふらと諸方を漂流するように生きてきた男なので、あちらこちらにさまざまなひっかかりがある。けれども、どこかひとつとなると、ごく自然にある土地のある場所が胸の中に浮かんでくる。

戦争中の旧制中学生の頃に、勤労動員で行っていた某工場である。その工場の裏手には荒川の支流が流れており、私たちは見廻りの教師の眼を盗んで、その川べりにごろごろしている大きな土管の中にかくれ、そこでわずかに気息を整えていた。

本来ならばなつかしい場所といえなくもないけれども、ひとつもいい思い出がない。特に私にとっては、同人誌風の印刷物を作っていることがバレて、戦争非協力ということになり、無期停学になって、以後学校と縁を切ることになった所でもあって、できることなら忘れ去りたい場所である。

それは板橋の先の志村というところにあって、そのあたりには二度と行くものか、と思う。実際、グレて漂流していた頃でも、その見当には一度も行かなかった。

後年になって、出版の世界にふみまよった頃、志村には凸版印刷という大きな印刷所があり、私は原稿がおそいから印刷所で立書きなどをしに行かねばならない。そのたびにかつての屈託が黒雲のように湧いてくる。

また、親しい知人が、志村のそばの高島平に越して、二三度、訪れたことがあるが、工場のある道筋を故意に避け、目隠しをするようにしていた。

ところが、青春時代の、という言い方で往時を回想しろ、といわれても、私たちの世代は戦争中に育ち、敗戦後の乱世の中で成人したので、俗にいう青春などというようなものはありはしないのである。

そうして、忘れようと努めていた工場の中の一景一景が、不愉快な色に包まれながら思いおこされてくるのである。マグネシュームの粉だらけになり、喰う物もなく、不充足の塊りになっていた物哀しい日々が、不本意ながら私どもの青春というものであったのだろうと思わざるをえない。

ちょうどその頃、突然、中年の女性の人から電話があった。中川の妹ですが——、とその電話の主はいった。

私は反射的に、あ、ずいぶんしばらくですね、といった。相手は、私がすぐに思い出したのでびっくりした、といった。

しかし、思い出すどころか、例の工場のことと同じく、忘れようと努めながら少しも忘れられないことの一つでもある。中川は旧制中学の同級生で、例の同人誌の一員でもあった。彼は敗戦後しばらくして、死ぬよ、といって私の家に立ち寄ってひと晩泊り、翌日その足で立ち去ったきり、四十年近くもその姿を現わさない。

彼の実家からの連絡で、消息を絶ったことを知り、私たちは八方手をつくして、彼の立廻りそうなところを探した。けれども私はどうしてか、駄目だ、と思っていた。死ぬよ、とふれあるく者が死んだためしはない。それはそうなのであるが、居なくなってみると、いや、あいつは例外だったな、という気持が濃くなってくる。

中川の妹さんは、もちろんすでに結婚して姓も変っていたが、彼が蒸発した日を命日と定めており、今年はすこし盛んに法要をいとなむつもりだから、できたら出席してくれ、ということだった。そうして、当時の友だちの寄せ書が出てきたから、コピーを送るといった。

日ならずして届いた寄せ書を見ると、私の名前も書き連ねてある。敗戦直後の正月に集まったもので、その寄せ書は私の記憶にない。しかし中央に中川の名前が、やや稚拙な字体であり、その横に小さく、サヨナラ、とルビのように書きそえてある。

今になって見ると、その頃から死ぬ気がかたまっていたように見えるが、私はちっともそんなことにも気づかなかった。自分では片々たる事柄をわりに記憶しているつもりになっているが、実際はころりと忘れていることがたくさんあるらしい。

テレビ局の人たちと、私は四十年ぶりで、志村の工場のあった場所を歩いていた。中仙道の沿道で、もう少し先に戸田橋がある。あの頃は畑や空地がたくさんあり、新開地のように工場がぽつりぽつりあるようなところだったが、もう大きく変貌して、空地などまったくない。

私たちが一時期、寄宿させられていた工場の寮のあった場所なども、夜は灯影ひとつないところだったが、今はモルタールのアパートや小商店などが櫛の歯のように立ち並んでいる。工場のあった所も、ただ歩いただけでは大ざっぱな見当しかつかない。スタッフの人が古くからここに住んでいる人を探してくれ、その人の指摘で、ここだという場所は、東京都の清掃局になっていた。

裏手にはたしかに、往年とほぼ変らぬ姿で川が流れている。が、その川べりはテニスの練習場になっていて、きちんと金網で仕切られており、川のそばまでは立ち入れない。

若い人たちが、颯爽とテニスに興じているのをしばらくぼんやり眺めていた。

あれが、青春というものかな、と思う。そうにちがいないようにも思えるし、また私たちの屈託した恰好の方に、存外、青春の臭気が濃くただよっていたかもしれない、というふうにも思う。

話し相手になってくれる高樹澪《みお》という女優さんのお母上は、私と同年で、三重県の方でやはり女子挺身隊として工場に行っていたらしい。

「この川にね、空襲で川にはまって死んだ人の死骸が、毎日一つか二つずつ浮いて流れてきてね――」と私は彼女にいった。「その死骸に小石を投げて遊んだものだ」

「へええ、死骸に石を投げるんですか、どうして？」

「だって、そんなものちっとも珍らしくなかったんだもの」

表側の道沿いに、太陽、という喫茶店が、その当時、たった一軒あった。喰べ物などは何もなかったころで、普通は砂糖抜きの紅茶ぐらいしかおいてないのだが、その店には、どうしてか乾燥バナナがあって、私たちはよくこっそりとその店でサボっていたものだ。

「乾燥バナナって、知らないでしょう。バナナのミイラみたいなもので、甘酸っぱいんだ。当時の貴重なお菓子だったんだけど、なにしろ古色蒼然としていてね、蛆《うじ》がたくさん湧いてるんだ。またその蛆も貴重な蛋白源だと思って、そのまま喰べてしまう」

太陽というその店を探したが見当らなかった。土地の人にきいても誰も知らない。もう四十年もたっているのだから、無いのも当然かもしれない。

ところが、帰る車中で、不意に私は思い出したのである。太陽は、あの頃、爆弾の直撃で吹っ飛んでしまったのだった。私たちが偶然、誰もサボっていないときのことで、突然そこは、ただ地面に大穴があいているだけのところになってしまった。それはすごくショッキングなことで、忘れるなんてまったくどうかしている。

忘れるわけがないことが、どうしてか、ぽっかり穴があいたように私の胸の中から消え失せていた。そしてもうひとつ、中川が同人誌に書いていたペンネームが、その店からとって太洋という名を使っていたことも、不意に思い出した。

あの蒼空

今でも、三十数年前の暑い夏の日の蒼空が忘れられない。その日、天皇の放送によって戦争にピリオドが打たれ、いや、正確にいえば、戦争の推移のどんづまりが、敗戦、終結、という状態になり、私の未来はガラッと色を変えた。私はそのとき満の十六であり、もう数年で戦場にかりだされ、死ぬのだと思っていた。それが、はたしてどんな人生かはわからぬが、もうすこし長期の展望がひらけてきたのである。

晴れわたった蒼空に、飛行機雲が二筋浮かんでいる。私は焼け跡の家庭菜園に立って、その空をずいぶん長いこと眺めていた。国敗れて山河あり、そういう感慨とはまったくちがう。私たち人間の運命などを突き抜けた大きな存在を、その空に感じたのである。自然、それが、もっとも確かな、したたかなものに見えた。この世に在るのは自然の定理のみ、そう思えた。自分のいのちをいとおしむことと共に、今でも、私の中でこの二つは対極をなしている。

あの年は、雲ひとつない晴天の日が多かった。台風も来たし、焼けたトタンや防空壕を雨が打ち叩いた日もあったはずだが、どういうわけか晴れた日の印象ばかりつよい。私は、用事も当てもなしに毎日外を出歩いていた。私ばかりでなく、多くの人がそうだったと思う。

前を歩いている人が、ふと、リュックを地面におろす。するともう人の輪ができ、何かを売るようならのがさず買おうという顔つきがリュックの持ち主をとりかこんだ。自分が着ていたらしい上衣や靴などを高くさしあげて歩いている人があった。それを売るというのである。

そういう原始的状態から、ヤミ市が各所にできて殷賑《いんしん》するまで、アッという間だったような気がする。私は学業を放棄し、かつぎ屋やかっぱらいやばくちに精をだし、捨身の日を送った。あの頃も連日よく晴れていた。いくらかの金をだせば、銀シャリが喰え、カストリやバクダンという強烈な液体が呑めた。はじめてカストリを呑んだ夜は、腰をとられて歩けず、都電通りの砂利の山に頭から倒れて寝た。

世間全体が突然の自由に酔い、ふったぎっているような頃だったが、だからといって、精神的ななやみが影をひそめたわけではなかった。友人の一人が、俺、死ぬよ、という。

それじゃ送別会をやろうということになった。死にたけりゃ死ね、という空気で、死にたくなった理由を彼もしゃべらず、誰もきかなかった。

カストリを呑み、彼は深酔いして下手な唄を唄い、握手して別れた。そうして大島航路の船から飛びこんで消えた。彼の葬式で、私たちがはしゃいだ顔つきのまま酒を呑んでいたといって、いわゆるまじめな友人たちが怒った。それからしばらくして、べつの、もう一人の友人が、死ぬといいだした。そのときも私たちは送別パーティをやった。

その友人が、家を出たまま帰らないときいて、皆で手わけをして行方を探した。私は内心でかなりへこたれていて、東京港の事務所で乗客名簿を調べてもらうとき、声がふるえた。

彼の名はなかったが、偽名で乗っているかもしれない。バスで、彼の女友達の家に行った。その途中、舗装道路のはずなのに、バスが、がくんと大きく揺れた。

野郎、今、飛びこんだな、と思った。そのときも明るい燦燦《さんさん》とした日和だった。

あれから三十数年、あっという間だったが、私も、世間も、若さを失い、贅肉で身動きならなくなっている。あの頃が、特になつかしいとは思わない。そうしてまた、今がいいとも思わない。こんなに長く生きようとは夢にも思わなかった。

元っこはあそこ

戦争が終ったとき、私は十六歳だった。当時、私どもの世代は誰でもそうだったが、長生きということは考えられもしなかった。もうすこししたら戦争で死ぬ、と思っていた。したがって遠い先のことは考えたってしかたがない。戦争でどんな死に方をするか、戦争で死ぬまでの間、どんな生き方をするか、それが未来を考えるということだった。

私個人はもう少し臆病で、或いはいじけていて、そういう同世代の戦列からもはみ出してしまっていたが、はみ出したからといって戦争に無関係になるわけではない。

だから敗戦ときまったときは、青空がばら色に見えた。日本がどうなるより先に、自分が生きているという実感がまっさきに身にしみた。もう二三年で徴兵される、その前に全員玉砕かもしれぬ。その寸前で戦争が終るとはなんという幸運だろう。これだけの大幸運をつかんだからには、私の一生の幸運をここで使い果たしてしまったかもしれないな、そう思ったほどだ。

なにはともかく、私は嬉々として日を送った。状況は最低だったが、一生というものが、ずうっとまだ先の方まで続いている、という実感が何より貴重だった。当時、大人たちだってそうだったと思う。衣食住すべて窮乏していたけれど、俺はとにかく生き残ったぞ、という内心があって、敗戦直後は、皆、明かるかった。

あれから四十年になる。けれども、あと二三年が自分の一生、と思っていたのが、サーチライトの光芒のようにずっと先まで伸びたという感じで、何十年たとうが光芒に変りはない。戦後という言葉の正確な意味は知らないが、私にとっては、生きているかぎり、どこまでも戦後という実感がある。一度あったことは、どんなことをしても、終らないし、消えない、ということを私は戦争から教わった。

教わったといえば、私の成長期はそっくり戦争と重なっているので、実にたくさんのことを戦争から教えられた。私は人に教わることが嫌いで、自分で眺めて知ることが好きだから、戦争など恰好の教材になる。

嫌なこともたくさん知った。とりわけ嫌なのは、特攻隊。あの人たちの死が、時がたつとただの事象にすぎなくなるという事実。私は原子爆弾の死も、鉄砲の弾丸の死も、さほど区別しない方だが、特攻隊の死だけは、ちょっと区別しておきたい。ところがあの思いつめた死もむなしいとなると、歴史上すべての事象がいずれもむなしく思える。

そのことと関係があるかもしれないが、見渡すかぎり焦土と化した東京を眺めていたときの気持も忘れられない。

私はそれまで、家があって、畳があって、調度品があって、その中で自分たちは暮しているのだと思っていたが、実際は、ただ土の上に居たのだと知った。私たちが立っているのは地面なのだという事実。簡単なことだけれども、具体的にそれを眺めてしまったということが大きい。

戦後の四十年の間に焼跡は次第に整備され、バラックが本建築になり、堅牢なビルになったけれども、依然として地面に立っているという実感が消えない。地上の人工的なものは地面の飾りにすぎなくて、一朝ことあればペロッとなくなってしまいそうに思える。

そうして、元っこはあそこだ、と思う。元っこは地面。その認識がはたして私の一生の中でプラスしたかマイナスしたかはわからないけれど、どのみち、あの焼跡を見てしまった以上、元っこはあそこ、ばれてもともと、という思いで生きるよりしかたがない。

戦争が終ったとき、私は歓喜したはずだった。これ以上失なうものといえば、生命以外に何もなかったし、その生命がサーチライトのように伸び伸びと先に伸びたのだから。

けれども、それと同時に、死んでいった特攻隊の人々のむなしさが気にかかる。いかに生きても、いかに死んでも、ただの地面のお飾りでしかないらしい。焼跡は、地面の表層の下にじっとうずくまっているけれど、人間の形は残らない。

歓喜して再び手にしたはずの生命が、さて手にしてみると、どんな具合に生きたらよいやら、簡単にはわからない。何をしたって生きられるけれど、何をしたらいいのか。

一方で、ばれてもともと、という気分がある。また一方で、どのみち元っこでしかなさそうだ、という気分もある。

その二つをないまぜにして、その場その場でどちらかに少し重心を移し変えながら生きている。私の戦後とは、要約すればかくのごとしで、だから、いつまでも終らない。

初出一覧（＊印は阿佐田哲也名義で発表）

Ⅰ

転居	「現代」（講談社）一九八〇年十一月号
悼みの火	「海」（中央公論社）一九八〇年十一月号
引越し症候群	「読売新聞」一九八七年三月十三日夕刊
来電無用	「小説city」（廣済堂）一九八七年一月号
筆不精	「群像」（講談社）一九八二年六月号
新年	「新日本文学」（新日本文学会）一九八四年一月号
失敗	「小説新潮」（新潮社）一九七七年十二月号
居眠りしながら	「週刊文春」（文藝春秋）一九八〇年七月十七日号
私の顔	「オール讀物」（文藝春秋）一九七四年十一月号　＊
風前の灯	「話の特集」（話の特集）一九七七年二月号
虫歯について	「すばる」（集英社）一九八一年一月号
半紙の占い	「毎日新聞」一九七八年一月六日夕刊
老いの第一歩	「毎日新聞」一九八〇年一月十九日夕刊
お葬式	「中央公論」（中央公論社）一九八五年三月号
この夏の不思議	「毎日新聞」一九八五年十月五日夕刊

Ⅱ

敗戦時の上野	「うえの」（上野のれん会）一九八四年九月号 ――『うえの35』（上野のれん会・一九八九年十一月）に収録
私立吉原学校	「小説新潮」一九八四年二月号
酒との出逢い	「オール讀物」一九八三年五月号 ――『酒との出逢い』（文春文庫・一九九〇年二月）に収録

無銭　「小説新潮」一九八九年一月号
高田のかんざまし　「旅」（日本交通公社）一九八三年十二月号
本グレの第三波　「小説新潮」一九八二年九月号
わが青春のあの頃　「週刊文春」一九八八年八月二十五日号
阿佐田哲也について　「東京新聞」一九八四年十一月十七日夕刊
私の一九七八年　「週刊読書人」（読書人）一九七八年十二月二十五日号
『生家へ』について　「50冊の本」（玄海出版）十五号　一九七九年八月

III

王子電車　「群像」一九八四年一月号
異能　「潮」（潮出版社）一九七七年九月号
幻視幻覚　「朝日新聞」一九八四年一月六日夕刊
麻薬について　「カイエ」（冬樹社）一九七九年五月号
泣かし泣かされた仲　「オール讀物」一九八九年二月号
新聞記事　「新潮」（新潮社）一九七七年八月号
ちょっと気になること　「小説エンペラー」（大洋書房）一九七七年十月号　＊
オフビートの犯罪　「群像」一九八五年二月号
能の魅力　「群像」一九八三年四月号
新劇のむずかしさ　「群像」一九八三年五月号
本が怖い　「小説新潮」一九八一年四月号
他者とのキャッチボールを　『読書と私』（文春文庫）一九八〇年五月
ドスト氏の賭博　「ドストエフスキー読本」（新潮社）一九七八年四月

IV

親友　「日本経済新聞」一九八六年六月八日朝刊
遊び仲間　「朝日新聞」一九八二年六月六日、十三日、二十日、二十七日・日曜版
嫁になりたい　「小説ＣＬＵＢ」（桃園書房）一九七七年九月号　＊

東京ふとした連　「週刊小説」（実業之日本社）一九八四年一月二十七日号

小実さんの夜　「小説現代」（講談社）一九七九年十月号

——『酒中日記』（講談社・一九八八年八月）に収録

肝臓をいたわりつつ　「小説現代」一九八四年六月号

東京湾の鮫　「週刊文春」一九七五年六月二十五日号　＊

お別れの煙草　「毎日新聞」一九八五年一月二十一日夕刊

回想　「小説新潮」一九八五年三月号

三軒茶屋のころ　「別冊新評　山田風太郎の世界」（新評社）一九七九年七月

大坪砂男さんのこと　「実業之世界」（実業之世界社）一九六八年七月号

荒野の蜥蜴のような生　「小説新潮」一九八八年五月臨時増刊号

五味さんの思い出　「小説新潮」一九八〇年六月号

吉行さんスケッチ　『麻雀好日』（角川文庫）一九八〇年六月（既刊本の引用箇所は割愛）

身はばの本音が芯に　『寝室探偵』（光文社）一九八〇年八月

感性の大才能　『ゴキブリの歌』（旺文社文庫）一九七七年六月

ギャンブル小説の先人　『雀鬼』（集英社文庫）一九七八年三月　＊

三千綱さんの男の匂い　「波」（新潮社）一九八二年九月号　＊

トンマなピュリタンの物語　『ジェームス山の李蘭』（講談社文庫）一九八八年四月

酒場で偶然　「毎日新聞」一九八〇年七月一日夕刊

楷書の人　『落語美学』（旺文社文庫）一九八二年二月

唐十郎さま　まいる　『戯曲　ねじの回転』（サンケイ出版）一九八六年五月

拝啓・つかこうへい様　「野性時代」（角川書店）一九八六年六月号

〝麻雀放浪記〟という映画　「波」一九八四年十二月号　＊

はるみさんのこと　『Harumi gals』（ＰＡＲＣＯ出版局）一九七八年五月

正体不明の大入道　『嵐の中をアカ犬が走る』（角川文庫）一九八五年三月

異能の画家　『有馬忠士作品集』（飛鳥新社）一九八三年八月

本物中の本物芸人　『パン猪狩の裏街道中膝栗毛』（白水社）一九八六年八月
心が滲む歌　『リメンバー』ライナーノート（スリー・ブラインド・マイス）一九八二年
ハピーなピアニスト　「Emma」（文藝春秋）一九八五年七月十日号
陽水の唄　「レコード・コレクターズ」（ミュージック・マガジン）十七号　一九八五年一月

Ⅵ

映画病　「文藝春秋」（文藝春秋）一九八五年八月号
——『巻頭随筆5　聖徳太子の声』（文春文庫・一九九四年二月）に収録
ヴィデオ狂い　「毎日新聞」一九八七年四月十三日夕刊
ヴォードヴィル映画とジャズ　「スイングジャーナル」（スイングジャーナル社）一九八〇年六月号
モダンよりも……　「文學界」（文藝春秋）一九八五年十一月号
キャロル・スローンをまた聴こう　「ジャズ批評」（ジャズ批評社）三十六号　一九八〇年八月
アメリカ版ご当地ソングの情景　「THE Standard SONGS」（スイングジャーナル社）一九八五年十二月

Ⅵ

戦争育ちの放埒病　「アサヒ芸能問題小説」（徳間書店）一九六九年十二月号
浅草　「新日本文学」一九八〇年十二月号
戦時下の浅草　『笑いの王様シミキン』（リブロポート）一九八五年七月
巷の天才たち　「文藝」（河出書房新社）一九八五年四月号
往時の風情今はなし　「東京人」（教育出版）十六号　一九八八年十月
青春の記憶　「日本経済新聞」一九八二年八月八日朝刊
あの蒼空　「読売新聞」一九七七年八月十四日朝刊
元っこはあそこ　「群像」一九八五年八月号

一部、改題したものがあります。

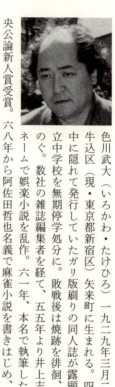

色川武大（いろかわ・たけひろ）一九二九年三月二十八日、東京市牛込区（現・東京都新宿区）矢来町に生まれる。四四年、勤労動員中に隠れて発行していたガリ版刷りの同人誌が露顕し、第三東京市立中学校を無期停学処分に。敗戦後は焼跡を徘徊、博打で糊口をしのぐ。数社の雑誌編集者を経て、五五年より井上志摩夫などのペンネームで娯楽小説を乱作。六一年、本名で執筆した「黒い布」で中央公論新人賞受賞。六八年から阿佐田哲也名義で麻雀小説を書きはじめ、自らの体験をモデルにした『麻雀放浪記』で一世を風靡する。七七年には本名での初の著書『怪しい来客簿』で泉鏡花文学賞。以後、二つの名前を使い分けて作品を発表し、七八年「離婚」で直木賞、八二年「百」で川端康成文学賞、八九年『狂人日記』で読売文学賞。同年三月、岩手県一関市へ転居後すぐに心臓発作で倒れ、四月十日に逝去。享年六十。色川名義の主要小説集に『生家へ』『花のさかりは地下道で』『あちゃらかぱいッ』『引越貧乏』、エッセイ集に『うらおもて人生録』『唄えば天国ジャズソング』『なつかしい芸人たち』などがある。

銀河叢書

戦《せん》争《そう》育《そだ》ちの放《ほう》埒《らつ》病《びょう》

二〇一七年十月十一日　第一刷発行

著　者　色川武大

発行者　田尻　勉

発行所　幻戯書房
郵便番号一〇一―〇〇五二
東京都千代田区神田小川町三―十二
岩崎ビル二階
TEL　〇三（五二八三）三九三四
FAX　〇三（五二八三）三九三五
URL　http://www.genki-shobou.co.jp/

印刷・製本　精興社

ISBN978-4-86488-129-6 C0395

✿「銀河叢書」刊行にあたって

敗戦から七十年が過ぎ、その時を身に沁みて知る人びとは減じ、日々生み出される膨大な言葉も、すぐに消費されています。人も言葉も、忘れ去られるスピードが加速するなか、歴史に対して素直に向き合う姿勢が、疎かにされています。そこにあるのは、より近く、より速くという他者への不寛容で、遠くから確かめるゆとりも、想像するやさしさも削がれています。

長いものに巻かれていれば、思考を停止させていても、居心地はいいことでしょう。

しかし、その儚さを見抜き、伝えようとする者は、居場所を追われることになりかねません。

自由とは、他者との関係において現実のものとなります。

いろいろな個人の、さまざまな生のあり方を、社会へひろげてゆきたい。読者が素直になれる、そんな言葉を、ささやかながら後世へ継いでゆきたい。

星が光年を超えて地上を照らすように、時を経たいまだからこそ輝く言葉たち。そんな叡智の数々と未来の読者が出会い、見たこともない「星座」を描く――

銀河叢書は、これまで埋もれていた、文学的想像力を刺激する作品を精選、紹介してゆきます。初書籍化となる作品、また新しい切り口による編集や、過去と現在をつなぐ媒介としての復刊を手がけ、愛蔵したくなる造本で刊行してゆきます。

既刊（税別）

小島信夫	『風の吹き抜ける部屋』	四三〇〇円
田中小実昌	『くりかえすけど』	三二〇〇円
舟橋聖一	『文藝的な自伝的な』	三八〇〇円
舟橋聖一	『谷崎潤一郎と好色論　日本文学の伝統』	三三〇〇円
島尾ミホ	『海嘯』	二八〇〇円
石川達三	『徴用日記その他』	三〇〇〇円
野坂昭如	『マスコミ漂流記』	二八〇〇円
串田孫一	『記憶の道草』	三九〇〇円
木山捷平	『行列の尻っ尾』	三八〇〇円
木山捷平	『暢気な電報』	三四〇〇円
常盤新平	『酒場の風景』	二四〇〇円
田中小実昌	『題名はいらない』	三九〇〇円
三浦哲郎	『燈火』	二八〇〇円
赤瀬川原平	『レンズの下の聖徳太子』	三二〇〇円
色川武大	『戦争育ちの放埒病』	四二〇〇円

……以下続刊

三博四食五眠　阿佐田哲也

喰っちゃ寝、喰っちゃ寝――睡眠発作症（ナルコレプシー）に悩まされながら“呑む打つ喰う”の日々。未書籍化の連載に、食べることにまつわるエッセイを8篇加えて初刊行。「駄喰いという奴は一種の病気のようなもので、いったんその気が出てくると、神の威光をもってしてもとめられるものではない」　2,200円

題名はいらない　田中小実昌

銀河叢書　ついいろいろ考えてしまうのは、わるいクセかな――ふらふらと旅をし、だらだらと飲み、もやもやと考える。何もないようで何かある、コミマサエッセイの真髄。「もともと不景気」「わからないことがいっぱい」「ニーチェはたいしたことはない」をはじめ、65歳以降に執筆された86篇を初刊行。　3,900円

マスコミ漂流記　野坂昭如

銀河叢書　焼跡闇市派の昭和30年代×戦後メディアの群雄の記録――セクシーピンク、カシミヤタッチ、おもちゃのチャチャチャ、雑誌の表紙モデル、CMタレント、プレイボーイ、女は人類ではない、そして「エロ事師たち」……TV草創期の舞台裏を克明に描いた自伝的エッセイ、初の書籍化。生前最後の本。　2,800円

レンズの下の聖徳太子　赤瀬川原平

銀河叢書　1960年代、青年は「紙幣」によって「芸術」を超えた――「尾辻克彦」名義で中央公論新人賞を受賞する以前、のちに「千円札裁判」へと至る若き時代を描いた伝説の処女小説（表題作）ほか、日本文学に「超私小説」の領域を拓いた天才の軌跡を辿る傑作群10篇。初書籍化。　3,200円

ダイバダッタ　唐 十郎

死こそ妄想――地を這い、四つん這いになったダイバダッタの手だけが、汚辱にまみれた地表の果実を摑む……。単行本未収録の小説、随筆を集成。唐十郎の現在を伝える長女・大鶴美仁音の跋文掲載。「私は放心して、側溝に尾を引く赤黒い液体を呆然と眺めた……倒れた父の頭蓋から流れ出る鮮血だった」（「父のこと」）　2,500円

関東戎夷焼煮袋　町田 康

本然の自分に立ち返るのだ、とその声は言うのであった――故郷喪失の悲しみから上方のソウルフード、うどん、ホルモン、お好み焼、土手焼、イカ焼を作り、食すことで見えた宇宙。庭石と美女を同じ心で眺められる枯淡の境地、か？　革命、維新、自由、平等、愛など糞喰らえ。大坂の魂を取り戻すビルドゥングスロマン。　1,800円